EFÍMERA

Lauren DeStefano

Efímera

Libro Uno
Trilogía del Jardín Químico

Traducción de Núria Martí

PUCK

Argentina – Chile – Colombia – España
Estados Unidos – México – Perú – Uruguay – Venezuela

Título original: *Wither – The Chemical Garden Trilogy, Book One*
Editor original: Simon & Schuster BFYR, New York
Traducción: Núria Martí Pérez

1.ª edición Octubre 2011

ISBN: 978-84-96886-26-1
E-ISBN: 978-84-9944-163-4
Depósito legal: NA - 2869 - 2011

Fotocomposición: A.P.G. Estudi Gràfic, S.L.
Impreso por: Rodesa, S.A. – Polígono Industrial San Miguel
Parcelas E7-E8 31132 Villatuerta (Navarra)

Impreso en España – *Printed in Spain*

A mi padre,
que exclamó mirándome:

«Un día, nena,
harás cosas increíbles.»

Agradecimientos

Gracias a mi maravillosa familia por todo su apoyo, amor y cariño. Y en especial a mis primitos por ser tan mágicos, darle alas a mi imaginación y subirme el ánimo cuando más lo necesitaba.

Quiero agradecer a mis profesores de quinto, sexto y séptimo curso que leyeran mis primeros escritos sin quemarlos y me sugirieran que publicara un libro.

Gracias a la doctora Susan Cole, al profesor Charles Rafferty y a mis antiguos compañeros de clase del Albertus Magnus College por los talleres de escritura, y a la señora Deborah Frattini y al docotr Paul Robichaud por iniciarme en la lectura de nuevos escritores que han influido hasta el día de hoy en todos mis escritos.

Agradezco a mi agente literaria Barbara Poelle, deslumbrante criatura de otro mundo, su brillantez y optimismo, sin ella no habría podido escribir esta novela. Gracias a mi fantástica editora Alexandra Cooper, que compartió esta visión conmigo. A Lizzy Bromley, por la impresionante cubierta. Y al equipo de la editorial Simon & Schuster Books for Young Readers, por su gran labor y por ser tan maravillosos y entusiastas.

Doy las gracias a Allison Shaw, que se leyó las páginas de mis manuscritos en aulas, restaurantes y cafés de librerías y que nunca me hizo una sola crítica con desgana, todo cuanto escribo es de mayor calidad gracias a ella. A Harry Lam, por todas las largas conversaciones telefónicas en las que me ayudó a revisar los detalles, por su aplastante lógica y por estar siempre retándome. A Amanda Ludwig-Chambers, por ser mi más incondicional y poética fan. A April Plummer, por leer la primera versión de este relato y ofrecerme sus sugerencias y aliento. A mi compañera Laura Smith, por ser mi artista torturada e infundirme ánimos. Y a todas las otras personas que apoyaron mi labor literaria, leyeron fragmentos de este relato a través de mensajes de texto y correos electrónicos, y me dieron su opinión y consejos. Sola nunca lo habría logrado.

Así es como se acaba el mundo.
No con un golpe seco, sino con un gemido.

T. S. Eliot
Los hombres huecos

1

Espero. Nos mantienen encerradas a oscuras tanto tiempo que ya no sabemos si tenemos los ojos cerrados o abiertos. Dormimos acurrucadas las unas contra las otras como ratas, con la mirada perdida, soñando que nuestros cuerpos se balancean.

Sé cuando una de las chicas se topa con una pared. Empieza a golpearla y a chillar —el sonido es metálico—, pero ninguna de nosotras la ayudamos. Llevamos guardando silencio demasiado tiempo y todo cuanto hacemos es escondernos aún más en la oscuridad.

La puerta se abre.

La luz es escalofriante. Es como la luz del mundo que uno ve por el canal de nacimiento y a la vez como la del cegador túnel que vemos al morir. Horrorizada, me escondo bajo las mantas con las otras chicas, sin querer experimentar lo uno ni lo otro.

Cuando nos dejan salir, avanzamos tambaleándonos, las piernas no nos responden. ¿Cuánto tiempo llevamos encerradas? ¿Días? ¿Horas? El inmenso cielo azul sigue en el mismo lugar.

Formo una fila con las otras chicas mientras los hombres de abrigo gris nos examinan.

Había oído decir que esto pasaba. De donde yo vengo, hace ya mucho tiempo que las chicas desaparecen. Desaparecen de sus camas o de la calle. Le pasó a una chica de mi vecindario. Después de ese incidente, su familia entera se mudó a otra parte para dar con ella o porque sabían que nunca más regresaría.

Ahora me ha tocado a mí. Sabía que las chicas desaparecían, pero no tenía idea de la suerte que corrían. ¿Me asesinarán y se desharán de mi cadáver? ¿Me venderán como prostituta? Todas estas cosas ya han pasado antes. Sólo tengo otra opción más. Podría convertirme en una esposa. Las había visto por la tele, unas bellas adolescentes forzadas a ir cogidas del brazo de un hombre acaudalado al que le faltaba poco para cumplir la mortal edad de los veinticinco.

Las otras chicas nunca llegaban a salir por la tele. Las que no superaban la inspección eran enviadas a los prostíbulos. A algunas las encontraban en las cunetas asesinadas, descomponiéndose, con la mirada clavada en el sol abrasador porque los Recolectores se habían deshecho de ellas sin el menor miramiento. Otras desaparecían como si se las hubiera tragado la tierra y sus familias no volvían a saber de ellas nunca más.

Las secuestran a partir de los trece años, cuando sus cuerpos están lo bastante desarrollados como para tener hijos, y al cumplir los veinte el virus se lleva a las mujeres de mi generación.

Nos miden las caderas para evaluar nuestro vigor, nos abren la boca y examinan los dientes para ver nuestro estado de salud. Una de las chicas vomita. Creo que es la que chillaba. Aterrada, se limpia la boca con el dorso de la mano, temblando. No me dejo intimidar por la escena, decidida a no llamar la atención ni a mostrarme dispuesta a ayudar.

Me siento demasiado viva en esta hilera de chicas moribundas con los ojos entreabiertos. Sé que sus corazones apenas laten, en cambio el mío me palpita con furia en el pecho. Después de haber estado tanto tiempo encerrada a oscuras en una furgoneta, nos hemos fusionado. Somos una masa sin nombre compartiendo este extraño infierno. No quiero llamar la atención. No quiero llamar la atención.

Pese a todo, la llamo. Alguien se ha fijado en mí. Es un hombre que camina delante de nosotras observándonos. Deja que los tipos con abrigo gris nos palpen mientras nos examinan. Parece amable y complacido.

Sus ojos, verdes, se encuentran como dos interrogantes con los míos. Sonríe. Veo el destello de sus dientes de oro, un signo de riqueza. Qué raro, es demasiado joven como para que se le caigan los dientes. Sigue andando y yo clavo la mirada en el suelo. ¡Seré estúpida! No tenía que haber alzado la vista. El extraño color de mis ojos llama mucho la atención.

Le dice algo a los hombres de abrigo gris. Nos miran a todas y después asienten. El hombre de los dientes de oro sonríe de nuevo mirando hacia mi dirección y luego se sube a un coche que deja una pequeña estela de grava en el aire al alejarse por la carretera.

Meten de nuevo a la chica que ha vomitado en la furgoneta, junto a una docena de otras más, un hombre con abrigo gris se sube también con ellas. Sólo quedamos tres de nosotras. Los hombres intercambian unas palabras y se dirigen hacia donde estamos. «Subid al coche», nos ordenan y les obedecemos. Una limusina aparcada en un camino de gravilla con la puerta abierta nos está esperando. Estamos en algún camino rural no muy alejado de la carretera. Oigo el rumor del tráfico. Y veo las luces nocturnas de una ciudad empezando a aparecer en la distante bruma purpúrea. No reconozco el lugar. Este camino tan solitario se encuentra muy lejos de las concurridas calles en las que yo vivo.

Las otras dos chicas elegidas avanzan delante de mí, yo soy la última en subirme a la limusina. Los cristales que nos separan del conductor están tintados. Antes de que alguien cierre la puerta, oigo un ruido seco dentro de la furgoneta en la que han obligado a subir a las otras chicas.

Es el primero de lo que reconoceré como una docena más de disparos.

Me despierto en un lecho de satén, sintiendo náuseas y empapada en sudor. Mi primera reacción es acercarme al borde de la cama, donde me inclino para vomitar sobre la lujosa alfombra roja. Mientras escupo y jadeo, alguien empieza a limpiar la alfombra con un trapo.

—Todas reaccionáis de distinta manera al gas anestésico —comenta una voz masculina.

—¿El gas anestésico? —mascullo, y antes de darme tiempo a limpiarme la boca con la manga blanca con encajes del camisón, el muchacho me ofrece una servilleta de tela del mismo intenso color rojo que la alfombra.

—Sale de los conductos de ventilación de la limusina para que no sepáis adónde os llevan —señala.

Recuerdo el cristal tintado que nos separaba del

conductor. De seguro era hermético. Recuerdo vagamente el siseo del gas distribuyéndose por el compartimento trasero del coche.

—Una de las chicas estaba tan desorientada que ha estado a punto de arrojarse por la ventana de su habitación —añade el muchacho rociando con espuma blanca el lugar donde he vomitado—. Por suerte, la ventana estaba cerrada. Es irrompible.

Pese a las horribles cosas que comenta, lo dice en voz baja, incluso con una cierta empatía.

Mirando por encima del hombro contemplo la ventana. Está cerrada herméticamente. Afuera se extiende un mundo de color verde esmeralda y, a lo lejos, azul. Es mucho más bonito que el de mi casa, donde sólo hay polvo y los restos del jardín que mi madre nos dejó y que no he logrado reavivar.

Oigo a una mujer chillar al fondo del pasillo. El chico se pone tenso por un instante. Después sigue limpiando la alfombra con la espuma blanca.

—Si quieres te ayudo —le propongo.

Hace un instante no me sentía culpable por ensuciar este lugar, sé que me han traído a la fuerza. Pero también sé que este chico no tiene la culpa. No puede ser uno de los Recolectores con abrigo gris que me han traído a esta casa. Quizás a él también lo secuestraron. No he oído hablar de la desaparición de ningún adolescente, pero cincuenta años atrás, cuando se descubrió el virus, las chicas también estaban a salvo. Los jóvenes no corrían ningún peligro.

—No hace falta, ya está limpia —responde. Y cuando aparta el trapo, apenas se ve la mancha.

Tira de una clavija en la pared, echa el trapo por la

trampilla de la colada que ha quedado al descubierto y, al soltar la clavija, se vuelve a cerrar. Guarda el aerosol con el que ha limpiado la alfombra en el bolsillo del delantal y, volviendo a lo que estaba haciendo, coge la bandeja de plata que había depositado en el suelo y la deja sobre la mesilla de noche.

—Si te encuentras mejor, aquí tienes el almuerzo. Te prometo que ya no te darán nada más que te haga dormir.

Parece que esté a punto de sonreír. Casi lo hace. Pero se concentra en levantar la tapa de metal de un bol con sopa y otra de un platito con verduras al vapor y puré de patatas nadando en un lago de salsa. Me han secuestrado, drogado y encerrado en este lugar y, sin embargo, me sirven una comida exquisita. La situación me produce una sensación tan repugnante que casi estoy a punto de volver a vomitar.

—¿Qué le ha pasado a la otra chica, la que intentó arrojarse por la ventana? —digo sin atreverme a preguntar por la mujer que he oído chillar al fondo del pasillo. No quiero saber nada de ella.

—Ya está un poco más tranquila.

—¿Y la otra chica?

—Se despertó por la mañana. Creo que el Patrón se la ha llevado a dar una vuelta por los jardines.

El Patrón. Recuerdo mi desesperación y sepulto el rostro entre las almohadas. Los Patrones son dueños de mansiones. Les compran sus futuras esposas a los Recolectores que patrullan por las calles para secuestrar a las candidatas ideales. Los que son clementes venden a las chicas rechazadas a los prostíbulos, pero las que yo conocí las metieron como ganado en la furgoneta y las mataron a balazos. Mientras estaba adormecida por el gas, oí el primer disparo retumbando en mi cabeza una y otra vez.

—¿Cuánto hace que estoy aquí? —pregunto.

—Dos días —responde él ofreciéndome una taza humeante, y cuando estoy a punto de rechazársela, veo el hilo de la bolsita de té colgando del borde de la taza y huele a especias. Té. Mi hermano Rowan y yo lo tomábamos por la mañana al desayunar y por la noche con la cena. Su aroma me recuerda mi hogar. Mi madre mientras esperaba delante del fogón a que el agua hirviera se ponía a tararear una canción.

Con las lágrimas aflorándome a los ojos, me incorporo y cojo la taza. La sostengo cerca de mi rostro y aspiro el aroma del té. Es todo cuanto puedo hacer para no llorar. El chico debe de haber notado que acabo de registrar impactada que me han secuestrado. Que estoy a punto de hacer algo dramático, como echarme a llorar o intentar arrojarme por la ventana como la otra chica, porque se dirige hacia la puerta. Silenciosamente, sin girarse, me deja a solas con mi dolor. Pero en lugar de lágrimas, al sepultar la cabeza en la almohada sale de mi boca un horrible y primitivo grito. Es una emoción que no sabía que pudiera sentir. Una rabia tan salvaje que me asombra.

2

Los hombres mueren a los veinticinco años. Las mujeres a los veinte. Estamos cayendo como moscas.

Setenta años atrás la ciencia perfeccionó el arte de concebir hijos. Existían remedios para una epidemia conocida como cáncer, una enfermedad que podía afectar cualquier órgano del cuerpo y que solía cobrarse millones de vidas humanas. El increíble sistema inmunológico con el que se dotó a los niños de la nueva generación erradicó las alergias y las enfermedades estacionales, e incluso les protegió de las enfermedades de transmisión sexual. Los bebés dejaron de concebirse por medios naturales a favor de esta nueva tecnología. La ingeniería genética había creado una generación de embriones perfectos que aseguraba una población sana y exitosa. La mayor parte de esta generación aún vive y está envejeciendo con gracia. Es la primera generación que no le teme a nada, prácticamente inmortal.

Nadie se imaginaba las horribles repercusiones que plagarían a esta generación de bebés tan resistente. Mientras a la primera generación le iba todo de maravilla, y aún le sigue yendo, algo fue mal con sus hijos y con los hijos de sus hijos. Nosotros, los de las nuevas generaciones, hemos nacido sanos y fuertes, tal vez más sanos que nuestros padres, pero nuestra esperanza de vida es tan sólo de veinticinco años en los hombres y de veinte en las mujeres. Durante cincuenta años los padres han vivido aterrados por la temprana muerte de sus hijos. Los hogares más adinerados se niegan a aceptar esta derrota. Los Recolectores se ganan la vida secuestrando a chicas y vendiéndolas como futuras esposas para que tengan hijos. Los bebés nacidos de estos matrimonios son experimentos. Al menos es lo que mi hermano asegura y siempre lo dice con indignación. Durante una época quiso aprender más sobre el virus que nos está matando, atosigaba a mis padres con preguntas que nadie sabía responder. Pero la muerte de mis padres destruyó su curiosidad. Mi cerebral hermano, que había soñado con salvar al mundo, se ríe ahora de cualquiera que intente hacerlo.

Pero ninguno de nosotros llegó a saber nunca con certeza lo que les sucedía a las chicas secuestradas.

Ahora, al parecer, yo iba a saberlo.

Durante horas doy vueltas por la habitación con este camisón de encaje. Perfectamente amueblada, parece que hubieran estado esperando mi llegada. Hay un vestidor lleno de ropa, aunque sólo entro en él para ver si tiene una puerta que dé al desván, como el de mis padres, pero no es así. La madera oscura y reluciente del vestidor hace juego con la del tocador y la otomana. La habitación está decorada con cuadros genéricos: una puesta de sol, un *pic-nic* en la playa. Las tiras de rosales trepadores repletos de capullos del papel de empapelar me recuerdan los barrotes de la cel-

21

da de una cárcel. Evito mirarme en el espejo del tocador por miedo a volverme loca si me veo a mí misma en este lugar.

Intento abrir la ventana, pero al ver que es inútil, contemplo el paisaje. El sol está empezando a teñir el cielo de tonos amarillentos y rosados y en el jardín hay miles de flores. Fuentes borboteantes. El césped está cortado alternando franjas de color verde claro con otras más oscuras. Cerca de la casa veo una zona rodeada de setos y en el centro una piscina con el agua de un extraño color cerúleo. Es como el paraíso botánico que mi madre imaginaba cuando plantaba lirios en el jardín. Crecían sanos y exuberantes, pese a la suciedad y el polvo. La única época en que hubo flores en nuestro vecindario fue cuando mamá vivía. Ahora sólo hay esos claveles mustios que venden en la ciudad, teñidos de rosa y rojo para el día de San Valentín, y las rosas rojas de aspecto gomoso o reseco de las ventanas. Al igual que los seres humanos, no son sino réplicas químicas de lo que deberían ser.

El muchacho que me ha traído el almuerzo ha mencionado que una de las otras chicas estaba paseando por el jardín y me pregunto si los Patrones serán lo bastante clementes como para dejarnos vagar a nuestras anchas por él. Apenas sé nada de ellos, salvo que uno tiene menos de veinticinco años y el otro casi setenta, ya que este último pertenece a la primera generación, y quedan ya muy pocos. A estas alturas la mayoría de sus coetáneos están hartos de ver a sus hijos morir prematuramente y no están dispuestos a probar con otra generación. Incluso se unen a las manifestaciones de protesta, unos violentos disturbios callejeros que provocan daños irreparables.

Mi hermano. Seguro que al ver que no volvía a casa al salir del trabajo supo enseguida que algo me había pasado. Hace ya tres días que he desaparecido. Debe de estar fuera de sí, me advirtió que me mantuviera lejos de esas furgonetas grises de mal agüero que circulaban lentamente por las calles de la ciudad a todas horas. Pero no fue una de esas furgonetas la que me secuestró. Lo hizo alguien de quien no me lo esperaba.

Pensar en mi hermano solo en esa casa vacía es lo que me empuja a dejar de autocompadecerme. Es contraproducente. *Piensa,* me digo. Debe de haber un modo de escapar. La ventana no se puede abrir. En el vestidor no hay ninguna puerta, sólo ropa. La trampilla por la que el chico ha echado el trapo sucio sólo mide un palmo de diámetro. Quizá si pudiera ganarme el favor del Patrón se fiaría lo bastante de mí como para dejarme pasear sola por el jardín. Desde la ventana parece que no tenga fin. Pero tiene que terminar en alguna parte. Tal vez pueda encontrar una salida metiéndome por algún seto o trepando por una valla. A lo mejor seré una de esas esposas que asisten a las fiestas que salen por la tele y podré escabullirme sigilosamente entre la multitud. Había visto por la tele muchas de esas chicas secuestradas y siempre me preguntaba por qué no huían echando a correr. Tal vez las cámaras no mostrasen el sistema de seguridad que las rodeaba.

Pero ahora lo que me preocupa es llegar a vivir lo suficiente como para ir a una de esas fiestas, porque lo único que sé es que me llevará años ganarme la confianza del Patrón. Y dentro de cuatro, cuando cumpla los veinte, ya habré muerto.

Intento girar el pomo de la puerta y para mi sorpresa descubro que no está cerrada con llave. La puerta chirría al abrirse y revela el pasillo.

Se oye el tictac de un reloj. En el pasillo hay varias puertas, la mayoría están cerradas con llave. En la mía también hay un cerrojo.

Avanzo lentamente por el pasillo, mis pies descalzos deslizándose sobre la gruesa alfombra me permiten hacerlo en silencio. Paso ante las puertas, aguzando el oído por si oigo algo, algún signo de vida. Pero sólo escucho ruidos procedentes de la puerta ligeramente entreabierta del final del pasillo. Son gemidos, jadeos.

Me paro en seco, helada. Si entro en la habitación y el Patrón está con una de sus esposas intentando fecundarla, mi situación no hará más que empeorar. No tengo idea de lo que podría ocurrir, podrían matarme o pedirme que me uniera a la fiesta, y no sé cuál de las dos cosas sería peor.

Pero no es así, sólo oigo a una mujer y está sola. Asomo la cabeza cautelosamente por la rendija de la puerta y la abro.

—¿Quién es? —susurra la mujer, y luego se pone a toser por el esfuerzo de haber hablado.

Entro y la descubro tendida en un lecho de satén. Su habitación está mucho más adornada que la mía, hay fotografías de niños colgadas en las paredes y una ventana abierta con la cortina hinchada por la brisa. La habitación es cálida y cómoda, no se parece en nada a una prisión.

En la mesilla de noche hay pastillas, frasquitos con cuentagotas vacíos y varios vasos casi vacíos con líquidos de color. Se incorpora apoyándose sobre los codos y se me queda mirando. Es rubia, como yo, pero su amarillenta piel es lo que más destaca. Me mira con los ojos abiertos de par en par.

—¿Quién eres?

—Rhine —respondo en voz baja demasiado nerviosa como para mentirle.

—Es un lugar precioso. ¿Has visto las fotos? —pregunta ella.

Debe de estar delirando, porque no entiendo a qué se refiere.

—No —me limito a responder.

—No me has traído mis medicinas —añade volviéndose a recostar grácilmente sobre la pila de almohadas lanzando un suspiro.

—No —contesto—. ¿Quieres que te las vaya a buscar? —es evidente que está delirando, y si puedo largarme con cualquier excusa, quizá pueda volver a mi habitación y ella se olvide de que me ha visto.

—Quédate —responde dando unas palmaditas en el borde de la cama—. Estoy harta de tantas medicinas. ¿Por qué no me dejan morir en paz?

¿Es éste el futuro de esposa que me espera? ¿Intentarán retenerme en este lugar incluso cuando esté al borde de la muerte?

Me siento a su lado, agobiada por el fuerte olor a medicamentos y deterioro físico que flota en la habitación, aunque también hay un agradable aroma de popurrí de pétalos de flores deshidratados y perfumados. Está por todas partes, nos envuelve, y me recuerda mi hogar.

—Eres una mentirosa —exclama ella de repente—. No venías a traerme las medicinas.

—Yo nunca te he dicho eso —replico.

—Entonces, ¿quién eres? —dice alargando temblorosamente la mano para tocarme el pelo. Me coge un mechón para inspeccionarlo y de pronto sus ojos se llenan de un profundo dolor—. ¡Oh, eres mi sustituta! ¿Cuántos años tienes?

—Dieciséis —respondo diciéndole de nuevo la verdad al sorprenderme sus palabras. ¿Su sustituta? ¿Es ella una de las esposas del Patrón?

Se me queda mirando un rato y el dolor de sus ojos empieza a transformarse en otra cosa. En una mirada casi maternal.

—¿Detestas este sitio?

—Sí —respondo.

—Entonces deberías salir a la terraza —exclama sonriendo mientras cierra los ojos. Me suelta el mechón de pelo.

De pronto se pone a toser, manchándome el camisón con la sangre que expectora. Yo había tenido unas pesadillas en las que al entrar en la habitación de mis padres, los descubría asesinados en medio de un charco de sangre, y en esas pesadillas me quedaba paralizada para siempre en la entrada, demasiado aterrada como para huir. Ahora siento el mismo terror. Quiero largarme, adonde sea con tal de no seguir aquí, pero las piernas no me responden. No me queda más remedio que verla toser y jadear, con mi camisón manchado de rojo. Tengo las manos y la cara salpicadas de su cálida sangre.

No sé cuánto tiempo estoy así. Al final una mujer

mayor, de la primera generación, llega corriendo sosteniendo una palangana de metal con agua jabonosa agitándose a su paso.

—Oh, Dama Rose, ¿por qué no me ha llamado con el botón si estaba tosiendo? —exclama la mujer de la palangana.

Me dirijo corriendo hacia la puerta, pero la mujer de la palangana ni siquiera se percata de mí. Ayuda a la chica que tose a sentarse en la cama, le saca el camisón y empieza a limpiarla con una esponja empapada en agua jabonosa.

—En el agua habéis puesto medicinas —gime la mujer que tose—. Puedo olerlas. Estoy harta de medicinas. Dejadme morir en paz.

Parece tan desesperada y dolida que, a pesar de mi situación, me da pena.

—¿Qué haces aquí? —susurra con dureza una voz a mi espalda.

Al girarme veo el chico que me ha traído el almuerzo, mirando nerviosamente a su alrededor.

—¿Cómo has salido de la habitación? Vuelve a ella. ¡Rápido!

Es algo que nunca pasa en mis pesadillas, alguien obligándome a actuar. Se lo agradezco. Vuelvo corriendo a mi habitación, pero por el camino choco contra alguien. Al alzar los ojos reconozco al hombre que me ha atrapado entre sus brazos. Su sonrisa centellea con los dientes de oro.

—¡Vaya, hola! —exclama.

No sé si considerar su sonrisa siniestra o amable. Tarda unos instantes en ver la sangre en mi rostro, en mi camisón, y entonces me aparta a un lado y corre a la habitación donde Dama Rose sigue tosiendo sin parar.

Me voy corriendo a mi cuarto. Me saco el camisón de un tirón, me limpio la sangre de la piel con las partes limpias y luego me acurruco bajo la colcha de la cama, tapándome los oídos, intentando olvidarme de esos horribles sonidos. De este espantoso lugar.

Esta vez me despierta el sonido del pomo de la puerta girando. El chico que me había traído antes el almuerzo sostiene ahora otra bandeja de plata. No me mira a los ojos, cruza la habitación y la deja en la mesilla de noche.

—La cena —anuncia solemnemente.

Lo contemplo acurrucada bajo las mantas, pero él no me mira. Ni siquiera alza la cabeza mientras recoge el camisón sucio del suelo, manchado con la sangre de Dama Rose, y lo arroja por la trampilla de la colada. Se gira para irse.

—¡Espera! Por favor —exclamo.

El chico se para en seco.

No sé lo que es —quizá porque tiene mi edad, o porque es un chico tan discreto o tan infeliz en este lugar como yo, pero quiero que se quede conmigo un rato. Aunque sólo sea uno o dos minutos.

—Esa mujer… —digo intentando desesperadamente sacar un tema de conversación antes de que se vaya—. ¿Quién es?

—Dama Rose, la primera esposa del Patrón —responde él girándose.

Todos los Patrones tienen una primera esposa, el

adjetivo no se refiere a que sea la más antigua, sino a su poder. Las primeras esposas acuden a todos los eventos sociales, aparecen en público con los Patrones y tienen el privilegio de gozar de una ventana abierta en su habitación. Son las favoritas.

—¿Qué le pasa?

—Es por el virus —observa él, y al volver la cara hacia mí tiene una mirada de auténtica curiosidad—. ¿Nunca has visto a nadie con el virus?

—No tan de cerca —afirmo.

—¿Ni siquiera a tus padres?

—No.

Mis padres eran de la primera generación, cuando mi hermano y yo nacimos se encontraban en la cincuentena, pero no estoy segura de querer decírselo.

—Hago todo lo posible para no pensar en el virus —le respondo en su lugar.

—Yo también —afirma él—. Después de que te fueras, ella preguntó por ti. ¿Te llamas Rhine?

Como ahora me está mirando, asiento con la cabeza, y al darme cuenta de que estoy desnuda bajo las mantas, me arropo más aún con ellas.

—¿Y tú cómo te llamas?

—Gabriel —responde.

Y luego casi vuelve a esbozar una deliciosa sonrisa, contenida sólo por la terrible situación en la que me encuentro. Quiero preguntarle qué está haciendo en este horrible lugar de jardines tan bonitos, estanques tan transparentes y setos tan simétricos. Quiero saber de dónde vino y si planea volver a su casa. Incluso quiero contarle mi plan para escapar, es decir, si algún día tengo uno. Pero estos pensamientos son peligrosos. Si mi hermano estuviera aquí, me diría que no confiara en nadie. Y tendría razón.

—Buenas noches —dice Gabriel—. Es mejor que comas y duermas un poco. Mañana será un gran día —añade en un tono que indica que me espera algo horrible.

Cuando se gira para irse, observo que cojea un poco, esta tarde no lo hacía. Bajo la fina tela de su uniforme vislumbro la sombra de moratones. ¿Son por mi culpa? ¿Le han golpeado por dejar que yo saliera a explorar el pasillo? Son más preguntas que no le hago.

Pero ya se ha ido. Oigo el ruido de una llave girando en el cerrojo.

3

No es Gabriel el que me despierta por la mañana, sino un desfile de mujeres. Son de la primera generación, pese a la vitalidad que irradian sus ojos, lo sé por su pelo canoso. Charlan animadamente entre ellas mientras me apartan las mantas.

—Al menos a ésta no tendremos que sacarle el camisón a la fuerza —comenta una al ver mi cuerpo desnudo.

«A ésta.» Después de todo lo sucedido, casi me había olvidado de las otras dos chicas que también están encerradas en alguna parte de esta casa, tras puertas cerradas con llave.

Antes de darme tiempo a reaccionar, dos de esas mujeres me agarran por los brazos y me llevan a rastras al baño de mi habitación.

—Es mejor que no te resistas —me advierte una alegremente mientras me tambaleo desconcertada intentando seguir sus pasos. La tercera se queda en la habitación haciendo la cama.

En el baño me hacen sentar sobre la tapa del váter decorada con una funda rosada. Todo es de color rosa. Las cortinas son muy finas y poco prácticas.

En mi hogar, por la noche, cubríamos las ventanas con arpillera para dar la impresión de pobreza y evitar que los nuevos huérfanos curiosearan en busca de refugio y de comida y dinero. La casa que compartía con mi hermano tiene tres dormitorios, pero por la noche dormíamos en un catre por turnos en el sótano, por si las cerraduras no resistían, dejando a nuestro alcance el revólver de nuestro padre para protegernos.

De donde yo vengo, las ventanas no pueden estar adornadas con cortinas delicadas y bonitas.

Aquí, en cambio, hay una infinidad de colores. Una de las mujeres llena la bañera de agua mientras otra abre un armario con un arco iris de jaboncitos en forma de corazones y estrellas. Echa un puñado en la bañera y se disuelven siseando, dejando en el agua una capa de espuma rosa y azul. Las pompas de jabón estallan como pequeños fuegos artificiales.

No me resisto cuando me dicen que me meta en la bañera. Me da vergüenza estar desnuda ante estas desconocidas, pero el agua tiene un aspecto delicioso y despide un fragante aroma. No tiene nada que ver con el agua turbia y amarillenta que sale de las oxidadas cañerías de la casa que compartía con mi hermano.

Que compartía. Estoy hablando en pasado. ¿Cómo puedo estar pensando de este modo?

Me tumbo en la fragante agua de la bañera y las pompas de jabón estallan contra mi piel, soltando un aroma a canela, a popurrí de pétalos de flores y a lo que me imagino debe ser el olor de rosas. Pero no me dejaré hipnotizar por estos deliciosos pequeños placeres. Con actitud desafiante, pienso en la casa que comparto con mi hermano, la casa donde mi madre nació en el umbral del nuevo siglo. En sus paredes de ladrillos aún se ve la silueta de la hiedra que se marchitó hace ya mucho. Tiene una salida de incendios con una escalera rota, y en esa calle las casas están tan juntas que de niña podía cogerle la mano a la vecinita que vivía en la puerta de al lado. Nos comunicábamos entre risas usando unos vasos de papel conectados con un cordel a modo de teléfono.

Mi vecinita se quedó huérfana a una edad temprana. Sus padres eran de la nueva generación. Apenas conoció a su madre, luego su padre enfermó, y una mañana cuando intenté hablar con ella descubrí que ya no vivía allí.

Me quedé deshecha, aquella niña había sido mi primera verdadera amiga. A veces todavía recuerdo sus vivarachos ojos azules, su forma de lanzarme por la ventana caramelos de menta para despertarme y charlar conmigo con el teléfono de vasos de papel. En cuanto ella se fue, mi madre, sosteniendo el cordel de nuestro «teléfono», me dijo que era el hilo de una cometa, que ella de pequeña se pasaba horas en el parque haciendo volar cometas. Le pedí que me contara más historias de su infancia y algunas noches lo hacía. Me contaba historias de tiendas con montañas de juguetes, de lagos helados donde patinaba como un cisne trazando ochos, de toda la gente que había pasado durante su niñez bajo las ventanas de esta casa cubierta de hiedra, y de coches aparcados en ordenadas y relucientes hileras en las calles de Manhattan, en Nueva York.

Cuando ella y mi padre murieron, mi hermano y yo cubrimos las ventanas con la arpillera de los sacos de

33

patatas y de café. Metimos todos los bellos objetos de mi madre y la ropa importante de mi padre en baúles y los cerramos con llave. El resto de las cosas las enterramos a altas horas de la noche en el jardín, bajo los enfermizos lirios.

Ésta es mi historia. Estas cosas son mi pasado y no permitiré que me las quiten. Encontraré la forma de recuperarlas.

—Qué pelo más suave tiene —observa una mujer echándome encima el agua jabonosa y calentita de la bañera una y otra vez con las manos ahuecadas—. Qué color tan bonito. Me pregunto si es natural.

¡Claro que es natural! No faltaría más.

—Apuesto lo que sea a que por eso el Patrón la ha elegido.

—¿Ah, sí? —exclama otra mujer levantándome la barbilla con la mano para comprobarlo—. ¡Oh, Helen, mira los ojos de esta chica! —grita asombrada, poniéndose la mano en el corazón.

Las dos dejan de lavarme para mirarme. Es la primera vez que me miran de verdad.

Mis ojos es lo primero en lo que la gente se fija, el izquierdo es azul y el derecho castaño, como los de mi hermano. Heterocromía: mis padres eran genetistas y es el nombre que le dieron a esta anomalía. Si hubiera tenido oportunidad, de mayor les hubiera preguntado más cosas sobre ella. Siempre había creído que la heterocromía era un problema genético que no servía para nada, pero si esas mujeres estaban en lo cierto y el Patrón se había fijado en mí por mis ojos, la heterocromía me había salvado la vida.

—¿Crees que son naturales? —pregunta una.

—¡No faltaría más! —exclamo esta vez en voz alta y, asombradas, se quedan encantadas. Su muñeca habla. Y de pronto me atosigan con un montón de preguntas. Que de dónde vengo, si sé dónde estoy, si no me parece preciosa la vista desde la ventana, si me gustan los caballos (hay un establo fabuloso), si prefiero llevar el pelo suelto o recogido.

No respondo a ninguna pregunta. No pienso compartir nada con estas desconocidas —por más bienintencionadas que sean— que forman parte de este lugar. De todas formas, me las hacen tan deprisa que no sabría por dónde empezar. De repente, alguien llama con suavidad a la puerta.

—La estamos preparando para el Patrón —grita una de las mujeres.

La voz amortiguada que se oye al otro lado de la puerta es suave, dulce y joven.

—Dama Rose quiere hablar con ella.

—¡Estamos bañándola! Y aún tenemos que hacerle la manicura…

—Lo siento, pero me ha dicho que desea verla ahora mismo, esté como esté —insiste pacientemente la voz al otro lado de la puerta.

Por lo visto, Dama Rose es alguien que tiene la última palabra, porque las mujeres me hacen salir de la bañera, me secan con una toalla rosa, me cepillan el pelo mojado y me cubren con un albornoz tan suave que parecen oleadas de seda lamiéndome la piel. No sé qué han echado en el agua del baño, pero, sea lo que sea, me ha agudizado las neuronas haciéndome sentir desnuda y expuesta. Me siento como si las pompas de jabón siguieran estallando contra mi piel.

Cuando la puerta se abre, veo que la voz pertenece a una niña que apenas me llega a la cintura. Va vestida como las mujeres mayores, aunque lleva una versión femenina de la blusa blanca de Gabriel, y en lugar de pantalones negros, va con una falda negra de volantes. Tiene el pelo recogido en una trenza alrededor de la cabeza y al sonreírme sus mejillas se transforman en dos manzanitas rojas.

—¿Eres Rhine?

Asiento con la cabeza.

—Me llamo Deirdre —dice colocando su mano sobre la mía. Es fresca y suave—. Sígueme —añade.

Salimos de la habitación y me acompaña por el pasillo por el que ayer me escapé.

—Escúchame bien —me advierte asintiendo con seriedad mirando al fondo del pasillo—, habla sólo si te pregunta algo, es mejor que no le hagas preguntas, porque no le gusta. Dirígete a ella llamándola Dama Rose. Sobre la mesilla de noche hay un botón blanco, si ves que no se encuentra bien, púlsalo. Dama Rose es la que se ocupa de la casa. El Patrón hace todo cuanto le pide, así que asegúrate de caerle bien.

Nos detenemos ante la puerta y Deirdre me retoca el cinturón del albornoz anudándolo en un lazo perfecto.

—¿Dama Rose? —se anuncia llamando en la puerta entreabierta—. Rhine está aquí, como usted me ha pedido.

—Hazla pasar —replica Rose bruscamente—. Y ahora esfúmate y sé útil en alguna otra parte.

Al volverse para irse, Deirdre estrecha mi mano entre las suyas. Sus ojos son tan redondos como lunas.

—Y procura no hablarle de la muerte —susurra.

Cuando se va, abro suavemente la puerta y me quedo plantada en la entrada. Puedo oler los medicamentos de los que Rose se quejaba ayer. La mesita de noche está repleta de lociones, pastillas y frasquitos.

Hoy está sentada en un sofá de satén junto a la ventana. Su cabello rubio brilla bajo la luz del sol y su piel ya no se ve tan amarillenta. Al advertir sus mejillas sonrosadas, al principio pienso que ya se siente mejor, pero cuando me hace señas para que me acerque, veo que son de color rosa chillón y me doy cuenta de que es colorete. También sé que el color rojo de sus labios tampoco es natural. Lo que sí que son reales son sus ojos, dos pupilas increíblemente castañas mirándome intensamente con una curiosidad juvenil. Intento imaginarme un mundo de seres humanos concebidos por medios naturales, cuando una mujer *era* joven a los veinte, muchos años antes de estar condenada a morir a esta edad.

Mi madre me contó que en el pasado la gente vivía al menos hasta los ochenta y a veces incluso llegaba a centenaria. Creí que me tomaba el pelo.

Ahora comprendo a qué se refería. Rose es la primera joven de veinte años con la que hablo, y aunque intente contener una tos que le salpica con sangre la muñeca, sigue teniendo una piel tersa y suave. Su cara está aún llena de vida. Apenas se diferencia de mí y se ve casi tan joven como yo.

—Toma asiento —me indica. Me siento en una silla colocada frente a ella.

En el suelo hay un montón de envoltorios de caramelos a su alrededor, y en el sofá un bol lleno de ellos.

Cuando habla veo que su lengua está teñida de color azul vivo. Con sus largos dedos juguetea con otro caramelo, acercándoselo a la cara, casi parece que fuera a darle un beso. Pero lo deja caer en el bol.

—¿De dónde eres?

Su voz carece de la irritación con que trató a Deirdre cuando la niña llamó a su puerta. Alza sus espesas pestañas. Contempla un insecto revoloteando a su alrededor y desapareciendo luego.

No quiero decirle de dónde soy. Se supone que debo sentarme en su habitación y ser amable, pero me es imposible. ¿Cómo puedo serlo cuando me han obligado a sentarme aquí y verla morir para que su marido me tome como esposa y me obligue a concebir unos hijos que nunca quise traer al mundo?

—¿Dónde vivías cuando te secuestraron? —le pregunto.

Se supone que no debo hacerle preguntas y en cuanto se la hago me doy cuenta de que acabo de adentrarme en un territorio minado. Llamará furiosa a Deirdre o al Patrón, su marido, para que me saquen de la habitación. Me encerrará en una mazmorra durante los siguientes cuatro años.

Pero para mi sorpresa, no es así.

—Nací en este estado —responde simplemente—. En esta misma ciudad —puntualiza alargando la mano tras de ella. Descuelga una fotografía de la pared y me la entrega. Me inclino para echarle una mirada.

En la foto aparece una niña junto a un caballo. Lo sostiene por las riendas y está sonriendo tanto que los dientes son lo que más predomina en su cara. Tiene los ojos casi cerrados de lo contenta que está. A su lado hay un joven mucho más alto que ella con las manos detrás de la espalda. Su sonrisa es más contenida y tímida, como si no pretendiera sonreír, pero no pudiera evitarlo.

—Ésta soy yo —dice Rose señalando la niña de la foto—. Y éste es mi Linden —exclama resiguiendo con el dedo la figura del chico. Durante unos instantes parece estar absorta pensando en él. En sus labios pintados asoma una ligera sonrisa—. Crecimos juntos.

No estoy segura de qué responderle. Está absorta en este recuerdo, ciega a mi cautiverio. Pero a pesar de ello, me da lástima. En otros tiempos, en distintas circunstancias, no habría sido necesario reemplazarla.

—¿Los ves? —dice señalando aún la foto—. Son los campos de naranjos. Mi padre poseía hectáreas de ellos. Aquí, en Florida.

Florida. Se me cae el alma a los pies. Estoy en Florida, en la punta de la Costa Este, a un montón de kilómetros de distancia de mi casa. Echo de menos mi casa con la marca de la hiedra en la fachada. Echo de menos los lejanos trenes de cercanías que tomaba para ir a trabajar. ¿Cómo lograré recuperar un día todas estas cosas?

—Son preciosos —digo refiriéndome a los naranjos.

Porque es cierto, son preciosos. En este lugar todo parece crecer con fuerza. Nunca me habría imaginado que la niña llena de vida que aparece junto a su caballo en el naranjal pudiera estar muriéndose ahora.

—¿A que sí? —exclama—. Pero a Linden le gustan más las flores. En primavera celebramos fiestas con flores de azahar. Son sus preferidas. En invierno, fiestas en la nieve, y en el solsticio, bailes, pero a él no le gustan. Son demasiado ruidosos.

Le quita el envoltorio a un caramelo verde y se lo mete en la boca. Cierra los ojos durante unos instantes, como si lo saboreara. Los caramelos son de distintos colores y este verde despide un aroma a menta que me transporta a mi niñez. Me viene a la cabeza la vecinita de al lado lanzándome caramelos a mi habitación y el aroma de éstos impregnando el interior del vaso de papel con el que nos comunicábamos.

Cuando Rose vuelve a hablar, su lengua ha adquirido el color verde esmeralda del caramelo.

—Pero es un excelente bailarín. No sé por qué es tan tímido en las fiestas.

Deja la foto sobre el sofá, en medio de un montón de envoltorios de caramelos. No sé qué pensar de esta mujer tan cansada y triste que con tanta brusquedad le ha hablado a Deirdre y que en cambio a mí me trata como a una amiga. Por el momento mi curiosidad es más fuerte que mi amargura. Me digo que en este mundo extraño de cosas bellas debe de haber alguna humanidad después de todo.

—¿Sabes cuántos años tiene Linden? —pregunta ella.

Sacudo la cabeza.

—Veintiuno. Planeamos casarnos desde que éramos niños y supongo que él creía que todas estas medicinas me mantendrían con vida cuatro años más. Su padre es un médico muy importante, pertenece a la primera generación. Trabaja sin descanso para encontrar un antídoto —dice esta última frase con escepticismo, agitando sus dedos en el aire.

No cree que sea posible encontrarlo. Aunque muchos sí lo creen. De donde yo vengo, miles de nuevos huérfanos hacen cola en los laboratorios, ofreciéndose como cobayas para ganarse unos dólares. Pero el antídoto no aparece y el exhaustivo análisis de nuestra reserva genética no revela ninguna anormalidad que explique este virus mortal.

—Sin embargo, tú eres perfecta para él —afirma Rose—. Tienes dieciséis años. Podéis pasar el resto de vuestra vida juntos. Ya no tendrá que estar solo.

Me entran ganas de salir pitando de la habitación. Fuera hay una multitud de criaturas zumbando y gorjeando en el infinito jardín, pero es como si estuvieran a un millón de kilómetros de distancia de mí. Durante un instante casi me olvido de por qué estoy aquí. De cómo he llegado. Este hermoso lugar es peligroso, como las adelfas de color lechoso. El exuberante jardín se ha creado para que yo no quiera abandonarlo.

Linden ha secuestrado a sus futuras esposas para no tener que morir solo. ¿Y qué pasa con mi hermano, solo en esa casa vacía? ¿Y con las otras chicas a las que mataron a balazos en la furgoneta?

Mi rabia ha vuelto. Cierro los puños y deseo con toda mi alma que alguien venga y me saque de esta habitación, aunque signifique que me encierren en otra parte de la casa. No puedo soportar estar un instante más con Rose. Rose y su ventana abierta. Rose que ha montado a caballo y cabalgado más allá de los naranjales. Rose que intenta pasarme su condena a muerte cuando se haya ido.

Para colmo de males, mi deseo se cumple. Deirdre vuelve.

41

—Perdone, Dama Rose, el médico ha llegado para preparar a Rhine para el Patrón Linden —dice ella.

Me acompaña por el pasillo hasta llegar a un ascensor que sólo funciona con una tarjeta electrónica. Deirdre permanece a mi lado, se ve tensa y preocupada.

—Esta noche conocerás al Amo Vaughn —susurra.

Ha empalidecido de golpe y me mira de un modo que me recuerda que no es más que una niña. ¿Qué denota su boca fruncida...? ¿Empatía? ¿Miedo? No lo sé, porque las puertas del ascensor se abren en ese momento y ella, saliendo de sus cavilaciones, me conduce por otro pasillo más oscuro que huele a antiséptico y luego a otra puerta.

Me pregunto si tiene esta vez otro consejo que darme, pero ni siquiera le da tiempo.

—¿Cuál de ellas es? —pregunta un hombre al vernos.

—Rhine, señor —responde Deirdre sin levantar los ojos—. La de dieciséis años.

Me pregunto por un instante si este hombre es el Amo o el Patrón que será mi marido, pero antes de poder siquiera mirarlo, siento una dolorosa punzada en el brazo. Sólo me da tiempo a procesar lo que estoy viendo: una habitación aséptica sin ventanas. Una cama con una sábana y unas correas para sujetar las extremidades.

Como era de esperar en este lugar, la habitación se llena de mariposas relucientes. Revolotean en el aire y, de pronto, estallan como extrañas pompas de jabón. Cuando desaparecen no veo más que sangre. Luego me hundo en la oscuridad.

4

Es mi turno de vigilancia. Hemos cerrado puertas y ventanas y nos hemos atrincherado en el sótano para pasar la noche. La diminuta nevera zumba en el rincón, el reloj hace tictac, la bombilla que cuelga del cable se balancea, creando extrañas formas con la luz. Creo oír una rata en la penumbra, buscando migajas.

Rowan está roncando en el catre, algo inusual en él, porque nunca lo hace. Pero no me importa. Es agradable escuchar el sonido de otro ser humano, saber que no estás sola. Que se despertará en un segundo si hay algún problema. Como mellizos, formamos un gran equipo. Él es fuerte y su puntería con el revólver nunca falla, pero yo soy más pequeña y rápida, y a veces estoy más alerta.

El año que cumplí los trece un ladrón armado entró en nuestra casa. La mayoría de ladrones eran niños que rompían las ventanas o forzaban los cerrojos, y sólo se quedaban lo justo para ver que no había nada para comer ni objeto alguno que valiera la pena robar. Son como la peste y yo les habría dado de comer para que se largaran. Tenemos comida de sobra. Pero Rowan no me dejaba. «Si damos de comer a uno, tendremos que alimentarlos a todos y nosotros no somos los amos de esta maldita ciudad —exclamaba—. Los orfanatos están para eso. Y los laboratorios que les pagan también. ¿Y qué me dices de los de la primera generación? Son ellos los que tendrían que hacer algo al respecto, porque han creado esta situación», afirmaba.

El ladrón armado me doblaba en tamaño y al menos tenía veintitantos años. Forzó el cerrojo de la entrada sin hacer ruido y se imaginó enseguida que los habitantes de esta pequeña morada estaban escondidos en alguna parte, vigilando cualquier cosa de valor. Cuando entró le tocaba vigilar a Rowan, pero se había quedado dormido después de una larga jornada de trabajo físico. Trabaja en cualquier cosa que le salga en cualquier momento, pero siempre se trata de un trabajo duro y al final del día no se puede ni mover. Hace ya mucho que la producción industrial de Estados Unidos se trasladó a otros países industrializados. Ahora, como el país no importa productos, la mayoría de rascacielos se han convertido en fábricas que producen de todo, desde alimentos congelados hasta planchas de metal. Yo suelo conseguir trabajo anotando los pedidos por teléfono. Y Rowan se ocupa del envío y el transporte, actividades que lo cansan más de lo que quiere admitir. Pero siempre nos pagan al contado y podemos comprar más comida de la que necesitamos. Los tenderos nos agradecen tanto que les paguemos al contado —a diferencia de los huérfanos que no tienen un céntimo y que siempre intentan robar los productos de primera necesidad— que nos dan algunos artículos a menos precio, como la cinta aislante y las aspirinas.

Los dos estábamos dormidos, y yo me desperté con un cuchillo en el cuello, mirando los ojos de un hombre que no conocía. Hice un pequeño sonido, ni siquiera fue un gemido, pero fue todo lo que mi hermano necesitó para despertar y coger el revólver.

Yo me sentía indefensa, paralizada. Podía manejar a los ladronzuelos que se colaban en nuestra casa, la mayoría de ellos no quería matarnos, al menos si podían evitarlo. Sólo te amenazaban un poco esperando conseguir comida o alguna alhaja, y si eran más pequeños que tú, al pillarles salían pitando. Sólo intentaban sobrevivir con lo que fuera.

—Si me disparas le corto el pescuezo —exclamó el hombre.

Se oyó un estruendo, como la vez que las cañerías de nuestra casa estallaron, y luego vi un hilo de sangre en la frente de aquel hombre. Me llevó un segundo comprender que era el rojo agujero de una bala en la frente, y después el cuchillo cayó sobre mi cuello. Lo agarré y aparté al hombre de una patada. Pero ya estaba muerto. Me incorporé, con los ojos desorbitados, respirando entrecortadamente. Rowan ya estaba en pie, examinando al hombre para cerciorarse de que estaba muerto, no quería malgastar otra bala si no era necesario.

—¡Joder! —exclamó pateando al tipo—. Me he quedado dormido. ¡Maldita sea!

—Estabas cansado, no pasa nada —le dije para tranquilizarle—. Se habría ido si le hubiéramos dado algo de comer.

—No seas tan ingenua —repuso Rowan alzando el brazo del hombre muerto para mostrarme algo.

Fue entonces cuando advertí que llevaba un abrigo gris. La ropa de trabajo de los Recolectores.

—Lo que quería... —exclamó él, pero fue incapaz de terminar la frase. Era la primera vez que le veía temblar.

Antes de este incidente, creía que los Recolectores sólo secuestraban a las chicas en la calle. Aunque esto sea verdad, no siempre es así. Pueden elegir a una chica, seguirla hasta su casa y esperar el momento ideal para secuestrarla. Es decir, si creen que vale la pena, que recibirán un buen dinero por ella. Y eso es lo que había sucedido. Por eso el hombre había entrado en nuestra casa. Ahora mi hermano no me deja ir a ninguna parte sin él. Cuando salimos a la calle, comprueba preocupado que nadie nos sigue, inspecciona los callejones por los que pasamos. Ahora también cerramos la puerta de casa con cerrojos. En el suelo de la cocina hay un laberinto de cordel de cometa del que cuelgan un montón de latas vacías para que el ruido nos alerte antes de que cualquier intruso entre en el sótano.

Ahora oigo otro ruido, un ruido que al principio creí que venía de una rata correteando por las escaleras. Es la única criatura lo bastante pequeña como para sortear nuestra trampa sin hacer ruido. Pero de repente la puerta del sótano empieza a vibrar en lo alto de las escaleras. Oigo el ruido de los cerrojos abriéndose, uno a uno.

Rowan ha dejado de roncar a mi espalda. Susurro su nombre. Le digo que alguien ha entrado en nuestra casa. No me responde. Al girarme, veo que el catre está vacío.

La puerta del sótano se abre de golpe. Pero la casa no está a oscuras, sino iluminada por la luz del sol y afuera hay un jardín precioso. No he visto nunca nada igual. Apenas me da tiempo a asimilarlo, porque de pronto las puertas se cierran ante mí. Son las puertas de una furgoneta gris, una furgoneta llena de chicas aterradas.

—Rowan —exclamo en voz baja asustada, incorporándome.

Despierto. Ahora he vuelto a la dura realidad e intento consolarme. Pero ésta no es para nada tranquilizadora. Sigo en la mansión de Florida, dentro de poco el Patrón me tomará como esposa y al fondo del pasillo Rose lucha para sobrevivir mientras varias voces intentan calmarla.

Al estirarme en las sábanas de satén siento la cadera y las piernas un poco doloridas. Aparto las mantas, inspecciono mi cuerpo. Llevo unas braguitas blancas. Mi piel está reluciente y sin vello. Me han hecho la manicura limándome y puliéndome las uñas. Vuelvo a estar en mi dormitorio, con una ventana que no se abre y un baño de un rosa tan brillante que prácticamente te deslumbra.

En ese momento la puerta del dormitorio se abre y no sé qué esperar. ¿Será Gabriel, que me trae, magullado y renqueando, la comida? ¿Un cortejo de mujeres de la primera generación que vienen a exfoliar, hidratar y perfumar lo que ha quedado de mi piel? ¿Un médico con una aguja hipodérmica y con una mesa espantosa equipada esta vez con ruedecitas? Pero no es más que Deirdre que sostiene en sus bracitos un paquete blanco que parece pesar.

47

—¡Hola! —exclama con la dulzura propia de una niña—. ¿Cómo te sientes?

Como mi respuesta no sería agradable, no le respondo.

Cruza rápidamente la habitación, lleva un vestidito blanco en lugar del uniforme tradicional.

—Te he traído tu traje —dice dejando el paquete sobre el tocador y deshaciendo el lazo que lo sujeta para abrirlo. Como el vestido es más largo que ella, lo arrastra por la lujosa alfombra mientras lo sostiene en alto para mostrármelo. Reluce con los diamantes y perlas engarzados.

—Es de tu talla —afirma—. Te tomaron las medidas mientras estabas inconsciente y yo he hecho algunos retoques para que te vaya como un guante. Pruébatelo.

Lo último que quiero es probarme lo que es a todas luces mi traje de novia, para conocer al Patrón Linden, el responsable de mi secuestro, y al Amo Vaughn, que hizo que Deidre empalideciera en el ascensor sólo de oír su nombre. Pero ella sostiene en alto el vestido con tanta alegría e ingenuidad que no quiero hacerle pasar un mal rato. Dejo que me lo ponga y que me cierre la cremallera.

Deirdre se sube a la otomana del tocador para ponerme la gargantilla. La cierra con sus hábiles manitas haciendo un lazo perfecto. Y el traje de novia me favorece mucho.

—¿Lo has hecho tú? —pregunto sin ocultar mi sorpresa.

Las manzanitas de sus mejillas se sonrosan y asiente con la cabeza bajándose de la otomana.

—Lo que más tiempo me ha llevado ha sido engarzar los diamantes y las perlas, coser el resto ha sido muy fácil.

Es un vestido sin tirantes con un escote acorazonado. La cola tiene forma de uve. Supongo que vista desde arriba yo sería un corazón blanco satinado dirigiéndome al altar. No me imagino nada más bonito para ponerme en la vida de cautiverio que me espera.

—¿Has confeccionado tres vestidos de novia tú sola?

Deirdre sacude la cabeza y me conduce dulcemente a la otomana para que tome asiento.

—Solamente el tuyo, soy la persona que se ocupa de ti, tu sirvienta. Las otras chicas tienen las suyas —dice afirmando.

Abre un cajón del tocador repleto de cosméticos y de pasadores para el pelo. Con la brocha del colorete que sostiene, me señala los botones de la pared situados encima de la mesilla de noche.

—Pulsa el blanco si necesitas algo y yo vendré en el acto. El azul es para llamar a la cocina.

Empieza a maquillarme la cara, mezclando distintos colores y aplicándolos sobre mi piel, sosteniéndome la barbilla para examinarme. Me mira seria, con los ojos muy abiertos. Cuando está satisfecha con el maquillaje, se ocupa de mi pelo, cepillándolo y enrollándolo alrededor de los rulos y dándome una información que cree puede serme útil.

—El enlace nupcial tendrá lugar en el jardín de las rosas. Se celebrará por orden de edades, la novia más joven será la primera. Una de las chicas se casará antes y la otra después de ti. Primero habrá el intercambio de promesas, pero alguien las leerá por ti, tú no tendrás que decir nada. Y después el intercambio de anillos; deja que piense qué más queda...

Su voz se pierde en un sinfín de descripciones: las velas flotantes, los preparativos para el banquete nupcial, incluso el tono de voz que debo emplear.

Pero todo cuanto dice se desdibuja en una horrible confusión. La boda se celebrará esta noche. Esta noche. No tengo esperanza alguna de poder escapar antes de que ocurra, ni siquiera he podido abrir la ventana, ni siquiera he podido ver desde fuera este espantoso lugar. Me siento mal, me falta el aire. Me conformaría con poder abrir la ventana, no para escapar sino para aspirar una bocanada de aire fresco. Abro la boca para respirar hondo y Deirdre me mete un caramelo rojo en ella.

—Es para refrescar el aliento —afirma. El caramelo se disuelve al instante y me siento inundada de algo con demasiado azúcar que sabe a fresas. Al principio es demasiado fuerte, pero luego se va suavizando hasta saber bien, incluso me calma la angustia en cierto modo.

—¡Ya estás lista! —exclama Deirdre orgullosa de su labor. Me empuja con suavidad para que me mire en el espejo; es la primera vez que lo hago desde que estoy aquí.

Me quedo atónita por lo que veo.

Me ha sombreado los párpados de rosa, pero no es el rosa chillón del baño, sino un tono intermedio entre los rojos y los amarillos del atardecer. Brilla como si estuviera lleno de estrellitas y se va difuminando en suaves tonos morados y blancos. Me ha pintado los labios del mismo color y mi piel se ve luminosa.

Por primera vez no parezco una niña. Soy mi madre con su vestido de fiesta, en aquellas noches que se quedaba bailando con mi padre en la sala de estar después de que mi hermano y yo nos acostáramos. Más tarde entraba a mi dormitorio para darme un beso creyendo que yo dormía. Sudada y perfumada, loca de amor por mi padre. «Diez dedos en las manos, diez dedos en los pies —me susurraba al oído—, mi pequeña está sana y salva en sus sueños.» Después se iba, haciéndome sentir como si me hubiera protegido con un hechizo.

¿Qué le diría mi madre a esta chica —casi mujer— del espejo?

En cuanto a mí, me he quedado sin habla. Con su talento para los colores, Deirdre ha hecho que mi ojo azul parezca más luminoso y el marrón tan intenso como la mirada de Rose. Me ha vestido y maquillado perfectamente para mi papel: pronto me convertiré en la trágica esposa del Patrón Linden.

Creo que el maquillaje habla por sí sólo, pero en el espejo puedo ver a Deirdre detrás de mí expectante, esperando oír lo que pienso de él.

—¡Es precioso! —es todo cuanto puedo decir.

—Mi padre era pintor —admite con un dejo de orgullo—. Hizo todo lo posible por enseñarme, pero no sé si algún día seré tan buena como él. Me dijo que cualquier cosa puede ser un lienzo y supongo que ahora tú eres mi lienzo.

No me dice nada más sobre sus padres y yo no le hago ninguna pregunta sobre ellos.

Me toca el pelo durante un rato, lo llevo ondulado en tirabuzones y recogido con una sencilla cinta blanca. Lo sigue haciendo hasta que su reloj de pulsera emite un pitido. Y entonces me ayuda a ponerme los incómodos zapatos de tacón y me sostiene la cola del traje mientras cruzamos el pasillo. Bajamos con el ascensor y recorremos un laberinto de pasillos serpenteantes, y justo cuando empezaba a creer que esta casa no tiene fin, llegamos a una gran puerta de madera. Deirdre se adelanta, la abre lo justo y asoma la cabeza por ella. Por lo visto está hablando con alguien.

Deidre retrocede y un muchachito se me queda mirando. Es de su misma altura o casi. Me observa de arriba abajo con la mirada.

—¡Me gusta! —exclama.

—Gracias, Adair. La tuya también me gusta —responde Deirdre con gran profesionalidad, pese a su joven voz—. ¿Estamos listos para empezar?

—Sí. Ve a ver si Elle también lo está.

Deirdre desaparece tras la puerta con él. Les oigo hablar con otra persona, y cuando la puerta se abre, otra niña se me queda mirando. Tiene los ojos grandes y verdes.

—¡Oh, está preciosa! —grita entusiasmada dando una palmada y luego desaparece.

Cuando la puerta vuelve a abrirse, Deirdre me coge de la mano y me lleva a lo que sólo puede ser el cuarto de costura. Es pequeño y no tiene ventanas, está lleno de rollos de tela y de máquinas de coser, y por todas partes hay cintas colgando de los estantes y esparcidas por las mesas.

—Las otras novias están listas —dice Deirdre. Mira a su alrededor para cerciorarse de que nadie más pueda oírla—. Pero yo creo que tú eres la más guapa —me susurra.

Las otras novias están de pie en rincones opuestos del cuarto de costura, atendidas por sus respectivos sirvientes, todos ellos van de blanco. Adair, el chiquillo, está estirando el corpiño blanco de terciopelo de una esbelta novia de pelo negro que mira con desánimo su hombro y a la que no parece importarle el ajetreo.

La otra niña, supongo que se llama Elle, está retocando los pasadores de perlas del pelo de una novia que, si se subiera a una báscula, no pesaría más de cuarenta y cinco kilos. Esta novia lleva el cabello pelirrojo recogido en un moño alto y un traje blanco que refleja sutilmente los colores del arco iris cuando ella se mueve. El corpiño tiene unas grandes alas de mariposa translúcidas en la parte posterior que parecen despedir un reguero de destellos, pero me doy cuenta de que no es más que una ilusión, porque ninguno llega a tocar el suelo. La novia embutida en un corpiño demasiado pequeño para contener sus senos, se contonea incómoda.

La chica pelirroja ni siquiera me llegaría a los hombros aunque se pusiera de puntillas. Salta a la vista que es demasiado joven para casarse. Y la esbelta está demasiado triste. Y yo demasiado furiosa.

Y sin embargo aquí estamos las tres.

El traje es tan suave sobre mi piel y Deirdre se siente orgullosa de haberlo confeccionado, y aquí estoy yo, en el cuarto de costura donde supongo me harán el vestuario para el resto de mi vida. Pero lo único en lo que pienso es en escapar. ¿Por un conducto de ventilación? ¿Por una puerta abierta?

Y también pienso en Rowan, mi hermano mellizo.

El uno sin el otro somos como una mitad. Apenas soporto pensar en que tendrá que pasar la noche solo en ese sótano. ¿Recorrerá el barrio de las prostitutas para ver si me encuentra en un prostíbulo? ¿Usará una de las furgonetas que utiliza como repartidor para buscar mi cadáver tirado en la cuneta? De todo cuanto podría hacer, de todos los sitios donde podría buscarme, estoy segura de que nunca me encontrará en esta mansión, rodeada de naranjales, caballos y jardines, tan lejos de Nueva York.

Tendré que encontrarle yo. Estúpidamente, busco la vía de escape, cuando no hay ninguna, en un conducto de ventilación demasiado pequeño.

Los sirvientes nos conducen al centro del cuarto de costura. Es la primera vez que podemos mirarnos realmente unas a otras. En la furgoneta viajábamos a oscuras y cuando nos examinaban estábamos demasiado aterradas como para hacer otra cosa que mirar hacia delante. Y además en la limusina nos adormecieron con aquel gas, por eso somos entre nosotras unas perfectas desconocidas.

La chica pelirroja, la más joven, le dice entre dientes a Elle que le ha apretado demasiado el corpiño y que cómo espera que esté quieta durante la ceremonia —el momento más importante de su vida, añade— si apenas puede respirar.

La chica esbelta está detrás de mí, sin decir ni hacer nada mientras Adair se sube a una escalera de mano y decora su pelo trenzado con azucenas artificiales.

Alguien llama a la puerta y no sé qué esperar. Quizás una cuarta novia, o los Recolectores entrando y asesinándonos a balazos a todas. Pero no es más que Gabriel, sosteniendo un cilindro enorme y preguntando a los sirvientes si las novias están listas. No nos mira a ninguna de nosotras. Cuando Elle le dice que estamos listas, deposita el cilindro en el suelo y, emitiendo un runruneo mecánico, se va desplegando una alfombra roja a lo largo del pasillo. Gabriel desaparece en la penumbra.

Empieza a oírse una extraña música que parece salir del techo. Los sirvientes nos colocan en fila por orden de edad, la novia más joven a la cabeza, y empezamos a avanzar. Me sorprende lo sincronizadas que caminamos sin haberlo ensayado antes, teniendo en cuenta que después de nuestro largo viaje encerradas en una furgoneta, nos llevaron a rastras a este lugar estando inconscientes. En unos pocos minutos todas estaremos casadas con el mismo hombre, seremos hermanas esposas. Es una expresión que oí en las noticias y no sé lo que significa. Ignoro si estas chicas serán mis aliadas o mis enemigas, y si ni siquiera viviremos bajo el mismo techo después de hoy.

La novia que va al frente, la pelirroja, la más joven, parece dar saltitos en lugar de andar. Sus alas se agitan y rebotan. Está envuelta en destellos. Si no supiera de qué va la cosa, incluso juraría que la ceremonia le entusiasma.

La alfombra conduce a una puerta abierta que da al exterior. Al espacio que Deirdre llamó el jardín de las rosas, el nombre le viene como es evidente de la gran cantidad de rosales que forman los altos muros verdes que nos rodean. Son una prolongación del pasillo, y pese al inmenso cielo en lo alto, me siento tan prisionera en este jardín como dentro de la mansión.

El cielo del anochecer está tachonado de estrellas y se me ocurre, absorta en mis pensamientos, que en mi casa a estas horas de la noche nunca saldría a la calle. La puerta estaría cerrada a cal y canto y la trampa de latas desplegada en el suelo de la cocina. Rowan y yo estaríamos comiendo en silencio acompañando la cena con una taza de té, y luego miraríamos las noticias por la tele para ver las ofertas de trabajo y ponernos al día sobre el estado de nuestro mundo, esperando sin demasiado optimismo que un día las cosas cambien para mejor. Desde que el antiguo laboratorio explotó hace cuatro años, he estado esperando que construyan uno nuevo para que se creen puestos de trabajo dedicados a la investigación científica y alguien pueda encontrar un antídoto. Pero ahora los huérfanos han convertido el laboratorio en ruinas en su hogar. La gente se está dando por vencida, aceptando su destino. Y en las noticias no salen más que ofertas de trabajo y eventos a los que asisten las clases sociales más opulentas: los Patrones y sus tristes esposas. Supongo que lo hacen para animarnos. Para hacernos creer que el mundo no se está acabando.

Ni siquiera me da tiempo a sentir la oleada de añoranza, porque me empujan suavemente hacia el claro que hay al final del pasadizo de rosales para que me coloque en semicírculo junto a las otras novias.

El claro es enorme y un alivio. El jardín se vuelve de súbito inmenso, una ciudad repleta de luciérnagas y velitas planas que parecen estar flotando en el mismo lugar. Creo que Deirdre las ha llamado velas de té. Hay fuentes borboteando en estanques diminutos y ahora descubro que la música amplificada sale de un teclado que toca por sí solo con las teclas iluminándose, suena como una banda de instrumentos de cuerda y de metal. Conozco la melodía, mi madre solía tararearla: *La marcha nupcial,* la pieza que se tocaba en su época en las bodas.

Me conducen a una glorieta en medio del claro junto a las otras dos chicas, donde la alfombra roja se transforma en un gran círculo. Un hombre vestido de blanco se coloca a nuestro lado, y los sirvientes, en sus respectivos lugares frente a nosotras, permanecen con las manos unidas como si estuvieran orando. La novia más joven suelta unas risitas al ver una luciérnaga que revolotea alrededor de su nariz y luego desaparece. La novia de más edad está mirando al vacío con unos ojos tan grises como el cielo del anochecer. Yo hago todo lo posible por no destacar de las demás, por pasar desapercibida, pero sospecho que es imposible si el Patrón se ha quedado prendado de mis ojos.

No sé demasiado de bodas tradicionales. Nunca he asistido a ninguna y mis padres, como la mayoría de parejas de su tiempo, se casaron por lo civil. Con la raza humana muriendo a una edad tan temprana, apenas nadie se casa ya. Pero supongo que antes las celebraciones nupciales eran así, más o menos: la espera de la llegada de la novia, la música, el novio con esmoquin negro acercándose. Linden, el Patrón, el que dentro de poco será mi futuro marido, se dirige a nosotras cogido del brazo de un hombre de la primera generación. Ambos son altos y de tez pálida. Se separan al llegar a la glorieta y Linden da tres pasos y se sitúa frente a nosotras, en medio de la alfombra circular. La pequeña pelirroja le guiña el ojo y él le sonríe con adoración, como un padre le sonreiría a su hija pequeña.

Pero ella no es su hija. Es la mujer de la que espera tener hijos.

Siento náuseas. Sería toda una provocación vomitar en sus relucientes zapatos negros. Pero no he comido nada de lo que Gabriel me ha traído desde el primer día que llegué a esta casa y vomitar no me haría ganarme ningún favoritismo, al contrario. Mi mejor oportunidad para escapar será ganarme la confianza de Linden. Cuanto antes lo haga, mejor.

El hombre vestido de blanco empieza a hablar y la música se va apagando hasta cesar.

—Nos hemos reunido hoy aquí para unir a estas cuatro almas en una sagrada unión que producirá los frutos para las generaciones venideras…

Mientras el hombre habla, Linden nos contempla. Tal vez sea la luz de las velas, o la apacible brisa del atardecer, pero no parece tan amenazador como cuando nos seleccionaba de la hilera de chicas. Es un hombre alto con huesos menudos que le confieren un aspecto aniñado, casi frágil. Sus ojos son de color verde esmeralda y sus brillantes rizos negros le caen alrededor del rostro como gruesas enredaderas. No sonríe, ni tampoco pone la mueca de cuando me atrapó entre sus brazos mientras yo corría por el pasillo. Durante un instante me pregunto si incluso es la misma persona. Pero entonces abre la boca y veo el destello de sus dientes de oro.

Los sirvientes han dado un paso hacia delante. El hombre vestido de blanco ha dejado de hablar sobre que este enlace asegurará la continuidad de las generaciones futuras y ahora Linden se dirige a cada una de nosotras llamándonos por nuestro nombre.

—Cecilia Ashby —le dice a la novia más joven. Elle separa las manos y deja al descubierto un anillo de oro. Linden toma el anillo y lo coloca en el dedo anular de la pequeña mano de la novia—. Mi esposa —añade él. Ella se sonroja y le sonríe encantada.

Antes de que pueda procesar lo que está ocurriendo, Deirdre ha abierto sus manos y Linden ha cogido el anillo y me lo ha puesto en el dedo.

—Rhine Ashby —dice—. Mi esposa.

No significa nada para mí, pienso para mis adentros. Me da igual que me llame como quiera, en cuanto esté al otro lado de la valla este estúpido anillito no significará nada para mí. Sigo siendo Rhine Ellery. Intento que este pensamiento se me quede bien grabado, pero estoy empapada en un sudor frío. El corazón me pesa. Linden me mira a los ojos y nuestras miradas se cruzan. No me sonrojaré, ni parpadearé, ni miraré a otra parte. No sucumbiré.

Me sostiene la mirada unos instantes y luego se dirige a la tercera novia.

—Jenna Ashby —le dice a la siguiente chica—. Mi esposa.

—Lo que el destino ha unido, que no lo separe el hombre —declara el hombre de blanco.

«No es el *destino,* sino un *secuestrador*», me digo.

La música vuelve a sonar y Linden nos coge de la mano una a una lo suficiente para descender con nosotras por la escalinata, una por una. Su mano es pegajosa y fría. Es nuestro primer contacto físico como marido y mujer. Mientras camino, intento echarle una buena mirada a la mansión en la que he estado encerrada durante varios días. Pero es demasiado grande;

al estar demasiado cerca no puedo ver más que un lado y lo único que capto son los ladrillos y las ventanas. Aunque creo vislumbrar a Gabriel por un instante pasando por una de las ventanas. Reconozco su acicalado pelo con la raya en medio, está mirándome con sus grandes ojos azules.

Después Linden se va, desapareciendo con el hombre de la primera generación que le acompañaba. Y a nosotras nos conducen de vuelta a la mansión. A lo largo del sendero crece hiedra y, justo antes de entrar, arranco una hoja de la frondosa planta verde y cierro la mano con fuerza para conservarla conmigo. Me recuerda mi hogar, aunque la hiedra ya no crezca en él.

Una vez en el dormitorio, escondo la hoja de hiedra en la funda de la almohada antes de que Deirdre se ocupe de mí. Me ayuda a sacarme el traje de novia, lo dobla cuidadosamente y me rocía con un aerosol que al principio ataca mis sentidos y me hace estornudar, pero que después se difumina en un agradable aroma a rosas. Me hace sentar en la otomana de nuevo y abre el cajón del maquillaje. Me desmaquilla la cara con un limpiador y empieza a maquillarme otra vez, aplicando en esta ocasión ardientes tonos rojos y morados para darme un aspecto sensual. Me gusta incluso más que el de antes, siento como si este maquillaje reflejara mi rabia y amargura.

Me pone un ajustado vestido rojo con mangas japonesas que hace juego con el color de mis labios, con una cinta negra acabada en un lazo alrededor del cuello. El vestido sólo me llega hasta medio muslo y Deirdre tira del material para asegurarse de que se adapte bien a mi cuerpo. Mientras tanto me pongo otros zapatos con unos tacones de infarto y me miro en el espejo. El tejido de terciopelo marca cada curva de mi cuerpo: los senos, las caderas, hasta la caja torácica.

—Es un símbolo de que ya no eres una niña. De que estás lista para que tu marido venga a verte en cualquier momento —me explica ella.

Después me conduce al ascensor y a lo largo de más pasillos, hasta que llegamos al comedor. Las otras chicas llevan un vestido igual que el mío, pero el de una es de color negro y el de la otra amarillo. Todas llevamos esta vez el pelo suelto. Me hacen tomar asiento entre ellas ante una larga mesa dispuesta bajo varias arañas de cristal. Cecilia, la pelirroja, está entusiasmada, y Jenna, la morena, parece estar dejando atrás su melancolía. Bajo la mesa su mano roza la mía y no estoy segura de si lo hace a propósito.

Todas olemos a flores.

En el pelo de Cecilia aún queda un poco de purpurina.

El Patrón Linden llega de nuevo con el hombre de la primera generación. Se acercan a nosotras y Linden nos toma la mano, una por una, y se la lleva a la boca para besárnosla. Después nos presenta al hombre que le acompaña, su padre, como el Amo Vaughn.

El Amo Vaughn también nos besa la mano y yo tengo que contenerme para no retirarla asqueada al sentir sus labios fríos y apergaminados. Me recuerdan los de un cadáver. Al ser de la primera generación, el Amo Vaughn ha envejecido grácilmente: su pelo negro sólo tiene algunas vetas entrecanas y su rostro no está arrugado como una pasa. Pero su piel amarillenta y apagada hace que la de Rose parezca incluso radiante en comparación. No sonríe. Es un tipo muy frío. Hasta Cecilia parece intimidada por su presencia.

Cuando toman asiento al otro lado de la mesa, Linden frente a nosotras y el Amo Vaughn a la cabecera, me siento un poco mejor. Nosotras nos sentamos la una al lado de la otra, y la otra punta de la mesa queda vacía. Sospecho que es el lugar donde la madre de Linden se habría sentado, pero como no está aquí, supongo que ha muerto.

Cuando Gabriel entra en el comedor sosteniendo una pila de platos y cubiertos, me siento aliviada de verlo. No he hablado con él desde la noche anterior, cuando salió cojeando de mi habitación. Me preocupa que le hayan pegado por mi culpa y que el Amo Vaughn decida encerrarlo en una mazmorra el resto de su vida. Mis preocupaciones siempre acaban en mazmorras, no me imagino nada peor que estar encerrado el resto de tu vida, sobre todo cuando te quedan tan pocos años para gozar de lo poco que tienes.

Aunque ahora Gabriel ya parece encontrarse bien. Lo observo con atención por si se trasluce algún morado bajo su camisa, pero no veo ninguno. Ya no cojea. Intento captar su atención para apoyarle o disculparme con la mirada, pero no alza los ojos para mirarme. Le siguen cuatro sirvientes con el mismo uniforme que nos traen jarros de agua, botellas de vino y un carrito con platos deliciosos: pollos rociados con salsa de caramelo, y piña y fresas talladas en forma de nenúfares.

La puerta del comedor permanece abierta de par en par mientras los sirvientes entran y salen. Me pregunto qué pasaría si huyera corriendo por ella: si Gabriel o alguno de los otros sirvientes me detendría.

Pero el miedo a lo que mi flamante esposo pueda hacer me paraliza, porque seguro que si echase a correr me atraparían sin que lograra ir demasiado lejos. ¿Y entonces qué? Volverían a encerrarme en mi habitación y tendría siempre la fama de ser la chica que no es de fiar.

Así que sigo sentada, participando en una conversación forzada y empalagosa. Linden no habla demasiado. Mientras se lleva una cucharada tras otra de sopa a la boca, parece tener la cabeza en otra parte. Cecilia le sonríe, e incluso deja caer la cuchara al suelo para llamar su atención.

El Amo Vaughn está hablando de los jardines centenarios y de lo dulces que son las manzanas. Incluso hace que las frutas y los arbustos parezcan horribles. Es por su voz, grave y áspera. Advierto que ninguno de los sirvientes se atreve a mirarle a la cara al retirar los platos sucios y cambiarlos por otros limpios.

Creo que fue él. Fue él quien golpeó ayer a Gabriel por no cerrar con llave la puerta de mi habitación. Pese a sus sonrisas y su inofensiva conversación, percibo algo peligroso en él. Algo que me quita el apetito y hace palidecer a Deirdre. Algo, quizá, más peligroso que el abatido Patrón Linden que nos mira con la mirada perdida, loco de amor por una mujer que está a las puertas de la muerte.

5

Cuando la velada termina por fin, me echo exhausta en la cama llevando sólo unas braguitas blancas mientras Deirdre me masajea mis doloridos pies. Si no estuviera tan agotada y su masaje no fuera tan relajante, le diría que no hacía falta. Está arrodillada a mi lado, su liviano cuerpo apenas deja una marca en el suave y mullido edredón.

Me tumbo boca abajo en la cama abrazando una almohada, y Deirdre empieza a darme un masaje en las pantorrillas, justo lo que necesitaba después de llevar esos tacones tan altos durante tantas horas. También ha encendido varias velas que impregnan la habitación de un cálido aroma a misteriosas flores. Estoy tan relajada que a estas alturas hablo sin andarme con tapujos.

—¿Qué pasa la noche de bodas? ¿Nos pone en hilera y elige a una de nosotras? ¿Nos droga con gas adormecedor? ¿Nos mete a las tres en su cama?

Deirdre no parece ofenderse por mis groseras palabras.

—¡Oh, el Patrón no consumará la unión con sus esposas esta noche. Ni con Dama Rose… —añade en un hilo de voz.

—¿Qué me dices de ella? —pregunto levantándome lo justo para girar la cabeza y mirarla.

La angustia se refleja en la cara de Deirdre, sus hombros se mueven mientras frota mis doloridas piernas.

—Él está perdidamente enamorado de ella —admite con nostalgia—. No creo que visite a ninguna de sus nuevas esposas hasta que Rose haya fallecido.

Es cierto, el Patrón no entra en mi habitación, y una vez que Deirdre ha apagado las velas y se ha ido, acabo durmiéndome. Pero a primeras horas de la mañana me despierta el ruido del pomo de la puerta girando. En los últimos años he aprendido a tener un sueño muy liviano, y sin ninguna droga en mi cuerpo que me haga dormir, he vuelto a mi estado de vigilancia habitual. Pero no reacciono. Espero, con ojos como platos, contemplando la puerta abriéndose en la oscuridad.

El cabello rizado de la figura en la penumbra revela que se trata de Linden.

—¿Rhine? —susurra llamándome por mi nombre por segunda vez en nuestro recién estrenado matrimonio.

Quiero ignorarle y fingir dormir, pero me da la sensación de que los furiosos latidos de mi corazón se deben de oír incluso en la otra punta de la habitación. Es irracional, pero todavía creo que el chirrido de la puerta significa los Recolectores viniendo a volarme los sesos de un balazo o a secuestrarme. Además Linden ha visto que tengo los ojos abiertos.

—Sí —respondo.

—Levántate —musita—. Ponte algo para no coger frío, quiero mostrarte una cosa.

¡Algo para no coger frío!, pienso. Esto significa que me llevará al exterior.

Tiene la delicadeza de salir de la habitación para que me vista en privado. El vestidor se ilumina al abrirlo, revelando hileras de ropa. Elijo unos pantalones negros afelpados y gruesos y un jersey con perlas entretejidas, prendas que sin duda son obra de Deirdre.

Al abrir la puerta —que ya no está cerrada por fuera como antes de la boda—, Linden me está esperando en el pasillo. Sonriéndome, enlaza su brazo con el mío y me lleva al ascensor.

Es angustiante la cantidad de pasillos que hay en esta mansión. Aunque dejaran la puerta de la entrada abierta de par en par para que me escapara, estoy segura de que nunca lograría encontrarla. Intento anotar mentalmente dónde estoy: un pasillo largo con una alfombra verde de aspecto nuevo. Las paredes son de color marfil y están decoradas con la misma clase de cuadros que los de mi dormitorio. Como no hay ventanas, ni siquiera sé que estamos en la planta baja hasta que Linden abre la puerta que lleva al jardín de las rosas, al mismo pasadizo de rosales por el que ya he pasado. Pero esta vez vamos más allá de la glorieta. El sol aún no ha salido y reina un ambiente silencioso y adormecido.

Linden me muestra la fuente borboteante de un estanque poblado de peces alargados y rechonchos de color blanco, anaranjado y rojo.

—Son peces koi —observa—. Vienen del Japón. ¿Has oído hablar de ellos?

La geografía no es mi fuerte, no acabé los estudios, la muerte de mis padres me obligó a ponerme a traba-

66

jar. El colegio al que íbamos mi hermano y yo había sido en el pasado una iglesia y había tan pocos alumnos que la primera hilera de pupitres apenas estaba llena. La mayoría éramos hijos de las primeras generaciones, como mi hermano y yo, a los que nos habían enseñado a valorar la educación aunque nos muriésemos sin haber podido aplicarla. Y también había uno o dos huérfanos que soñaban con ser actores y que querían aprender a leer lo justo para poder memorizar los guiones. El profesor de geografía nos enseñó que en el pasado la Tierra estaba formada por siete continentes y un montón de países, pero la Tercera Guerra Mundial los destruyó a todos menos a Norteamérica, el subcontinente con la tecnología más avanzada. El daño fue tan catastrófico que ahora lo único que queda de nuestro planeta es un océano de islas inhabitables tan diminutas que ni siquiera se ven desde el espacio.

A mi padre, sin embargo, le apasionaba el planeta. Tenía un atlas donde se veía la Tierra tal como era en el siglo XXI. Estaba lleno de imágenes a todo color de los países y de sus costumbres. Japón era mi favorito. Me encantaban las geishas de las ilustraciones con las cejas pintadas y los labios en un mohín. Las flores rosas y blancas de los cerezos, tan distintas de la escasa vegetación que crece ahora en las aceras de Manhattan. Japón parecía ser una foto gigantesca a todo color, brillante y llena de vida. Mi hermano prefería África, con sus elefantes meneando las orejas y sus aves exóticas.

Yo me imaginaba que el mundo había sido en el pasado un hermoso lugar. Y fue mi padre el que me enseñó a ver la belleza. Aún pienso en esos lugares que ya no existen. Un koi pasa contoneándose ante mí y luego desaparece en la profundidad, y lo único en lo que puedo pensar es en lo feliz que mi padre habría sido si lo viera.

El dolor por la pérdida de mi padre es tan repentino que me fallan las piernas, como si no pudieran sostener el peso de mi cuerpo. Me contengo las lágrimas, siento un nudo en la garganta.

—Sí, he oído hablar de ellos —me limito a decir.

Linden parece impresionado. Me sonríe y levanta la mano como si fuera a tocarme, pero luego cambia de opinión y sigue caminando. Llegamos a un columpio de madera en forma de corazón. Nos sentamos en él sin que nuestros cuerpos se toquen y nos columpiamos suavemente contemplando el horizonte por encima de los muros de rosales. El cielo se tiñe poco a poco de tonos anaranjados y amarillentos, como los colores del maquillaje que me aplicó Deirdre. Aún se ven algunas estrellas, pero desaparecen allí donde el cielo empieza a enrojecer.

—Mira. Mira qué bonito es —exclama Linden.

—¿La salida del sol? —pregunto desconcertada.

Reconozco que es preciosa, pero no tanto como para levantarte a estas horas de la madrugada. Estoy tan acostumbrada a dormir por turnos, alternándolos con mi hermano para vigilar la casa, que mi cuerpo ha aprendido a no desperdiciar ni un segundo de sueño.

—El comienzo de un nuevo día. Estar lo bastante sano para contemplarlo —afirma.

Puedo ver tristeza en sus ojos verdes. Aunque no confío en él. ¡Cómo iba a hacerlo si es el hombre que pagó a los Recolectores para poder retenerme a su lado los últimos años de mi vida! ¿Acaso no tiene las manos manchadas de sangre por el asesinato de esas chicas en la furgoneta? Tal vez las salidas del sol que pueda ver sean limitadas, pero no pienso contemplar todas las que me quedan como la esposa de Linden Ashby.

Durante un rato reina el silencio. La luz del amanecer ilumina el rostro de Linden y mi alianza reluce bajo el sol. La odio. Ayer por la noche tuve que hacer un gran esfuerzo por no echarla al váter y tirar de la cadena. Pero tengo que llevarla puesta para ganarme su confianza.

—Conoces Japón. ¿Qué más sabes sobre el mundo?

No pienso contarle lo del atlas de mi padre, ni que mi hermano y yo escondimos todos los objetos de valor en un baúl cerrado con llave. Alguien como Linden no necesita proteger bajo llave nada de valor, salvo sus mujeres. No entendería la locura que reina en los lugares pobres y desesperados.

—No gran cosa—respondo.

Y finjo enterarme por primera vez cuando me habla de Europa, de la Torre del Reloj llamada el Big Ben (recuerdo la fotografía en la que resplandecía en el crepúsculo rodeada de una multitud en Londres) y de los flamencos de cuello tan largo como sus patas que se extinguieron.

—Rose me contó la mayoría de estas cosas —admite, y de pronto, cuando la luz del sol está empezando a iluminar los colores rojos y verdes del jardín, aparta su mirada de mí.

—Ahora es mejor que vuelvas a casa, un sirviente te acompañará a tu habitación —añade con la voz temblándole al final.

Y yo sé que ahora no es el momento de quedarme

sentada a su lado y fingir adorarle. Tomo el camino de vuelta, dejándole solo ante el comienzo de este nuevo día para que pueda pensar en Rose, que tiene los amaneceres contados.

Durante los días siguientes apenas vemos a Linden. La puerta de nuestra habitación ya no está cerrada con llave, y como la mayor parte del tiempo estamos solas, podemos vagar a nuestras anchas por la planta de las esposas, donde hay una biblioteca y una sala de estar, y no gran cosa más. No nos permiten usar el ascensor a no ser que Linden nos invite a cenar, algo muy infrecuente. Normalmente nos llevan la cena a nuestra habitación. Yo me paso mucho tiempo sentada en un mullido sillón de la biblioteca, ojeando vistosas páginas de flores que ya no crecen en este mundo y algunas que aún se pueden encontrar en otras partes del país. Aprendo sobre los casquetes polares, que se derritieron hace mucho tiempo a causa de las guerras, y sobre un explorador llamado Cristóbal Colón que demostró que la Tierra era redonda. En mi prisión me enfrasco en la historia de un mundo libre e infinito que dejó de existir hace mucho.

No veo a mis hermanas esposas demasiado a menudo. A veces Jenna se sienta a mi lado en el sofá de la biblioteca y aparta la vista de su novela unos instantes para preguntarme qué estoy leyendo. Su voz es tímida y cuando la miro parpadea como si fuera a pegarle. Pero aparte de este miedo, hay algo más, los restos de una joven rota por dentro que en el pasado era segura, fuerte y valiente. Suele tener los ojos nublados y empañados de lágrimas. Nuestras conversaciones son comedidas y breves, nunca pasan de una o dos frases.

Cecilia se queja de que en el orfanato no le enseñaron a leer lo suficiente. Se sienta aplicadamente ante una de las mesas de la biblioteca con un libro y a veces deletrea en voz alta una palabra, esperando con impaciencia que yo se la pronuncie y que le explique su significado. Aunque sólo tenga trece años, sus lecturas favoritas son sobre el parto y el embarazo.

Pero a pesar de su poca cultura, Cecilia es una especie de niña prodigio musical. A veces la escucho cuando toca el teclado electrónico en la sala de estar. La primera vez que la oí pasada la medianoche, la música me atrajo como un imán. Al asomar la cabeza por la puerta, la vi sentada en la sala de estar, con su cuerpecito coronado por su llameante pelo pelirrojo, envuelta en el holograma de una intensa nevada que se proyectaba de alguna parte del teclado. Pero Cecilia, que tan encandilada está por el falso *glamour* de esta mansión, tocaba la pieza con los ojos cerrados. Ensimismada en su concierto, no era mi hermana esposa pequeña con su traje alado, o la misma niña que fingió en el día equivocado que la cuchara de plata se le caía al suelo cuando los sirvientes pasaban por delante, sino alguna criatura de otro mundo. Dentro de ella no suena ninguna bomba de relojería, no se ve ningún indicio de esa cosa horrible que la matará dentro de pocos años.

Por la tarde toca con más torpeza, presionando las teclas sin ton ni son para divertirse. El teclado no funciona a no ser que le insertes alguna de los cientos de tarjetas holográficas para acompañar la música con imágenes virtuales: ríos tumultuosos, un cielo repleto de relucientes luciérnagas, arcos iris deslizándose velozmente. Nunca la he visto poner un mismo holograma dos veces y sin embargo apenas se fija en ninguno.

La sala de estar está repleta de imágenes ilusorias. Si pulsas un botón del televisor, aparece una pista de esquí, una pista de patinaje sobre hielo o un estadio virtual. Hay controles remotos, volantes, esquís y una gran variedad de controles de videojuegos para reemplazar las actividades del mundo real. Me pregunto si mi flamante marido creció de este modo, atrapado en esta mansión gigantesca, conociendo el mundo sólo a través de imágenes ilusorias. Una vez, cuando estaba sola, probé con la pesca virtual y se me dio muy bien, a diferencia de la real.

Como paso mucho tiempo sola, he explorado varias veces la planta de las esposas, desde el dormitorio de Rose situado al final del pasillo, hasta la biblioteca, en la otra punta. He inspeccionado los conductos de ventilación atornillados al techo y las trampillas de la colada, pero son demasiado pequeñas como para que quepa otra cosa que no sea una ligera carga de ropa. Ninguna de las ventanas se abre, salvo la del dormitorio de Rose, pero ella no se mueve de él.

La chimenea de la biblioteca es simulada, no es más que una llama holográfica que crepita, pero que no irradia calor. No hay ninguna chimenea real, ningún conducto por el que el aire salga al exterior.

Ni tampoco escaleras. Ni siquiera una salida de incendios cerrada. He palpado las paredes, mirado detrás de los estantes de la biblioteca y debajo de los muebles. Y me pregunto si la planta de las esposas es la única parte de la casa sin escaleras. ¿Y si hay un incendio y el ascensor se estropea? Las mujeres de Linden moriríamos achicharradas. Pero después de todo somos reemplazables. A Linden no pareció importarle las vidas de las otras chicas de la furgoneta con tal de conseguir lo que quería.

Pero esto no tiene ningún sentido. ¿Y Rose, de la que Linden está locamente enamorado? ¿Es que su vida no le es muy preciada? Tal vez no. A lo mejor incluso la primera mujer, la favorita, sea de usar y tirar.

Intento abrir el ascensor, pero sin la tarjeta electrónica los botones no funcionan. Intento abrirlo presionando con los dedos y luego con la punta del zapato, imaginándome que hay un incendio y que mi vida depende de ello. Pero las puertas ni se mueven. Regreso a mi dormitorio y busco una herramienta para abrirlas. Encuentro un paraguas colgado en el vestidor y pruebo con él. Logro separar unos centímetros las puertas de metal y luego un poco más, lo suficiente para meter mi zapato entre ellas. Y de pronto ¡lo consigo!, se abren.

Del hueco del ascensor sale una bocanada de aire rancio, y al mirar hacia arriba o hacia abajo, veo que está prácticamente a oscuras. Examino los gruesos cables, pero no hay modo de saber dónde empiezan ni dónde acaban. No se cuántas plantas hay por encima o por debajo de mí. Alargando la mano, toco uno de los cables y lo agarro con fuerza. Podría intentar trepar o deslizarme por él. Aunque sólo llegue a la planta inferior, quizás haya en ella una ventana abierta o una escalera.

Es la palabra *quizá* la que me hace dudar. Porque es posible que no pueda abrir las puertas desde dentro.

Podría morir aplastada si me cruzo con el ascensor y no me da tiempo a apartarme.

—¿Estás pensando en suicidarte? —exclama Rose.

Dando un respingo, retiro la mano del cable del ascensor. Mi hermana esposa está de pie a varios palmos de mí, con los brazos cruzados, cubierta con su fino camisón. Tiene el pelo alborotado, la tez pálida y la boca roja por un caramelo. Está sonriendo.

—No te preocupes, no se lo diré a nadie. Te comprendo —añade.

Las puertas del ascensor se cierran.

—¿Ah, sí? —le respondo.

—Mmm —dice señalando el paraguas. Se lo entrego. Rose lo abre y lo hace girar sobre su cabeza—. ¿Dónde lo has encontrado? —pregunta.

—En el vestidor.

—¡Ah, claro! ¿Sabías que no debes abrirlo dentro de la casa? Trae mala suerte. Linden es muy supersticioso —observa cerrándolo y examinándolo—. Y es él quien decide lo que puedes tener en tu dormitorio, ¿lo sabías? Tu vestuario, tus zapatos, este paraguas. Si te ha dejado tenerlo, ¿qué crees que significa?

—¿Que no quiere que me moje con la lluvia? —respondo empezando a entenderlo.

Rose alza los ojos, me sonríe y me devuelve el paraguas.

—Exactamente. Y solamente llueve fuera de la casa.

Fuera. Nunca creí que la palabra me pudiera hacer sentir este cosquilleo en la barriga. Es una de las pequeñas libertades de la que he gozado toda mi vida y ahora haría lo que fuera por recuperarla. Agarro con fuerza el paraguas.

—¿Sólo se puede salir de la casa tomando el ascensor?

—Olvídate de los ascensores. Tu marido es tu única forma de salir —responde.

—No lo entiendo. ¿Y si hay un incendio? ¿Moriríamos todas abrasadas?

—Las esposas somos una inversión —señala Rose—. El Amo Vaughn ha pagado una buena cantidad de dinero por ti. A decir verdad, está obsesionado con la genética. Me juego lo que quieras que pagó un dinero extra por tus ojos fuera de lo común. Si él quiere que estés a salvo, en ese caso los incendios, los huracanes, los maremotos no importan. Estás en un lugar seguro.

Supongo que lo dice para halagarme. Pero sólo hace que me preocupe más aún. Si ha invertido tanto dinero en mí, me será mucho más difícil escapar sin que lo noten.

Como Rose parece cansada, arrojo el paraguas en mi habitación y luego la acompaño hasta su cama. Normalmente se pelea con los sirvientes cuando le piden que se acueste, pero ella me deja hacerlo porque nunca he intentado obligarla a que tome ningún medicamento.

—Abre la ventana —susurra cubriéndose con sus sedosas mantas. Hago lo que me pide, entra una fresca brisa primaveral en la habitación. Rose la aspira complacida—. Gracias —dice lanzando un suspiro.

Me siento en la repisa de la ventana y presiono el mosquitero con la mano. Parece de lo más corriente, un mosquitero que se saldría del marco si lo presionara lo suficiente. Podría saltar por la ventana, aunque está a varios pisos de altura, como mínimo es más alta que el techo de mi casa y no hay ningún árbol por el que pueda descender. No vale la pena intentarlo. Pero pienso en lo que Rose me ha dicho al pillarme ante el ascensor. Que no se lo diría a nadie porque me entendía.

—Rose, ¿has intentado escapar alguna vez?

—Eso no importa —responde ella.

Pienso en la niña de la foto, sonriendo, tan llena de vida. Ha vivido aquí todos estos años. ¿La criaron para que fuera la esposa de Linden? ¿O al principio se opuso? Abro la boca para preguntárselo.

—Volverás a ver el mundo —afirma sin darme tiempo a que lo haga sentándose ahora en la cama—. Estoy segura. Se enamorará de ti. Y si me haces caso, te darás cuenta de que serás su favorita en cuanto me haya muerto —añade mencionando su muerte como si nada—. Te llevará adonde tú quieras.

—No a todas partes. No a mi casa.

Ella sonríe, da unas palmaditas en el colchón invitándome a sentarme a su lado y luego, arrodillándose detrás de mí, empieza a trenzarme el pelo.

—Ahora ésta es tu casa. Cuanto más te resistas —dice tirándome del pelo para que lo entienda—, con más fuerza te retendrá en la trampa. Ya está —exclama cogiendo una cinta arrollada a la cabecera de su cama y atándome la trenza con ella. Gatea por el colchón para ponerse frente a mí y me aparta un mechón de pelo de los ojos—. Estás muy guapa con el pelo recogido. Tienes unos pómulos preciosos.

Unos pómulos salientes, como los suyos. No puedo ignorar nuestro parecido: el pelo rubio grueso y ondulado, la barbilla respingona, la delicada nariz. Lo único que le falta para ser clavada a mí son los ojos heterocromáticos. Aunque pensándolo bien hay una cosa más, una importante. Rose fue capaz de aceptar esta vida, de amar a su marido. Pero yo pienso largarme de aquí, aunque me cueste la vida.

A partir de ese día ya no volvemos a hablar de huir. Soy de las tres esposas la que le caigo mejor, las otras nunca han intercambiado una palabra con ella. Jenna habla lo menos posible y Cecilia me ha preguntado más de una vez por qué me molesto en conocer a la mujer de Linden si se está muriendo. «Cuando se muera, él estará más por nosotras», afirma como algo que haya que esperar con ilusión. Me repugna que la vida de Rose le importe tan poco, pero mi hermano dijo algo parecido sobre una niña huérfana que encontramos helada en el porche de nuestra casa el invierno pasado.

Cuando descubrí su cuerpo, se me empañaron los ojos de lágrimas, pero mi hermano dijo que ni siquiera debíamos sacarla enseguida de allí, que serviría de lección a cualquiera que intentara meterse en nuestra casa. «Nos hemos lucido tanto con los cerrojos que se morirán antes de poder entrar en casa», añadió. Necesidad. Supervivencia. Era o nosotros o ellos. A los pocos días, cuando le sugerí que enterrásemos el cuerpecito de aquella pobre niña cubierta con un abrigo raído, me pidió que le ayudara a arrojarlo al contenedor. «Eres demasiado emotiva y esto te convertirá en un blanco fácil», me soltó.

Quizás esta vez no sea así, Rowan. A lo mejor en esta ocasión ser emotiva me ayude, porque Rose y yo charlamos durante horas y disfruto muchísimo con nuestras conversaciones, y de paso me sirven para saberlo todo sobre Linden y ganarme su favor.

Pero conforme los días se convierten en semanas, siento que se está creando una verdadera amistad entre nosotras, lo último que desearía de alguien que se está muriendo. Aun así, gozo de su compañía. Ella me cuenta cosas de su madre y su padre. Eran de la primera generación, pero murieron en un accidente siendo ella pequeña. Eran amigos íntimos del padre de Linden, por eso Rose se vino a vivir a esta mansión y se casó con su hijo.

Me cuenta que la madre de Linden —la segunda mujer del Amo Vaugh, la más joven— murió al nacer Linden. Y Vaughn estaba tan inmerso en sus investigaciones, tan obsesionado con salvar la vida de su hijo desde el principio, que nunca se preocupó de volver a casarse. Si no hubiera sido un médico tan competente y le apasionara tanto su trabajo, se habrían reído de él por ello, afirma Rose. Es el propietario de un pujante hospital de la ciudad y uno de los genetistas más destacados de la región. Me cuenta que el primer hijo del Amo vivió hasta los veinticinco años y que al morir fue incinerado en la época en que Linden nació.

Supongo que esto es algo que tengo en común con mi flamante marido. Antes de venir al mundo mi hermano y yo, mis padres tuvieron dos hijos, también mellizos, pero nacieron ciegos, mudos y con las extremidades deformes. Murieron antes de cumplir cinco años. Esta clase de anomalías genéticas son muy raras, dada la perfección de las primeras generaciones, pero con todo se dan. Se llaman malformaciones congénitas. Por lo visto, todos los hijos que engendraban mis padres tenían alguna rareza genética, aunque ahora tengo una buena razón para alegrarme de mi heterocromía. Es posible que haya evitado que me pegaran un tiro en la cabeza en el fondo de la furgoneta.

Rose y yo también charlamos de cosas bonitas, como de los cerezos en flor. Incluso confío en ella lo bastante para contarle lo del atlas de mi padre y mi decepción por haberme perdido ese mundo del pasado tan bonito. Mientras me hace una trenza, me cuenta que si le hubieran dado a elegir, le habría gustado vivir en la India. Habría llevado saris y decorado el cuerpo con henna, y tal vez habría desfilado por las calles montada en un elefante adornado con joyas.

Le pinto las uñas de rosa y ella me adhiere en la frente unas joyas adhesivas muy bonitas.

Pero una tarde mientras estábamos tumbadas en la cama una al lado de la otra, poniéndonos moradas de caramelos de vivos colores, no pude evitar preguntarle:

—¿Cómo puedes soportarlo, Rose?

—¿Qué has dicho? —exclama girándose hacia mí con la cabeza sobre la almohada y la lengua de color morado.

—¿No te fastidia que Linden se haya vuelto a casar viviendo tú aún?

Ella sonríe, mira al techo y juguetea con el envoltorio del caramelo.

—Se lo pedí yo. Le convencí de que para mí sería más fácil si había otras nuevas esposas en la casa —cierra los ojos y bosteza—. Además, en los círculos sociales empezaban a tomarle el pelo. La mayoría de Patrones tienen al menos tres esposas, a veces siete, una para cada día de la semana —es tan absurdo que suelta unas risitas, sofocadas por la tos que le da—. Pero Linden no quería. El Amo Vaughn ha estado intentando convencerle durante años y él siempre se ha negado. Al final accedió a casarse si podía elegir a sus esposas. Ni siquiera me pudo elegir a mí.

Su voz es tranquila y está extrañamente serena. Me preocupa haberme convertido en la preferida de Linden sólo por mi pelo rubio, por mi ligero parecido con Rose. Es una chica muy brillante y culta y me pregunto si se ha dado cuenta de que yo nunca amaré a Linden, sobre todo no como ella, y que él nunca amará a otra mujer tanto como a Rose. Me pregunto si ve, pese a todos sus esfuerzos para entrenarme, que yo nunca podré reemplazarla.

6

—Quiero jugar a algo —exclama Cecilia.

Jenna ni siquiera aparta los ojos de la novela que está leyendo. Está tendida lánguidamente en el sofá, con las piernas colgando del apoyabrazos.

— Juegos no te faltan —responde.

—No me refiero al teclado electrónico ni al esquí virtual, sino a un juego de verdad —insiste Cecilia mirándome para que la apoye, pero el único juego que yo conozco es el de poner con mi hermano trampas con latas colgando en la cocina e intentar sobrevivir por la noche sin que nos pase nada. Y cuando los Recolectores me secuestraron, perdí el juego.

Estoy acurrucada en la repisa de la ventana de la sala de estar, donde hay un montón de videojuegos de deportes y el teclado electrónico diseñado para imitar una orquesta sinfónica. He estado contemplando las flores de azahar revoloteando como miles de pajaritos de alas blancas descendiendo. Rowan ni siquiera creería en su existencia, en la vida que implican, en el entorno sano y bello que reflejan. Manhattan está lleno de hierbajos enfermizos y mustios asomando por el asfalto. De claveles que huelen a cámaras frigoríficas cultivados para la venta que son más una hazaña científica que flores.

—¿No conoces ningún juego? —me pregunta Cecilia directamente. Siento sus ojos castaños clavados en mí.

—Bueno, de pequeña jugaba a comunicarme con la vecinita de la casa de al lado con vasos de papel unidos por un cordel. Me dispongo a darle detalles, pero de pronto cambio de idea. No quiero susurrar mis secretos en un vaso de papel para compartirlos con mis hermanas esposas. El único secreto que vale la pena es mi plan de escapar.

—Podríamos jugar a la pesca virtual —propongo. Puedo sentir la indignación de Cecilia sin ni siquiera mirarla.

—Debe de haber algún juego —insiste—. Algo a lo que podamos jugar —exclama saliendo de la sala de estar.

La oigo rebuscando al final del pasillo para encontrar alguno.

—¡Pobre chica! —exclama Jenna poniendo los ojos en blanco y girándose hacia mí un instante. Y luego retoma su lectura—. Ni siquiera entiende en qué clase de lugar estamos.

Ocurre al mediodía. Gabriel me trae el almuerzo a la biblioteca —se ha convertido en mi lugar favorito—, y al detenerse para mirar el libro que sostengo entre las manos, ve en una de sus páginas la ilustración de un barco.

—¿Qué estás leyendo?

—Un libro de historia —respondo—. En él sale un explorador que demostró que el mundo era redondo tras reunir la tripulación necesaria para navegar en tres carabelas.

—La *Niña*, la *Pinta* y la *Santa María* —apunta Gabriel.

—¿Sabes de historia? —pregunto asombrada.

—Sé de barcos —admite sentándose detrás de mí sobre el brazo del mullido sillón y señalándome la ilustración—. Ésta es una carabela —y empieza a describirme su estructura: los tres mástiles, los aparejos de las velas latinas. Lo único que pillo es que el estilo del velamen era español. Pero no le interrumpo. Puedo ver por la intensidad de sus ojos azules que se ha tomado un breve descanso del engorroso trabajo de cocinar para las mujeres de Linden y traernos la comida, que hay algo que le apasiona.

Sentada a su lado en el mullido sillón, siento que está a punto de sonreír.

En ese instante, Elle, la sirvienta de Cecilia, irrumpe en la habitación.

—¡Aquí estás! —le grita a Gabriel—. Corre a la cocina y llévale a Dama Rose algo para la tos.

Oigo toser a Rose al fondo del largo pasillo. Éste se ha convertido hasta tal punto en una parte más de la casa que no siempre me doy cuenta de él. Gabriel obedece en el acto y yo cierro el libro que estaba leyendo disponiéndome a seguirle.

—No. Es mejor que te quedes aquí hasta que se le pase el ataque de tos —afirma Gabriel deteniéndome en la puerta.

Pero por encima de su hombro veo un caos inusual.

Un montón de sirvientes van y vienen apresuradamente por el pasillo. Del ascensor salen varios sirvientes de la primera generación llevando toda clase de frascos y un aparato que parece el humidificador que mis padres ponían en mi dormitorio el invierno que pillé una pulmonía. Aunque toda esta frenética actividad parece ser inútil y Gabriel también se da cuenta de ello. Lo sé por su mirada.

—Quédate aquí —exclama. Pero le sigo por el pasillo. La escena es tan espantosa que quiero ir con él en el ascensor, y aunque seguramente tenga prohibido usarlo, me da igual. Gabriel desliza la tarjeta electrónica por la ranura, y cuando las puertas del ascensor se abren, se escucha, de pronto, un silencio sepulcral en el pasillo. Los empleados dejan lo que estaban haciendo, los sirvientes que se dirigían a la habitación de Rose para llevarle mantas, pastillas y equipos de respiración se paran en seco. Linden está arrodillado junto a la cama de su amada con el rostro sepultado en el colchón. Sostiene el largo tallo blanco del brazo de Rose y yo lo sigo con la mirada hasta llegar a su cuerpo, que no se mueve ni respira. Su camisón, su rostro, todo está salpicado de la sangre que debe de haber expectorado cuando emitía esos sonidos tan horribles. Pero ahora en la planta reina un extraño e inquietante silencio. Es el silencio que me imagino se escucha en el resto del mundo, el silencio de un océano infinito y de unas islas inhabitables, un silencio que puede verse desde el espacio.

Cecilia y Jenna salen de sus dormitorios y toda la casa está tan silenciosa que oímos el sonido ahogado emergiendo de la garganta de Linden.

—Marchaos —susurra—. ¡Marchaos! —repite alzando más la voz. Pero sólo nos vamos cuando, fuera de sí, arroja un jarrón contra la pared y lo hace añicos. Acabo metiéndome en el ascensor con Gabriel, y cuando las puertas se cierran tras nosotros, siento un gran alivio.

No puedo hacer más que seguir a Gabriel a la cocina, si intentara volver a mi habitación me perdería. Me siento en la encimera y cojo algunas uvas mientras los cocineros y los sirvientes charlan animadamente preparando la comida. Gabriel se apoya en la encimera junto a mí, sacándole brillo a los cubiertos de plata.

—Sé que querías mucho a Rose, pero en esta casa no encontrarás a demasiada gente que se apene por su muerte. Se lo hizo pasar muy mal a los sirvientes —susurra.

—«¡La sopa no está lo bastante caliente! ¡Oh, ahora está demasiado caliente!» —grita la jefa de cocina como si lo confirmara, imitando a Rose y haciendo ruidos exagerados como si escupiera la sopa mientras unos pocos empleados se destornillan de risa.

No negaré que es doloroso oírlo. He presenciado lo mal que Rose trataba a los sirvientes, pero a mí nunca me levantó la voz. En este lugar de jeringuillas, Patrones hoscos y Amos terroríficos, ella ha sido mi única amiga.

Pero no digo nada. El vínculo que nos unía era privado y de todos modos ninguna de estas personas que se están riendo a su costa lo entendería. Me pongo a arrancar uvas de un racimo y a girarlas en mis dedos una a una antes de dejarlas de nuevo en el bol. Gabriel me echa miraditas disimuladamente mientras trabaja; el resto de personas de la cocina siguen charlando ruidosamente, como si estuvieran a un millón de kilómetros de distancia. Y en la planta de arriba, Rose está muerta.

—Siempre tenía en su habitación esos caramelos que te tiñen la lengua —observo con nostalgia.

—Se llaman June Bean —contesta Gabriel.

—¿Hay más?

—Claro, los hay a montones. Me los hacía pedir a cajas. Aquí los tienes… —exclama conduciéndome a una despensa situada entre la cámara frigorífica y los fogones. Dentro hay varias cajas de madera rebosantes de caramelos envueltos en papelitos brillantes de todos los colores. Huelen a azúcar y a los colorantes artificiales que contienen. Ella los mandó pedir y aquí están, esperando a ser echados en el bol de cristal de Rose y saboreados.

Por la cara que pongo se me debe de notar a la legua que me encantan, porque Gabriel mete algunos para mí en una bolsa de papel.

—Come todos los que quieras. De todos modos se echarían a perder.

—Gracias.

—¡Eh, rubia! —exclama la jefa de cocina. Es una mujer de la primera generación y lleva su grasiento pelo recogido en un moño entrecano—. ¿No deberías volver a tu planta antes de que tu marido te pille en la cocina?

—No —respondo—. Ni siquiera se dará cuenta de mi ausencia. No se fija nunca en mí.

—Sí que se fija —tercia Gabriel. Lo miro sin dar

crédito a lo que acabo de oír, pero él aparta sus ojos azules de mí.

Una cocinera abre la puerta de la cocina y echa el agua de una olla afuera, porque la rezongona jefa de cocina está usando la pileta. Entra una ráfaga de aire frío apartándome el pelo de la cara. Veo por unos instantes el cielo azul y la tierra verde antes de que la cocinera vuelva a cerrar la puerta. No funciona con tarjeta electrónica, ni tiene cerrojos. Por eso a las esposas no nos dejan salir de nuestra planta, no todas las partes de la mansión están diseñadas para tenernos encerradas.

—¿Te dejan salir alguna vez? —le pregunto a Gabriel en voz baja.

Me sonríe compungido.

—Solamente para cuidar de los jardines o para traer a la cocina los pedidos que nos llegan. Ya ves lo poco excitante que es mi vida.

—¿Qué hay afuera?

—La eternidad —afirma soltando una risita—. Jardines. Un campo de golf. Tal vez algunas otras cosas. Como no he sido nunca el responsable de los jardines, no sé cómo son. Nunca he visto dónde terminan.

—Todo un mundo de problemas es lo que te espera afuera, rubia —tercia la jefa de cocina—. Tu lugar está arriba, en la recargada planta de las esposas, holgazaneando en lechos de satén y pintándote las uñas de los pies. Y ahora vete antes de que nos metas a todos en un buen lío.

—Ven, te llevaré de vuelta a tu habitación —dice Gabriel.

En la planta de las esposas, el dormitorio de Rose

está cerrado y todos los empleados y sirvientes se han ido. Cecilia está sentada sola en el pasillo, jugando a hacer figuras con un hilo entrelazado alrededor de sus dedos. Está canturreando, pero cuando me ve salir del ascensor, deja de hacerlo y me sigue con la mirada mientras me dirijo a mi habitación.

—¿Qué estabas haciendo con ese sirviente? —pregunta en cuanto Gabriel se ha ido.

Por suerte no ha visto la bolsa de caramelos y la meto rápidamente en el cajón de la mesilla de noche, junto con la hoja de hiedra que he prensado entre las páginas de la novela romántica que me llevé de la biblioteca. Hay tantos libros que no creo que nadie lo eche en falta.

Me giro justo cuando Cecilia aparece en la puerta, esperando a que le responda. Ahora somos hermanas esposas, pero sea lo que sea lo que esto signifique en otras mansiones, no siento que pueda confiar en ella. Tampoco me gusta su exigente tono, siempre impaciente, siempre haciendo preguntas.

—No estaba haciendo nada con él —replico.

Me siento en la cama y ella alza las cejas, esperando quizá que la invite a sentarse a mi lado. Las hermanas esposas no pueden entrar sin permiso en las habitaciones de las otras. Es uno de los pocos espacios privados que tengo y no pienso renunciar a él.

Pero Cecilia insiste.

—Ahora que Rose ha muerto, Linden es libre de visitarnos cuando le apetezca —observa.

—¿Dónde está él? —no puedo evitar preguntar.

Cecilia examina el hilo que sostiene entrelazado entre los dedos, fastidiada con él o con la situación.

—¡Oh, está en el dormitorio de Rose. Ha hecho que se fuera todo el mundo. He llamado a la puerta, pero él no ha salido.

Me dirijo al tocador y empiezo a cepillarme el pelo intentando parecer ocupada para no tener que hablar con ella, aunque no haya gran cosa más que hacer en esta habitación, aparte de mirar la pared. Cecilia se queda plantada en la puerta, girando ociosamente el cuerpo de un lado a otro haciendo ondear su falda.

—No le he dicho a nuestro esposo que te fuiste con ese sirviente, pero podría haberlo hecho —me suelta.

Y luego desaparece con los extremos del hilo de color rojo vivo volando detrás de ella.

Esa noche Linden viene a verme a mi habitación.

—¿Rhine? —dice en voz baja la figura recortada en la puerta.

Es tarde y he estado tendida en la cama a oscuras durante horas, armándome de valor para lo que sabía sería el comienzo de una larga y horrible noche. Aunque Rose ya se ha ido, la he estado oyendo al final del pasillo chillándole a un sirviente, mandándome llamar para que le cepille el pelo y charle con ella sobre el mundo. El silencio es enloquecedor y por eso quizás, en lugar de fingir estar durmiendo o de impedirle entrar, aparto las sábanas.

Él cierra la puerta y se mete en mi cama. Siento sus dedos fríos y delgados posándose sobre mis mejillas mientras se tiende a mi lado. Intenta darme lo que será mi primer beso, pero cuando está a punto de unir sus labios con los míos, rompe en sollozos y siento el calor de su piel y su aliento.

—Rose —exclama. Es un sonido ahogado y asustado. Entierra su rostro en mi hombro y llora desconsoladamente.

Entiendo su pena. Tras la muerte de mis padres pasé muchas noches como ésta. Por esta vez no rechazaré a Linden. Dejaré que se refugie en mi cama y se aferre a mí mientras pasa por estos momentos tan malos.

Mi camisón sofoca sus gritos. Unos gritos terribles. Los siento vibrando en la médula de mis huesos. Esta situación se alarga durante lo que me parecen horas y después su respiración se vuelve descompasada pero constante, ya no se aferra a mi camisón con tanta desesperación y sé que está dormido.

Me paso el resto de la noche despertándome y volviéndome a dormir. Sueño con disparos, abrigos grises y la boca de Rose cambiando de color. Al final me hundo en un sueño más profundo, y cuando me despierta el pomo de la puerta girando, ya ha salido el sol. La habitación está inundada de la luz del alba y los gorjeos de los pájaros.

Gabriel entra sosteniendo la bandeja con mi desayuno habitual y se para en seco al ver a Linden en mi cama. En la mitad de la noche él se ha dado la vuelta y ahora está roncando suavemente con el brazo colgando del borde de la cama. Silenciosamente capto la mirada de Gabriel y me llevo el dedo a los labios para que no haga ruido. Y después con el mismo dedo le señalo el tocador.

Me es imposible leerle la expresión a Gabriel mientras me deja el desayuno donde le he señalado, parece tan dolido como el día que cojeaba y tenía moratones, y no estoy segura de la causa de su pena hasta que me imagino lo que debe de estar pensando. No hace ni tan sólo un día que Rose ha muerto y yo ya la he reemplazado. Pero a él qué más le da. Me dijo que de todos modos ningún sirviente le tenía cariño.

Le doy las gracias por el desayuno articulando los labios en silencio y Gabriel asiente con la cabeza y se va. Más tarde, tal vez cuando me vea en la biblioteca, le explicaré lo que ha ocurrido. Estoy empezando a asimilar la muerte de Rose y tengo la sensación de que muy pronto necesitaré a alguien con quien poder hablar.

Me levanto de la cama con cuidado para no despertar a Linden. Es mejor dejarle dormir. Ayer por la noche lo pasó muy mal y en cuanto a mí tampoco se puede decir que fuera una de mis mejores noches. Abro silenciosamente el cajón de la mesilla de noche, saco un June Bean de la bolsa de papel y me dirijo a la ventana. No puedo abrirla, pero la repisa es lo bastante ancha como para sentarme en ella.

Me siento y contemplo el jardín mientras chupo el caramelo, de un color tan verde como el césped recién cortado apilado bajo mi ventana. Desde ella puedo ver a la perfección la piscina y también a alguien con el uniforme del servicio limpiando el agua con una red. El agua capta los rayos del sol reflejando formas diamantinas. Pienso en el mar que se ve desde los muelles de Nueva York. Hace mucho tiempo había playas allí, pero ahora no hay más que bloques de cemento que acaban donde el mar empieza. Si echas cinco dólares en la ranura de un oxidado telescopio, puedes ver la Estatua de la Libertad o una de las tiendas de recuerdos reluciendo con potentes luces, llaveros y ofertas fotográficas. En el muelle puedes coger un transbordador de dos pisos mientras un guía turístico te explica los cambios que el paisaje urbano ha ido experimentando a lo largo de los siglos. O pasar por debajo de la barandilla del transbordador, descalzarte y meter los pies en el agua turbia que huele a sal y peces que no son comestibles por su toxicidad; los pescadores los pescan como *hobby* y luego los echan de nuevo al agua.

El mar siempre me ha fascinado; sumergir una extremidad en el agua y saber que estoy tocando la eternidad, que es infinita hasta que vuelve a empezar. En alguna parte de las profundidades del mar reposan las ruinas del vistoso Japón y de la India, el país preferido de Rose, naciones que no consiguieron sobrevivir. Lo único que ahora queda es este solitario subcontinente y la oscuridad del agua del mar es tan misteriosa, tan seductora, que la reluciente agua de esta piscina me parece demasiado frívola. Es limpia, transparente y segura. Me pregunto si Linden se ha bañado alguna vez en el mar. Si sabe que este exuberante paraíso es una mentira.

¿Salió Rose alguna vez de este lugar? Hablaba del mundo como si lo hubiera visto con sus propios ojos, pero ¿llegó a traspasar los naranjales? Espero que ahora esté en algún lugar con islas y continentes florecientes, donde pueda aprender muchas lenguas y haya elefantes para montar.

—Adiós —musito dándole la vuelta al caramelo con la lengua. Sabe a menta, espero que Rose también disponga de un montón de June Bean allí donde esté.

Se oye un grito ahogado procedente de la cama.

Linden acaba de despertar y, colocándose boca arriba, se incorpora apoyándose sobre los codos. Sus rizos están alborotados y tiene los ojos hinchados. Durante un momento nos miramos. Tiene la mirada tan perdida que me pregunto si todavía está durmiendo. Por la noche hubo momentos en los que abría los ojos de par en par, me miraba y luego volvía a dormirse, mascullando cosas sobre las tijeras de podar y el peligro de las abejas.

Ahora en sus labios se dibuja una pequeña sonrisa.

—¿Rose? —pregunta con voz ronca.

Pero al despertarse un poco más, pone una cara de profundo dolor. Miro hacia la ventana, sin saber cómo reaccionar. Una parte de mí siente pena por él, pero mi odio es más fuerte. Por este lugar, por los disparos que oigo en mis pesadillas. ¿Por qué tendría que consolarle, sólo porque soy rubia como su difunta esposa? Yo también he perdido a mis padres. Y no tengo a nadie que me consuele.

—Tienes la boca de color verde —dice después de una larga pausa.

Se incorpora.

—¿Dónde has conseguido los June Bean? —pregunta.

No puedo decirle la verdad. No quiero volver a meter a Gabriel en un lío.

—Rose me los dio el otro día del bol de su habitación.

—Te había tomado mucho cariño —observa.

No quiero hablar de Rose con él. La noche ha terminado y no pienso seguir consolándole. Por la noche, cuando los dos nos sentíamos vulnerables, era más comprensiva, pero ahora a plena luz del día, lo veo todo claro de nuevo. Sigo siendo su prisionera.

Pero no puedo mostrarme totalmente fría. Si quiero que confíe en mí, es mejor que no le muestre mi desprecio.

—¿Te gusta nadar?

—No. ¿Y a ti? —responde.

De niña, cuando mis padres aún vivían y cuidaban de mí, nadaba en la piscina cubierta de un gimnasio del barrio, sumergiéndome para buscar anillos en el fondo e intentando ganar a mi hermano en las competiciones de saltos de trampolín. Aunque hace años que ya no voy a la piscina. El mundo se ha vuelto demasiado peligroso desde entonces. Después de que el único laboratorio de investigación de la ciudad estallara por una bomba, destruyendo de un plumazo puestos de trabajo y la esperanza de encontrar un antídoto, las cosas se han ido deteriorando rápidamente. Hubo un tiempo en el que la ciencia era optimista respecto a descubrir un antídoto. Pero los años se han convertido en décadas y las nuevas generaciones siguen muriendo. Y la esperanza se está extinguiendo rápidamente, como todos nosotros.

—Un poco —respondo.

—Entonces tendré que mostrarte la piscina. Estoy seguro de que no has nadado en ninguna como ésta.

La piscina no parece demasiado especial vista desde la ventana, pero si pienso en los efectos de los jaboncitos del baño en mi piel y en el reguero de destellos que despedía el corpiño de Cecilia, veo que no todo lo del mundo de Linden Ashby es lo que parece.

—¡Qué bien! —exclamo. Y lo digo de corazón.

Me encantaría estar afuera, en el lugar donde el sirviente está limpiando el agua de la piscina. Ya sé que no es como ser libre, pero se le parece lo bastante como para pretender serlo.

Linden aún me sigue mirando, pero hago como si estuviera interesada en la piscina.

—¿Te importa si me quedo contigo un rato? —dice.

Sí. Sí que me importa. Al igual que detesto estar aquí. Me pregunto si Linden sabe el injusto poder que tiene sobre mí. Si le expresara incluso una fracción de mi indignación, nunca más me dejarían salir de esta planta en toda mi vida. La única opción que tengo es fingir.

Encuentro una cómoda solución dejando la bandeja del desayuno sobre la cama. La coloco entre los dos y me siento con las piernas cruzadas ante él.

—Me trajeron el desayuno mientras dormías. Intenta comer algo —digo levantando la tapa del plato y descubriendo gofres cubiertos con unos arándanos frescos mucho más azules que los de los supermercados de mi barrio. Rowan me diría que no confiara en bayas de un color tan bonito. Me pregunto si crecen en uno de los numerosos jardines de la propiedad, si los arándanos tenían este aspecto antes de que los cultivaran con productos químicos.

Linden coge un gofre y lo examina. Conozco esta expresión en sus ojos. Cuando mis padres murieron, miraba la comida igual. Como si fuera engrudo, como si no tuviera sentido comérmela. Sin poder evitarlo, cojo un arándano y se lo meto en la boca. No soporto que me recuerden esa lastimosa tristeza.

Él parece sorprendido, pero se lo come y sonríe un poco.

Le doy otro arándano y esta vez pone su mano en mi muñeca. No me la agarra con fuerza como yo esperaba, sino con delicadeza, justo el tiempo que tarda en meterse el arándano en la boca. Después carraspea.

Hace cerca de un mes que estamos casados, pero ésta es la primera vez que puedo mirarle de verdad. Quizá sea el dolor, la piel rosada e hinchada del contorno de sus ojos lo que hace que parezca tan inofensivo. Incluso amable.

—Ya está. ¿No sabe tan mal, verdad? —exclamo cogiendo un arándano para mí. Es más dulce que los que comía. Le quito a Linden el gofre que sostiene y lo parto por la mitad: un trozo para cada uno.

Se lo come en silencio, pegándole bocaditos y tragándoselo como si le doliera al hacerlo. Le toma un buen rato, sólo se oyen los pájaros en el jardín y nosotros masticando el gofre.

Cuando ya no queda nada en el plato, le ofrezco el vaso con zumo de naranja. Se lo toma ausente como el resto del desayuno, bebiéndoselo metódicamente con sus espesas pestañas apuntando hacia abajo. Todo este azúcar le irá muy bien, me digo para mis adentros.

¿Por qué tendría que importarme cómo se siente? Pero es bueno para él.

—¿Rhine? —dice alguien llamando a la puerta. Es Cecilia—. ¿Estás despierta? ¿Cómo se pronuncia A-M-N-I-O-C-E-N-T-E-S-I-S?

—Amniocentesis —respondo, pronunciando la palabra correctamente.

—¡Oh! ¿Sabías que es la prueba prenatal para detectar los defectos congénitos genéticos? —afirma ella.

Sí, lo sé. Mis padres trabajaban en un laboratorio que analizaba estas pruebas realizadas en fetos y bebés recién nacidos.

—Qué interesante —respondo.

—Sal —exclama—. Los petirrojos han hecho un nido en mi ventana. Tienes que verlo. Los huevos son muy bonitos —pocas veces está interesada en verme, pero he advertido que no le gusta que la puerta de mi dormitorio esté cerrada.

—Saldré en cuanto me haya vestido —contesto esperando oír el silencio que indique que se ha ido. Cojo la bandeja de la cama y la dejo en el tocador, preguntándome cuánto tiempo se quedará Linden en mi habitación. Me dedico a cepillarme el pelo y me lo recojo con horquillas. Abro la boca ante el espejo y veo que el color verde de mi lengua ha desaparecido.

Linden se reclina en la cama apoyándose en un codo y juguetea pensativo con un hilo del puño de su camisa. Al cabo de un rato, se levanta.

—Mandaré a alguien a recoger la bandeja —dice, y luego se va.

Tomo un baño caliente, sumergiéndome en la capa de espuma rosa que flota en el agua. Me he acostumbrado a la sensación de las pompas de jabón estallando en mi piel. Me seco el pelo y me pongo unos tejanos y un jersey tan suave que es una delicia. Los ha hecho Deirdre. Las prendas que confecciona para mí siempre me favorecen mucho. Deambulo por el pasillo durante un rato esperando que Cecilia se cruce conmigo y me enseñe el nido de pájaros de su ventana, pero no la encuentro por ninguna parte.

—El Patrón Linden se la ha llevado a uno de los jardines —observa Jenna cuando me la encuentro hojeando las fichas del catálogo de la biblioteca. Su voz suena hoy más clara, menos triste. Incluso me mira después de hablar, frunciendo la boca como si estuviera decidiendo si decirme más cosas. Luego vuelve a consultar las fichas.

—¿Por qué le llamas el Patrón Linden? —le pregunto.

Durante el banquete de bodas el Amo Vaughn nos explicó que debíamos dirigirnos a él de ese modo porque era la máxima autoridad en la casa. Pero se supone que debemos llamar a nuestro marido por su nombre para indicar un trato más cercano.

—Porque le odio —dice ella.

No hay malicia en sus palabras, ni tampoco es un arrebato de ira, pero algo en sus ojos grises me dice que lo afirma en serio. Echo un vistazo a mi alrededor para asegurarme de que nadie nos esté oyendo. La sala de la biblioteca está vacía.

—Te comprendo. Pero quizá todo será más fácil si le seguimos la corriente. A lo mejor así nos dará más libertad.

—¡No pienso hacerlo! Ya no me importa ser libre. Me da lo mismo si me muero aquí —exclama.

Me mira y advierto las grandes bolsas bajo sus ojos. Tiene las mejillas hundidas y angulosas. Varias semanas atrás se veía triste pero bella en su traje de novia. Ahora en cambio está consumida y parece mayor de lo que es. Huele a jabón de baño de canela y a vómitos.

Pero lleva la alianza, un símbolo de ser hermanas esposas, de compartir este infierno al igual que compartimos aquella larga pesadilla en la furgoneta. Podría muy bien ser la chica que se acurrucó a mi lado en la oscuridad. O la que gritó.

Sea lo que sea lo que estuviera buscando en las fichas de la biblioteca, lo encuentra. Repite el número del pasillo para memorizarlo y cierra el cajón.

Se dirige al fondo de uno de los pasillos y yo la sigo mientras desliza un dedo por el lomo de los libros, se detiene en uno dándole unos golpecitos, y lo saca del estante. El libro está cubierto de polvo, tiene las tapas roídas, las páginas amarillentas y cruje mientras lo hojea. Todos estos libros son del siglo XXI o de antes, lo cual es lógico. Por la tele sólo dan también películas antiguas y la mayoría de programas son reposiciones del pasado. Visitar un mundo donde la gente vivía muchos años se ha convertido en una especie de evasión. Lo que en el pasado era real y natural ahora no es más que una fantasía.

—En este pasillo hay un montón de novelas de amor. O bien tienen un final feliz o todos se acaban muriendo —observa ella. Se ríe, pero su risa suena más bien como un sollozo—. No hay gran cosa más que leer.

Se queda mirando las páginas abiertas y parece estar a punto de desmoronarse. Los ojos se le empañan y espero a que le rueden las lágrimas por las mejillas, pero no es así. Se las contiene.

El pasillo de la biblioteca huele horrible: a papel viejo y a moho, y a algo más, a algo que me resulta vagamente familiar. Huele como la tierra del jardín la noche que mi hermano y yo enterramos nuestros efectos personales. Y sé que Jenna, mi hermana esposa, no es como Cecilia, que se crió en un orfanato y que ahora se siente honrada por ser la esposa de un rico Patrón. No. Ella es como yo, también ha perdido algo muy valioso y ha tenido que enterrar una parte suya. Dudo, no sé si confiarle mi plan de ganarme la confianza de Linden para poder escapar. Parece resignada a pudrirse en esta mansión, aunque quizá nunca se le ocurrió que hubiera una salida.

Pero si me equivoco, nada le impedirá traicionarme más tarde.

Cuando aún estoy dudando, Cecilia entra en la biblioteca.

—¡Qué pérdida de tiempo! —vocifera indignada dejándose caer en la silla de una de las mesas. ¡Una absoluta pérdida de tiempo! —repite por si no la hemos oído.

Entretanto Gabriel entra con una bandeja con té y un pequeño bol de plata con varios cuartos de limón.

Me siento frente a Cecilia, que sostiene la taza esperando impaciente a que Gabriel se la llene. Jenna se une a nosotras silenciosamente, sosteniendo el libro abierto a la altura del rostro. Sin alzar los ojos, coge un cuarto de limón y lo chupa.

—Linden me ha llevado al jardín de las rosas —dice Cecilia tomando un sorbo de té—. ¡No tiene leche ni azúcar! —le suelta a Gabriel arrugando la nariz. Él le promete que se los traerá enseguida—. Pues como os iba diciendo, creí que *por fin* iba a empezar a comportarse como un marido, ya sabéis a lo que me refiero. Ya es hora. Pero todo cuanto hizo fue enseñarme la espaldera de girasoles importada hace cien años de Europa o de no sé dónde y no parar de hablar de la Estrella Polar. De lo milenaria que es y de cómo ayudaba a los exploradores a encontrar el camino de vuelta a casa. Me he llevado un gran chasco, ¡ni siquiera me ha besado!

Pienso en el ratito que pasé a solas con Linden en el mismo jardín, al alba. Me habló de los peces koi japoneses y de cómo era antes el mundo. Ahora veo que le gusta soñar en lugares lejanos, al igual que a su difunta esposa. Me pregunto si esta afición es la que los unió o si crecer en el interior de los cuidados muros de estos jardines hizo que les gustaran las cosas que nunca tuvieron la ocasión de ver.

¿Acaso a mí no me ha pasado lo mismo? Lo único que he hecho en este lugar para consolarme ha sido no pensar más que en el mundo del pasado. Siento que me invade una emoción, pero ¿qué es? ¿Lástima? ¿Empatía? ¿Comprensión?

Sea lo que sea, no me gusta. No tengo por qué ponerme en la piel de Linden Ashby. No tengo por qué sentir nada en absoluto por él.

Jenna chupa la pulpa de los limones y deja las cáscaras vacías en la mesa. Gira una página, absorta en un mundo ficticio. Supongo que las dos estamos haciendo lo mismo.

—Linden no me ha querido tocar, pero a ti te ha besado —me suelta Cecilia en tono acusador.

—Perdona, ¿qué has dicho?

Excitada, asiente con la cabeza, como si esta pregunta fuera lo más natural del mundo. De pronto sus ojos castaños se han vuelto más grandes y brillantes.

—Esta mañana le vi salir de tu dormitorio. Sé que ha pasado la noche contigo.

No estoy segura de qué decir al respecto. De los límites que debe haber entre las hermanas esposas.

—Creía que lo que pasaba en nuestros dormitorios era privado —replico.

—¡Oh, no seas tan mojigata! —exclama Cecilia—. ¿Lo habéis hecho? —pregunta inclinándose hacia mí—. ¿Fue de lo más mágico? Me apuesto lo que quieras a que lo fue.

Gabriel vuelve y deja sobre la mesa un jarrito con leche. Cecilia coge la azucarera y echa casi la mitad del contenido en la taza. Toma otro sorbo y puedo oír los granitos de azúcar crujiendo entre sus dientes. Está esperando mi respuesta, pero el único sonido que se oye es el que produce Jenna al chupar los limones y a Gabriel carraspeando mientras se gira para irse.

Siento que me estoy poniendo como un tomate. No sé si es de vergüenza o de ira.

—¡No es asunto tuyo! —grito.

Jenna aparta la vista del libro, curiosa y quizá divertida. Cecilia sonríe de oreja a oreja y me hace toda clase de preguntas personales que me dan vueltas y vueltas en la cabeza hasta que ya no soporto verla. Ya no soporto ver a ninguna de estas chicas que no me ofrecen amistad ni consuelo, y que además no sabrían valorar nunca las cosas de las que Linden estuvo hablando. ¿Qué les importa a ellas la Estrella Polar? Una ha cavado su propia tumba en libros de hace siglos y la otra está de lo más feliz en su cautiverio. Yo no soy en absoluto como ellas. Salgo disparada de la biblioteca.

En cuanto estoy en el pasillo, el olor de la biblioteca

se transforma en el aroma a madera y especias que despiden las barritas de incienso ardiendo en las pequeñas hendiduras a lo largo de la pared. Gabriel está entrando en el ascensor.

—¡Espera! —grito corriendo hacia él antes de que se cierren las puertas. Las puertas se cierran y me agacho apoyándome sobre las rodillas, jadeando como si acabara de correr un kilómetro a toda velocidad. Gabriel pulsa un botón y empezamos a bajar.

—Te van a acabar pillando si sigues escapándote de tu planta —señala en un tono que no denota un peligro real.

—No puedo más —digo respirando entrecortadamente. Pero lo que me ha dejado sin aliento no ha sido la breve carrera que me he echado. Siento una opresión en el pecho. La visión se me nubla—. ¡Odio estar aquí! ¡Odio todo lo de este lugar! ¡Odio…! —la voz se me quiebra. Sé lo que me está pasando. Mi cuerpo está haciendo lo que quería desesperadamente hacer desde que me echaron al fondo de la furgoneta, sólo que entonces estaba demasiado aturdida, y cuando desperté en esta mansión, estaba demasiado furiosa.

Gabriel también se da cuenta. Porque se mete la mano en el bolsillo de la camisa y me ofrece un pañuelo justo cuando me echo a llorar.

Cuando las puertas del ascensor se abren, en el pasillo se oye el bullicio que llega de la cocina. Huele a langosta cocinada al vapor y a algo dulce recién horneado. Gabriel pulsa un botón y las puertas se cierran, sólo que esta vez el ascensor no se mueve.

—¿Quieres hablar de ello? —me sugiere.

—¿No tienes que volver a la cocina? —pregunto sonándome la nariz. Hago todo lo posible por no parecer una chica llorona y patética, pero no es fácil cuando el pañuelo está demasiado mojado y viscoso como para secar el resto de lágrimas que derramo.

—No pasa nada —responde—. Creerán que Cecilia me ha entretenido con el té.

La caradura de Cecilia está reemplazando rápidamente con sus exigencias a Rose en cuanto a ser la esposa más detestada por los sirvientes. Gabriel y yo nos sentamos con las piernas cruzadas en el suelo del ascensor y él espera pacientemente a que deje de hipar.

La cabina del ascensor es agradable. La alfombra está desgastada pero limpia. Las formas victorianas incrustadas en las paredes de color rojo me recuerdan la colcha de mis padres, lo protegida que me sentía bajo ella. Recuerdo vagamente lo segura que me sentía hace mucho. Ahora dentro del ascensor también tengo la misma sensación. Pero en el fondo me pregunto si estas paredes tienen oídos, si en cualquier momento oiré la voz del Amo Vaughn saliendo de un altavoz del techo, amenazando a Gabriel por haberme dejado bajar a otra planta. Espero un poco por si acaso, pero no oigo ninguna voz, aunque estoy tan alterada que tanto me da.

—Tengo un hermano —empiezo a decir—. Rowan. Al morir nuestros padres hace cuatro años, tuvimos que dejar de estudiar y ponernos a trabajar. A él le fue fácil encontrar un trabajo bien pagado en una fábrica. Pero yo no tenía ningún oficio y era prácticamente una inútil. Como mi hermano no creía que fuera seguro dejarme salir sola a la calle, procurábamos estar siempre cerca el uno del otro, y yo siempre acababa trabajando de telefonista en fábricas que pagaban una miseria. Ganábamos lo justo para ir tirando, pero no como antes, por eso quise encontrar un trabajo mejor pagado.

»Hace varias semanas vi en el periódico el anuncio de un laboratorio que te pagaba por la donación de médula. Supuestamente estaban realizando una nueva investigación para descubrir la causa del virus —le doy la vuelta al pañuelo, examinándolo con los ojos nublados de lágrimas. En una esquina hay una flor carmesí bordada, pero no se parece a ninguna de las que conozco, está llena de pétalos lanceolados. La veo borrosa y doble. Sacudo la cabeza para distinguirla mejor.

»Descubrí que era una trampa en cuanto puse los pies en el laboratorio y vi a todas esas otras chicas —añado curvando mis dedos automáticamente como garras—. Luché, las arañé, las mordí, les propiné puntapiés. Pero fue en vano. Nos hicieron subir como ganado a una furgoneta. No se cuánto tiempo viajamos encerradas en ella. Horas. A veces la furgoneta se detenía, las puertas se abrían y metían a más chicas. Fue horrible.

Recuerdo aquella oscuridad. No había paredes, ni arriba ni abajo. No sabía si estaba viva o muerta. Escuchaba a las otras chicas respirando a mi alrededor, encima de mí, dentro de mí, la Tierra entera no era más que eso. Esos aterrados hipidos. Creí haber enloquecido. Y quizás esté loca, porque de pronto me parece oír un disparo de los Recolectores y doy un respingo. Veo un montón de chispas a mi alrededor.

Gabriel alza la cabeza justo cuando las luces del ascensor empiezan a parpadear. Se oye otro estruendo, no suena como un disparo, sino como un problema mecánico. El ascensor tiembla, las puertas se abren, y Gabriel tira de mí para que salga del ascensor. Caminamos apresuradamente por el pasillo. Pero en éste no hay cocineros. Es más oscuro que los otros y huele a esterilizado. Los fluorescentes del techo parpadean y las baldosas del suelo reflejan nuestras pisadas a cada paso que damos.

—Debemos de haber bajado a una planta inferior —observa Gabriel.

—¿Qué? ¿Por qué? —exclamo aturdida.

—Por la tormenta. A veces los ascensores bajan hasta el sótano como precaución.

—¿La tormenta? Hace unos minutos que lucía el sol —afirmo aliviada al descubrir que no me tiembla la voz. He dejado de llorar, sólo hipo un poco de vez en cuando.

—En la costa hay muchas tormentas. A veces estallan de repente. No te preocupes, si fuera un huracán habríamos oído la alarma. Los fuertes vientos hacen que la electricidad se vaya y que uno de los ascensores deje de funcionar.

Un huracán. Del fondo de mi mente emerge la imagen televisada de un viento huracanado girando furiosamente, destruyendo las casas. Siempre se lleva las casas, arrancando también a veces un trozo de valla o un árbol de cuajo. Y en medio de esta escena se ve una heroína chillando vestida al estilo la casa de la pradera. Pero el huracán siempre destruye las casas. Me lo imagino arremetiendo contra esta mansión y haciéndola añicos. Me pregunto si entonces conseguiría escapar.

—¿Así que estamos en el sótano?

—Eso creo, porque nunca he estado aquí —responde Gabriel—. Sólo en el refugio para las tormentas. Nadie puede bajar al sótano sin el permiso del Amo Vaughn —se ve nervioso y yo sé que es por él. No soporto pensar en verlo entrar de nuevo en mi habitación cojeando, triste y magullado por mi culpa.

—Subamos antes de que alguien nos pille aquí —le sugiero.

Asiente con la cabeza. Pero las puertas del ascensor se han cerrado, y al deslizar la tarjeta por la ranura, no se abren. Gabriel lo prueba varias veces.

—No funciona —exclama sacudiendo la cabeza—. Volverá a funcionar, pero dentro de un rato. Tiene que haber algún otro ascensor.

Recorremos el pasillo con los fluorescentes apagándose a intervalos por los cortes de luz y siseando amenazadoramente. El pasillo principal se divide en otros pasillos más oscuros con las puertas cerradas y yo no quiero saber adónde llevan. No quiero volver al sótano nunca más. Me trae muy malos recuerdos, es un lugar de pesadilla, donde yacen los cuerpos de las chicas asesinadas en la furgoneta, donde el jefe de los Recolectores me cubrió la boca con la mano y me amenazó con un cuchillo en el cuello. Hay algo en este lugar que hace que las palmas de las manos me suden. Y entonces descubro qué es. Es el lugar donde estaba el médico la tarde anterior a la boda. Deirdre me condujo por este pasillo y me llevó a una habitación donde un hombre me pinchó con una aguja y me dejó sin sentido.

Al recordarlo se me pone la carne de gallina. Necesito salir de aquí pitando.

A mi lado Gabriel acelera el paso sin mirarme.

—Lo que me has contado antes es terrible. Me parece muy comprensible que odies este lugar —susurra.

Claro, estoy segura de que a él le ocurre lo mismo.

—¿Fue él verdad? ¿Fue el Amo Vaughn quien te golpeó? Fue por mi culpa, por haber salido de mi habitación.

—Para empezar, no tenías por qué estar encerrada en ella.

De pronto descubro que quiero conocerle. Que he empezado a ver sus ojos azules y su pelo cobrizo como los de un amigo, y que ya lleva un tiempo produciéndome esta sensación. Me gusta que por fin hayamos hablado de cosas más importantes que del menú, el libro que estoy leyendo o de si quiero tomar el té con limón. (Lo tomo sin limón.)

Quiero saber más cosas de Gabriel y contarle más cosas sobre mí. De mí tal como soy, de mí antes de casarme, antes de conocer por dentro esta mansión, cuando a pesar de vivir en un lugar peligroso, era libre y feliz. Me dispongo a decírselo, pero él me lo impide cogiéndome del brazo y tirando de mí para escondernos en la parte más oscura del pasillo. Antes de darme tiempo a protestar, oigo unas pisadas acercándose.

Nos pegamos a la pared. Intentamos ser las sombras que nos envuelven, deseando que la parte blanca de nuestros ojos no nos delate.

Las voces se van acercando.

—Por supuesto no es posible incinerarla…

—Es una pena destruir el cuerpo de esta pobre chica —se escucha un suspiro y luego un chasquido reprobador con la lengua.

—Es por su bien, salvará muchas vidas.

No reconozco las voces. Aunque me pasara el resto de la vida en esta casa, no lograría conocer todas las estancias, todos los sirvientes. Pero a medida que las voces se acercan, puedo ver que esas personas no llevan el uniforme de los sirvientes. Van vestidas de blanco, con la cabeza protegida con la misma capucha blanca que mis padres llevaban en el trabajo y la cara cubierta con una lámina transparente de plástico. Es el traje de protección contra agentes biológicos peligrosos. Empujan un carrito.

Gabriel me coge de la muñeca apretándomela con fuerza y yo no entiendo por qué lo hace. No entiendo nada, hasta que el carrito está lo bastante cerca como para ver lo que hay dentro.

Un cuerpo cubierto con una sábana. El pelo rubio de Rose cuelga por los bordes del carrito. Y también su mano fría y blanca, con las uñas pintadas aún de rosa.

7

Contengo la respiración mientras pasan. La eternidad es los secos pasos retumbando por el pasillo, las desvencijadas ruedas del carrito rodando. Esperamos en silencio unos instantes para asegurarnos de que ya no nos puedan oír y tras expulsar el aire, vuelvo a respirar aliviada.

—¿Adónde la llevan? —exclamo entrecortadamente sin dar crédito a lo que acabo de ver.

La triste expresión de Gabriel destaca en la casi absoluta oscuridad. Sacude la cabeza.

—El Amo Vaughn debe de querer utilizarla para sus investigaciones. Hace años que está buscando un antídoto —me explica.

—Pero se trata del cuerpo de Rose —exclamo con voz ronca, impactada.

—Lo sé.

—Linden nunca lo permitiría —afirmo.

—Tal vez no. Pero no podemos decírselo. Nosotros nunca lo vimos. Nunca estuvimos aquí —dice.

Encontramos el ascensor y subimos al pasillo que da a la cocina, donde se oye una algarabía de objetos metálicos entrechocando, platos contra platos, y la jefa de cocina gritándole a alguien que es un maldito holgazán. Y un montón de risas. Cómo se iban a imaginar que la esposa a la que tanto detestaban está recorriendo ahora un frío camino mientras la llevan por los pasillos que serpentean bajo sus pies.

—¡Eh, la rubia está aquí! —grita alguien. Se ha vuelto mi apodo oficial en la cocina. Aunque las esposas tengamos prohibido abandonar nuestra planta, no parece importarles que esté en el espacio donde trabajan. Yo no les pido nada, a diferencia de la última mujer de Linden y de la más joven (la niña mimada, la llaman).

—¿Qué te pasa, rubia, que tienes la cara tan roja?

Me toco el contorno de los ojos, recordando mis lágrimas. Parece que hubiera llorado hace un millón de años.

—Soy alérgica al marisco —respondo metiéndome el pañuelo húmedo en el bolsillo—. La peste que suelta ha subido hasta nuestra planta y se me han hinchado los ojos. ¿Es que queréis matarme o qué? —les pregunto.

—Insistió en bajar para decíroslo en persona —tercia Gabriel amablemente.

Mientras nos encaminamos a la cocina, intento fingir lo mejor posible estar fastidiada por el olor a marisco, aunque en realidad me recuerda mi hogar, me abre el apetito.

—Tenemos otros problemas más importantes que resolver tus necesidades dietéticas —me suelta la jefa de cocina, apartándose un mechón de su sudorosa cara y asomándose por la ventana. El cielo tiene un extraño tono verde. Los relámpagos zigzaguean entre las nubes. Hace menos de una hora brillaba el sol y los pájaros cantaban.

Alguien me ofrece una cajita de fresas.

—Nos las acaban de traer esta mañana.

Gabriel y yo tomamos un puñado de pie junto a la ventana. Al igual que los arándanos, tienen un color más vivo que las fresas habituales. Al morderlas la boca se me llena del dulce jugo y las semillas se me meten entre los molares.

—¿Ya es el tiempo de las fresas? Creía que aún era demasiado pronto —observa Gabriel.

—Este año se puede desatar una buena tormenta —afirma un cocinero arrodillándose ante el horno y frunciendo el entrecejo al observar la comida cocinándose—. Quizás incluso sea de clase tres.

—¿Qué significa? —pregunto metiéndome otra fresa en la boca.

—Significa que a las tres princesas os encerrarán en la mazmorra —dice entre dientes la jefa de cocina, y cuando estoy a punto de creérmelo, me da una fuerte palmada en el hombro echándose a reír—. El Patrón toma todas las precauciones necesarias para que sus esposas estén sanas y salvas —añade—. Si el tiempo se pone chungo y arrecia el viento, tendréis que esperar en el refugio a que la tormenta pase. No te preocupes, rubia, me apuesto lo que sea a que el refugio para tormentas es de lo más cómodo y acogedor, y el resto de nosotros seguiremos cocinando aquí arriba y llevándoos la comida.

—¿Seguís cocinando a pesar de la tormenta?

—Claro, a no ser que la electricidad se vaya.

—No te preocupes, el vendaval no se llevará la casa —tercia Gabriel.

La risita que suelta sugiere que sabe lo que estoy deseando en el fondo. Nos miramos con complicidad y su risita se transforma en la primera verdadera sonrisa que le veo esbozar. Se la devuelvo.

Pero a los pocos minutos, al tomar el ascensor para volver a la planta de las esposas, cae sobre nosotros un velo tan deprimente como los nubarrones retumbando en el cielo. Entre nosotros hay un carrito con las bandejas del almuerzo. Sopa de langosta para las otras esposas y un pequeño pollo glaseado para mí, porque se supone que soy alérgica al marisco. No hablamos. Intento no pensar en Rose, pero no veo más que su mano inerte colgando bajo la sábana al pasar frente a nosotros. La misma mano con la que el otro día me estuvo haciendo una trenza. Pienso en la tristeza de los ojos de Linden, en lo que diría si supiera que su amor de juventud, la niña que les daba terrones de azúcar a los caballos en el naranjal, está siendo diseccionada en su propia casa.

Sola en la habitación, no pruebo la comida. Me meto en la bañera llena de agua caliente, lavo el pañuelo de Gabriel con la capa de espuma y luego lo sostengo ante mí. Intento imaginarme otro lugar, otra época, cuando las flores eran tan bonitas como la del pañuelo. ¡Qué poderosa, afilada, peligrosa y preciosa es! Reposa sobre una hoja flotante. Memorizo la imagen de la flor bordada y la busco en la biblioteca. La que más se le parece es una flor de loto que crecía en Oriente y que seguramente provenía de un país llamado China. Pero en el almanaque de botánica acuática apenas sale, sólo habla de los nenúfares que, aunque quizá sean de la misma familia, no son iguales que la flor del pañuelo. No son tan extraños. Después de investigar durante horas, sigo sin encontrar alguna que se le parezca.

Le pregunto a Gabriel de dónde ha sacado el pañuelo y me explica que los sirvientes los cogen de un recipiente de plástico. No sabe quién los ha mandado pedir ni de dónde vienen, pero me lo puedo quedar porque los hay a docenas.

A partir de ese día Gabriel empieza a traerme el desayuno cuando las otras esposas aún están durmiendo. Me esconde los June Bean envueltos en servilletas, debajo del plato o entre los panqueques. Y dispone las rodajitas de fresa formando Torres Eiffel y barcos con mástiles puntiagudos. Me deja la bandeja sobre la mesilla de noche, y si aún estoy durmiendo, siento su presencia en mis sueños. Siento su cálida energía llegando a mi subconsciente y me siento segura. Al abrir los ojos, veo la tapa plateada sobre la bandeja del desayuno y sé que Gabriel ha estado cerca. Las mañanas en las que ya estoy despierta, charlamos en voz baja en la oscuridad sin apenas vernos la cara. Él me cuenta que ha sido huérfano desde que tiene uso de razón, que el Amo Vaughn lo adquirió en una subasta cuando tenía nueve años.

—No es tan terrible como parece —apunta Gabriel—. En los orfanatos te enseñan oficios como cocinar, coser y limpiar. Tienes un boletín con las notas que sacas y la gente adinerada puja por ti. A Deirdre, Elle y Adair también los adquirieron en una subasta.

—¿No recuerdas nada de tus padres?

—Casi nada. Incluso apenas recuerdo cómo es el mundo del exterior —admite.

El alma se me cae a los pies al oírle. Nadie, me cuenta Gabriel, ni siquiera los sirvientes, pueden salir de la propiedad. Hacen pedidos de cajas de comida y de telas, y cualquier otra cosa imaginable, pero nunca van personalmente a comprar a las tiendas. Los únicos que salen de la propiedad son los conductores de la furgoneta que trae los pedidos, el Amo Vaughn, y a veces Linden, si le da por ahí. He visto a Patrones apareciendo con sus primeras esposas en la televisión en eventos sociales —como elecciones políticas, ceremonias inaugurales y otros acontecimientos parecidos—, pero Gabriel me explica que Linden no es demasiado sociable. Le gusta vivir recluido en esta propiedad. ¿Y por qué no? Aunque la recorrieras durante un día entero, no llegarías a verla toda. Pero yo no he perdido las esperanzas. Linden llevaba a Rose a fiestas todo el tiempo y ella me dijo que si yo conseguía ser su mujer favorita me llevaría adonde yo quisiera.

—¿No lo echas de menos? ¿El ser libre?

Gabriel se echa a reír.

—En el orfanato tampoco era demasiado libre que digamos, pero supongo que echo de menos la playa —responde—. Podía verla desde la ventana del orfanato. A veces nos dejaban ir. Me gustaba contemplar las barcas zarpando. Creo que de haber podido elegir, me habría gustado trabajar en una. Tal vez incluso construirla. Pero nunca he pescado un solo pez.

—Mi hermano me enseñó a pescar. Nos sentábamos en los bloques de cemento del malecón, con los pies colgando del borde. Recuerdo los peces tirando con fuerza de la caña, el carrete rodando descontroladamente y

Rowan agarrándola por mí, enseñándome a recoger el sedal. Recuerdo el cuerpo plateado, todo músculo, del pez, como una lengua colgando del anzuelo, con los ojos desorbitados. Le sacaba el anzuelo e intentaba sostenerlo, pero se escurría de mi mano. Caía al agua con un chapoteo. Desaparecía para visitar las ruinas de Francia o quizá de Italia y saludarlas de mi parte.

Intento transmitirle esta experiencia, y aunque crea no estar imitando demasiado bien el movimiento de lanzar la caña y mis patéticos esfuerzos por recoger el sedal, Gabriel me observa atentamente. Cuando imito el pez cayendo al agua con un chapoteo, hasta se ríe, y yo también lo hago, silenciosamente, en la oscuridad de mi habitación.

—¿Os comíais alguna vez los peces que pescabais?

—No. Los peces comestibles están en alta mar, esos sí que los echábamos dentro de la barca. Cuanto más cerca estás de tierra, más contaminada está el agua. Los del malecón los pescábamos sólo por *hobby*.

—Parece divertido —observa.

—En realidad, es un poco asqueroso —le confieso recordando las escamas frías y viscosas y los ojos inyectados de sangre.

Rowan me consideraba la peor pescadora del mundo y me decía que teníamos suerte de que los peces del malecón no fueran comestibles, porque de lo contrario nos habríamos muerto de hambre si era yo la encargada de pescarlos.

Es de las pocas cosas que no dan trabajo que a mi hermano le gusta hacer.

La añoranza que siento al recordar a mi hermano no es demasiado horrible gracias a la compañía de Gabriel y a la bandeja con panqueques y June Bean escondidos en las servilletas.

Linden nos ignora durante el día, pero nos empieza a invitar a sus tres esposas a cenar cada noche. Nos cuenta cosas sobre la investigación de su padre y lo optimistas que son los científicos y los médicos en cuanto a encontrar un antídoto para el virus. Nos comenta que su padre está en una convención en Seattle, donde expondrá sus avances a otros investigadores. Me pregunto si los descubrimientos del Amo tratarán sobre Rose. Si la ha llamado Sujeto A o Paciente X. Si aún tiene las uñas pintadas de rosa. Cecilia está interesada, como siempre, en todo cuanto dice Linden. Jenna parece no tragarlo aún, aunque ya empieza a comer. Yo ya sé fingir mejor estar interesada en lo que nos cuenta. Y entretanto, los huracanes hacen oscilar la luz e interrumpen con extraños e infrecuentes chaparrones lo que de no ser por ellos serían unas hermosas tardes.

Una noche en la que Linden está de muy buen humor, algo muy inusual en él, nos anuncia que quiere dar una fiesta para celebrar los dos meses que llevamos casadas con él. Una gran fiesta, con faroles de colores y una banda musical. Incluso nos deja decidir en qué jardín queremos que la dé.

—¿Qué os parece en el naranjal? —propongo.

Gabriel y dos sirvientes más que están retirando los platos sucios de la mesa empalidecen al oír mis palabras, e intercambian miradas serias. Saben la magnitud de lo que acabo de decir. Le llevaron a Rose muchos almuerzos y tazas de té mientras se pasaba innumerables días en el naranjal. Era su lugar preferido, donde ella y Linden se casaron y donde —me contó con nostalgia una tarde girando un June Bean alrededor de su lengua— se besaron por primera vez. Y fue allí donde Linden se la encontró una semana después de cumplir ella los veinte, tendida en el suelo pálida y sin sentido, a la sombra de un naranjo, respirando con dificultad, con los labios azules. Fue el día que tuvo que afrontar la tragedia de la mortalidad de su amada, su incapacidad para salvarla. Todas las pastillas y pócimas del mundo no podrían prolongarle la vida más que unos pocos y fugaces meses.

Una fiesta en el naranjal. El dolor en el rostro de Linden es inmediato. Me mantengo firme en mi propuesta. Él me ha causado más sufrimiento del que nunca seré capaz de devolverle.

—¡Sí! ¡Oh, Linden, nunca lo hemos ni siquiera visto! —exclama Cecilia ilusionada, ajena a mis intenciones.

Linden se seca la boca con la servilleta y la deja sobre la mesa.

—Yo había pensado que dar la fiesta alrededor de la piscina sería más divertido. El buen tiempo que hace es ideal para nadar —sugiere en voz baja.

—Pero nos dijiste que podíamos elegir el lugar —tercia Jenna, quizás es la primera vez que le habla. Todos nos la quedamos mirando, incluso los sirvientes. Me mira a mí por un momento y luego a Linden. Se come delicadamente el trocito de bistec que tiene en el tenedor—. Yo voto por el naranjal —dice.

—Yo también —exclama Cecilia.

Yo asiento con la cabeza.

—Decidido por unanimidad —declara Linden con los ojos clavados en la cuchara. El resto de la cena transcurre en silencio. Los sirvientes retiran los platos de la mesa, nos sirven el postre y luego el té. Después Linden se despide de nosotras alegando que le duele la cabeza y necesita estar a solas con sus pensamientos.

—¡No conocía ese lado tuyo! —me susurra Gabriel mientras nos conduce al ascensor. Justo antes de que las puertas se cierren entre nosotros, le sonrío.

En cuanto llego a la planta de las esposas, me voy directa a mi habitación. Me echo en la cama, chupando un June Bean azul, y pienso en el océano Atlántico lamiéndonos los pies descalzos a Rowan y a mí. Pienso en el transbordador del muelle abriéndose camino hacia el horizonte, lo segura que me sentiría en mi pequeño mundo y lo contenta que estaría por seguir viviendo, aunque fuera por un corto tiempo. Quiero que lancen mi cuerpo al mar cuando me haya muerto. Que esparzan mis cenizas en él. Quiero hundirme hasta donde reposan las ruinas de Atenas y que el agua me arrastre hasta Nigeria, nadar entre los peces y los barcos hundidos. Volveré a menudo a Manhattan, para respirar el aire de mi barrio, para ver cómo le va la vida a mi hermano.

A mi hermano mellizo no le gusta hablar de lo que ocurrirá dentro de cuatro años, cuando yo habré muerto y a él le queden aún cinco años de vida. Me pregunto qué estará haciendo ahora y si estará bien. Cuánto tardaré en poder escapar de este lugar, o al menos en poder comunicarle que todavía sigo con vida. Pero en alguna parte, en un lugar de mi corazón más oscuro que ese horrible sótano, me preocupa que mi cadáver se convierta en parte de la investigación del Amo Vaughn y que mi hermano nunca llegue a saber lo que ha sido de mí.

Por eso no me arrepiento de que Linden Ashby esté en algún lugar entristecido por lo que he dicho en la cena.

¡Qué difícil es llevar la cuenta de los días que paso en esta mansión! Todos me parecen iguales, no soy más que la prisionera de Linden. Nunca he estado separada de mi hermano tanto tiempo. Cuando éramos pequeños, mi madre puso mi mano en la de mi hermano y nos dijo que permaneciéramos siempre juntos. Y así lo hicimos. Íbamos juntos al colegio, agarrados el uno al otro por si nos acechaba algún peligro en las ruinas de algún edificio antiguo o a la sombra de un coche abandonado. Íbamos juntos al trabajo y por la noche nos hacíamos compañía con nuestras voces, en la oscura casa que había estado en el pasado llena de la presencia de nuestros padres. Antes de mi llegada a esta mansión, no me había separado de mi hermano un solo día.

Creía que los mellizos siempre se podían comunicar entre ellos, que aunque yo estuviera muy lejos seguiría oyendo su voz con tanta claridad como si la escuchara en la habitación contigua de nuestra casa. Cuando vivíamos juntos, seguíamos hablándonos aunque estuviéramos en distintas habitaciones —él en la cocina y yo en la sala de estar— para romper el silencio que reinaba tras la muerte de nuestros padres.

—Rowan —musito. Pero el sonido no traspasa las paredes de mi habitación. Han cercenado el cordón que nos unía.

—Estoy viva. ¡No renuncies a encontrarme!

Como si recibiera una respuesta, oigo que alguien llama suavemente a la puerta. Sé que no es Cecilia porque no va seguido de una pregunta ni exigencia. Deirdre no llama a la puerta y Gabriel nunca vendría a estas horas.

—¿Quién es?

Alguien entreabre la puerta y veo los ojos grises de Jenna asomándose.

—¿Puedo entrar? —pregunta hablando en voz baja como de costumbre.

Me siento en la cama asintiendo con la cabeza. Frunce la boca dibujando lo más parecido que le he visto a una sonrisa y se sienta en el borde de la cama.

—Vi cómo el Patrón Linden te miró cuando sugeriste lo del naranjal. ¿Por qué puso esa cara? —pregunta.

Mi instinto me dice que sea precavida con esta apagada esposa, pero como en este instante echo tanto de menos a mi hermano, estoy menos a la defensiva, he bajado la guardia, como Gabriel diría, y me permito navegar en aguas inciertas. Y además parece una chica de lo más tímida e inofensiva con su camisón blanco igual que el mío y su largo cabello negro cayéndole como un velo sobre los hombros. Todo ello hace que desee verla como una hermana, como una confidente.

—Es por Rose —digo—. Se enamoró de ella en el naranjal. Era su lugar preferido y él no puede ni verlo desde que ella enfermó.

—¿Ah, sí? ¿Cómo lo sabes? —pregunta sorprendida.

—Rose me lo contó —omito que también me dijo

121

toda clase de cosas sobre su marido. Quiero guardar algunos de sus puntos flacos para mí, como que de pequeño tuvo una infección que por poco le mata y que le hizo perder algunos dientes, por eso los lleva de oro. Estos detalles hacen que Linden parezca de algún modo menos amenazador. Como alguien a quien puedo dominar o burlar cuando se me presente la ocasión.

—Por eso estaba tan triste —observa sacando unas hebras del bajo de su camisón.

—Es lo que yo quería —afirmo—. No tenía ningún derecho a traernos a esta casa y supongo que nunca se dará cuenta. Quería hacerle tanto daño como él me lo ha hecho a mí.

Jenna mira su regazo y hace una mueca como si fuera a sonreír o a lanzar una carcajada, pero las lágrimas le afloran a los ojos.

—Mis hermanas iban en esa furgoneta —me confiesa con la voz entrecortada.

Su piel palidece y a mí se me pone la carne de gallina al verla sacudir la cama con sus incontrolables sollozos. El ambiente de la habitación se enfría por momentos y la pesadilla se vuelve mucho más horrible de lo que yo esperaba. No hace más que empeorar en esta mansión de aromas dulces y jardines maravillosos. Pienso en los disparos que no he dejado de oír en mi cabeza desde que llegué. ¿Cuántos de ellos iban dirigidos a las hermanas de Jenna y cuáles fueron? ¿El primero? ¿El quinto? ¿El sexto?

Estoy demasiado sobresaltada como para hablar.

—Cuando sugeriste el naranjal, no sabía por qué lo hacías, pero vi que a él le dolía mucho —admite sollozando y limpiándose la nariz con el puño—. Y como yo quería hacerle sufrir, sugerí lo mismo. No tiene idea de lo que nos ha arrebatado, ¿verdad?

—No —asiento en voz baja. Le ofrezco el pañuelo de Gabriel que he estado guardando en la funda de la almohada, pero sacude la cabeza, odia tanto este lugar que ni siquiera quiere sonarse la nariz con un pañuelo de la mansión.

—Sólo me quedan dos años de vida. Allí fuera ya no hay nada para mí y quizá pase el resto de mis días encerrada en este lugar, pero no dejaré que él se salga con la suya conmigo. Me importa un bledo si me mata, pero no me tendrá —me asegura.

Pienso en su cuerpo frío y rígido siendo llevado en un carrito al laboratorio del sótano. Pienso en el Amo Vaughn diseccionando a sus nueras una a una.

No estoy segura de qué decirle, porque comprendo su rabia. Soy buena mintiendo, pero ahora mentir no serviría de nada. Jenna es una chica que ha perdido la ilusión, sabe que las cosas nunca serán como antes. ¿Soy yo la que me niego a aceptarlo?

—¿Y si pudiéramos escapar? ¿Lo intentarías? —le propongo.

Se encoge de hombros, sorbiéndose la nariz con incredulidad y mirándome a través de sus lágrimas.

—¿Para qué? —responde—. No, prefiero irme con estilo —agita la muñeca haciendo ondear los volantes de la manga del camisón. Después se limpia la nariz con ellos con una expresión de completa derrota. No es más que un esqueleto, un fantasma, una chica muy guapa muerta en vida. Se gira hacia mí, con los ojos brillándole aún con un poco de vida—. ¿Pasaste de verdad la noche con él? —pregunta, pero su tono no es impertinente como el de Cecilia. No es grosera, simplemente quiere saberlo.

—Pasó la noche en mi cama cuando Rose murió. Se quedó dormido, eso es todo. No hicimos nada más —le confieso.

Jenna asiente con la cabeza, tragándose el nudo en la garganta.

—Lo siento mucho —digo poniéndole la mano sobre su hombro, y ella se sobresalta un poco, pero no se aparta de mí—. Es un hombre horrible, como este lugar. A la única a la que le gusta estar aquí es a Cecilia.

—Acabará abriendo los ojos —afirma Jenna—. Aunque esté leyendo todos esos libros sobre el embarazo y el *Kama sutra,* no tiene idea de lo que él le hará.

Esto también es cierto. Jenna, tan silenciosa como una sombra, ha estado observando a sus hermanas esposas todo el tiempo. Ha estado cavilando mucho sobre nosotras.

Se queda sentada en la cama durante un rato, conteniendo su último sollozo, intentando recuperar la compostura. Le ofrezco el vaso de agua que reposa en la mesilla de noche y toma unos pocos sorbos.

—Gracias por ser fiel a ti misma en la cena. Por darle a probar su propia medicina —dice.

—Gracias a ti por apoyar mi sugerencia —respondo, y al girarse para mirarme por última vez antes de desaparecer por el pasillo, se dibuja en sus labios lo que a mí me parece una sonrisa.

Me duermo y tengo unos sueños horribles sobre chicas tristes con ojos preciosos, furgonetas grises de las que salen nubes de mariposas, ventanas que no se abren. Y por todas partes hay chicas, cayendo de los árboles como flores de azahar y chocando contra el suelo con un horrendo crujido. Reventándose.

En un momento dado de la noche mi mente se hunde en una dimensión del sueño más profunda. Los sonidos desaparecen y algo me nubla la visión. No percibo más que blancura, el olor de un cuerpo descomponiéndose y de guantes quirúrgicos. Entonces el Amo Vaughn enfundado en un traje protector aparta la sábana de mi rostro. Intento chillar, pero no puedo porque estoy muerta, con los ojos abiertos de par en par. Lleva el cuchillo que empuña entre mis senos, dispuesto a abrirme en canal. Cuando estoy a punto de sentir el dolor, oigo un sonido irrumpiendo en mis sueños. «Rhine», dice la voz.

—Rhine.

Abro los ojos dando un grito ahogado. El corazón me palpita con furia y de pronto estoy llena de la vida que no tenía en mi pesadilla. En la oscuridad del alba distingo los ojos azules de Gabriel. Digo su nombre para oír mi voz y asegurarme de que está ahí de verdad. Puedo ver el brillo plateado de la bandeja del desayuno en la mesilla de noche.

—Te estabas revolviendo en la cama como si tuvieras una pesadilla —susurra—. ¿Con qué soñabas?

—Con el sótano —respondo con un hilo de voz. Deslizo el pulpejo de la mano por mi frente y veo que la tengo cubierta de sudor—. Estaba atrapada en él, no podía salir.

Me siento en la cama y enciendo la lamparilla. La luz es demasiado fuerte, y cuando me protejo los ojos parpadeando con fuerza para enfocarlos, veo a Gabriel sentado en el borde de la cama en el mismo sitio donde Jenna se sentó hace varias horas y me contó su propia pesadilla.

—¡Qué imágenes más horrendas! —acaba diciendio Gabriel.

—Pero estoy segura de que tú has visto otras peores. No me cabe la menor duda —afirmo.

Asiente con la cabeza, con el rostro ensombrecido.

—¿Como cuáles? —le pregunto.

—Dama Rose tuvo una hija. De esto hace cosa de un año. No sobrevivió. Creo que se estranguló con el cordón umbilical al nacer. El Patrón y ella esparcieron sus cenizas en el naranjal, pero me pregunto si eran realmente las de su hija. Cuando alguien muere en esta mansión, me pregunto adónde va a parar su cuerpo. Que yo sepa no hay ningún cementerio y el cuerpo o bien se convierte en cenizas o simplemente desaparece.

Rose había tenido una hija. No lo sabía. Y las cenizas de su bebé, o de algo que se le parecía, están esparcidas entre las flores de azahar.

—Gabriel, quiero largarme de aquí —exclamo asustada con la voz temblándome.

—Hace nueve años que vivo en esta casa. La mitad de mi vida. La mayor parte de los días ni siquiera puedo recordar que hay otro mundo aparte de éste —responde él.

—Pues lo hay —afirmo—. Hay el océano, y barcos zarpando de puertos, y personas haciendo *jogging* por la calle, y farolas encendiéndose por la noche. Ése es el mundo real y no éste.

Pero entiendo lo que me quiere decir. Últimamente a mí también me pasa lo mismo.

La fiesta se celebra en el naranjal como Linden nos prometió. Cecilia se pasa toda la tarde haciendo trabajar como una negra a Elle con los ajustes del vestido y los retoques del maquillaje. Prueba con un peinado, se lava el pelo y vuelve a hacerse otro, y otro. Me llama para que le dé mi opinión sobre cada uno, y con todos está muy guapa, pero sigue viéndose muy joven. Como una niña que se ha puesto los zapatos con tacones demasiado altos de su madre para intentar parecer una mujer.

Deirdre me ha hecho un vestido de color naranja claro con el que según ella estaré impresionante. Me deja el pelo al natural, suelto y ondeando, con reflejos rubios de distintos tonos. No lo dice, pero sé que mientras está de pie a mi lado frente al espejo, piensa que me parezco a Rose. Y cuando Linden me vea, sospecho que no estará viéndome a mí, sino a alguna reencarnación de la chica que ha perdido. Espero que esto me haga ganar su favoritismo.

Llegamos al naranjal al filo de la noche, e incluso con el escenario montado, la banda de música afinando los instrumentos y la multitud de personas a las que no conozco, puedo ver que este lugar no es parecido al resto de la mansión. Es un jardín asilvestrado, con una hierba desigual tan alta como los incómodos tacones de mis zapatos o como mis rodillas. Se me mete por dentro del vestido como dedos gomosos. Las hormigas corretean por los bordes de los vasos de cristal y suben en hilera por los árboles. Todo este espacio natural está lleno de zumbidos y murmullos.

No reconozco la mayoría de rostros. Algunas personas son sirvientes preparando los fogones para la comida o retocando los faroles de papel. Otras van vestidas de etiqueta, acicaladas hasta el punto de rayar en lo grasiento, todas son de las primeras generaciones.

—Son los colegas del Amo Vaughn —me susurra Deirdre de pie sobre una silla plegable ajustándome los tirantes del sujetador para que dejen de deslizárseme por el brazo—. El Patrón no tiene amigos. Cuando Rose enfermó, dejó incluso de salir de la propiedad.

—¿Qué hacía antes? —pregunto sonriendo como si me estuviera diciendo algo encantador.

—Diseñaba casas —observa ahuecándome el pelo alrededor de los hombros—. ¡Ya he terminado! Estás preciosa.

Mis hermanas esposas y yo empezamos la velada manteniéndonos en un segundo plano, como nuestros sirvientes nos han aconsejado. Cogidas de la mano, compartimos un ponche, lucimos tipo y esperamos a que nos presenten. Uno por uno, los desconocidos de las primeras generaciones nos van sacando a bailar. Nos ponen las manos en las caderas y los hombros, pegándose demasiado a nuestro cuerpo, obligándonos a oler sus trajes recién planchados y su loción para después del afeitado. Yo estoy deseando que me suelten de una vez para recuperar el aliento bajo los naranjos. Jenna a mi lado, no ha parado de bailar. A pesar de su siempre presente resentimiento por su cautividad, es una bailarina fantástica. Sea al ritmo de la música rápida o lenta, se mueve como una llama o como una bailarina en la caja de música. Le sonríe a su esposo mientras se mueve y él se sonroja, cautivado por su belleza. Pero sé lo que su sonrisa realmente significa. Sé por qué está disfrutando de esta velada. Porque la difunta esposa de Linden sigue presente en el naranjal y él está sufriendo mucho, y Jenna quiere que Linden sepa que su dolor nunca desaparecerá.

Su sonrisa es su venganza.

Ahora, de pie junto a mí, arranca una naranja de una rama.

—Creo que esta noche nos libraremos de él fácilmente —señala haciéndola girar en sus manos.

—¿A qué te refieres? —pregunto.

Asiente con la cabeza apuntando al frente, donde Cecilia está bailando lentamente agarrada a Linden. Incluso desde aquí se ven sus blancos dientes de tanto que sonríe.

—Por el momento ella le ha robado el corazón. No la ha soltado un segundo —observa Jenna.

—Tienes razón —respondo. Sólo ha bailado con Cecilia. El resto del tiempo se lo ha pasado mirando embelesado a Jenna. En mí, en cambio, ni se ha fijado.

A Jenna la sacan de nuevo a bailar, se ha ganado muchos admiradores con su versatilidad y su encantadora sonrisa. Yo me quedo sola sirviéndome ponche en un vaso de cristal. La fresca brisa hace ondear mi pelo y me pregunto en qué lugar perdió el sentido Rose. ¿Fue donde los sirvientes están discutiendo por si no han cocinado suficiente pollo para la ocasión? ¿Donde se han escabullido Cecilia y Linden para reír tontamente en medio de la alta hierba? ¿O dónde esparcieron las cenizas? ¿De quién eran realmente y qué se hizo del bebé muerto de Linden y Rose?

Conforme la noche avanza y los invitados van partiendo, Jenna y yo nos sentamos en la hierba mientras Adair y Deirdre nos peinan el enredado cabello. Linden y Cecilia han desaparecido, ni siquiera los vemos cuando nos vamos a acostar mucho más tarde.

Al día siguiente Cecilia entra tambaleándose en la biblioteca pasadas las doce del mediodía, pálida y aturdida. En sus labios se dibuja una extraña sonrisa que no se desvanece y tiene el pelo enmarañado. Es como un incendio en la maleza que hubiera causado un montón de heridos.

Gabriel nos trae el té y Cecilia se echa demasiado azúcar como de costumbre. No dice una palabra. En su rostro aún se ven las marcas de la almohada y se encoge al mover las piernas.

—Qué día más bonito —dice al fin mucho después de que yo me haya levantado de la mesa para sentarme en el mullido sillón, cuando Jenna ha empezado a recorrer los pasillos de la biblioteca.

Pero le pasa algo. No cabe la menor duda. Ha perdido su brío habitual y su voz es tan suave como los carrillones de viento. Parece un pajarito silvestre aturdido en la jaula al que no le parece tan malo su cautiverio después de todo.

—¿Estás bien? —le pregunto.

—¡Claro! —responde ladeando la cabeza hacia un lado y luego hacia el otro, y apoyándola después sobre la mesa. Jenna, al otro extremo de la sala, me lanza una mirada. Aunque no mueva la boca, entiendo lo que me quiere decir. Ahora que Cecilia ha conseguido por fin lo que quería de nuestro marido, Rose ya se ha convertido en historia y Linden está listo para visitar las camas de sus otras esposas.

Pese a lo contenta que está, Cecilia se ve muy joven e indefensa.

—Venga, vamos —no puedo evitar decirle haciéndola levantar de la silla con dulzura. No se resiste, de hecho incluso me rodea la espalda con su bracito mientras la llevo a su habitación.

Linden es un monstruo, me digo para mis adentros. Se ha portado como un cerdo.

—¿Es que no ve que no es más que una niña? —murmuro.

—¿Mmm? —pregunta Cecilia levantando las cejas.

—No, nada —respondo—. ¿Cómo te sientes?

Se mete en la cama, que está todavía deshecha, como si acabara de levantarse.

—Estupendamente —me responde cuando está a punto de apoyar la cabeza en la almohada, mirándome con los ojos nublados.

Al ir a arroparla, veo una manchita de sangre en las sábanas.

Me quedo con ella un rato mientras se vuelve a dormir. Escucho los petirrojos que han anidado en el árbol bajo su ventana. El otro día quería enseñármelos, como una niña buscando una excusa para charlar conmigo. La verdad es que no he sido demasiado amable o justa con ella. Cecilia no tiene la culpa de ser tan ajena a lo que le rodea, tan joven. No tiene la culpa de haber crecido en un mundo sin padres, en un orfanato que permitió que se la llevaran para acabar convirtiéndose en una esposa o en un cadáver.

No sabe lo frágil que es, lo cerca que estuvo de morir en esa furgoneta.

Pero yo sí lo sé.

—¡Que duermas bien! —digo apartándole un mechón de pelo enmarañado de la cara.

Es lo mejor que una puede desear en este lugar.

Estoy tan furiosa con Linden que no soporto verlo ni en pintura. Esa noche entra en mi habitación y se va directo a mi cama sin preguntármelo. Pero como no le aparto las sábanas, no se mete en ella. Enciendo la luz y finjo acabar de despertarme cuando en realidad le estaba esperando.

—Hola —saluda en voz baja.

—Hola —respondo incorporándome.

Toca el borde de la cama, pero no se sienta en ella. ¿Está esperando una invitación? ¿La obtuvo de Cecilia? Jenna nunca lo hará. Si no piensa obligarnos a hacerlo, Cecilia es la única que se lo permitirá.

—Ayer por la noche en el naranjal estabas preciosa —observa.

—No creo que te fijaras en mí —contesto. Ni siquiera me mira ahora. Echa un vistazo por la ventana que no se abre. El viento ha vuelto a soplar con fuerza, aullando como la muerte. Las naranjas y las rosas deben de estar volando por los aires.

—¿Puedo meterme en tu cama?

—No —le suelto doblando la manta cuidadosamente sobre mi regazo.

—¿No? —insiste arqueando una delicada ceja.

—No —afirmo. Quiero parecer enojada, pero de algún modo mi respuesta suena de otra forma. Se crea un tenso silencio entre nosotros—. Pero gracias por pedírmelo —añado.

Se queda plantado incómodo, como si intentara decidir dónde poner las manos. Los pantalones de su pijama no tienen bolsillos.

—¿Qué te parece entonces si salimos a dar un paseo? —me sugiere.

—¿Ahora? Esta noche hace frío —observo. Por lo que he podido ver, en Florida el tiempo es muy cambiante.

—Ponte un abrigo. Te espero junto al ascensor dentro de unos minutos —dice él.

Bueno, supongo que un paseo no me hará ningún daño. Voy al vestidor y me coloco sobre el camisón un abrigo ligero de punto y unos calcetines gruesos que hacen que me cueste ponerme los zapatos.

Cuando nos reunimos en el ascensor, veo que mi abrigo es una versión femenina del suyo y me pregunto si no es más que una coincidencia. Como Deirdre es una romántica empedernida seguramente los ha diseñado para los dos. Supongo que lo ha hecho para que yo aprenda a amar a Linden. Pero todavía es muy joven. Aún le quedan muchos años para aprender lo que es el amor verdadero o al menos lo que no es amor.

Cuando bajamos en el ascensor, me viene a la cabeza la imagen de mi madre girando con sus vaporosos vestidos e inclinándose sobre el brazo de mi padre, con la música llenando la sala de estar. *¿Queréis saber lo que es el amor verdadero?*, nos decía mi padre genetista a mi hermano y a mí mientras mirábamos cómo bailaban. *Os diré algo sobre el amor verdadero. No es cosa de ciencia. Es tan natural como el cielo.*

El amor es natural. Incluso la raza humana ya no puede afirmarse que sea natural. Somos seres artificiales que nos estamos muriendo. Era de esperar que yo acabara en esta farsa de matrimonio.

Afuera hace un frío glacial. Huele a quemado y a hojas como en otoño. Pienso en cazadoras y en rastrillos y en calcetines largos nuevos para ir al colegio. En cosas que están a un mundo de distancia, pero que aún sigo recordando. Tengo la nariz helada, me subo el cuello del abrigo alrededor de las orejas.

Linden enlaza su brazo con el mío y empezamos a caminar, no por el jardín de las rosas, sino hacia el naranjal. Ya no quedan rastros de la fiesta y ahora puedo ver el jardín tal como es: asilvestrado, natural y bonito. Un lugar donde me gustaría tumbarme sobre una manta y leer. Ahora entiendo por qué Rose se pasaba tanto tiempo en el naranjal y me pregunto si sabía que estaba enferma el día que perdió el conocimiento. Si creyó poder desaparecer en silencio, a la sombra de las suaves flores de azahar, para que su sufrimiento no se prolongara más.

El viento hace susurrar las hojas y por todas partes siento la serenidad de Rose. Ya no estoy furiosa, sino en paz.

—Ella está aquí —observa Linden como si me leyera el pensamiento.

—Mmm —asiento.

Paseamos durante un rato por un desdibujado sendero trillado cubierto de hierba y tierra. En este lugar no hay estanques, ni confidentes o bancos encantadores. Las ráfagas de viento son tan fuertes que cuando abrimos la boca nos succionan las palabras. Pero intuyo que Linden me quiere decir algo, y cuando el viento amaina, se detiene y me coge las manos. El frío me ha agrietado los nudillos, pero las suaves palmas de sus manos están calientes y húmedas.

—Escúchame —me dice con el color verde de sus ojos avivándose bajo la luz de la luna—. Quiero compartir este lugar contigo. Te llevaré adonde me pidas. Pero este naranjal es sagrado, ¿de acuerdo? No dejaré que lo uses como un arma contra mí.

No me lo dice con tono duro, pero me aprieta las manos y baja la cabeza para que los ojos le queden a la altura de los míos. De modo que lo sabía. Sabía que mi sugerencia de celebrar la fiesta en el naranjal era malintencionada y, sin embargo, no me levantó la mano. No me dio una paliza por haberle desafiado, al contrario de su padre que golpeó a Gabriel. ¿Por qué? ¿Por qué un hombre que secuestró a tres chicas de sus hogares iba a ser bueno conmigo?

Frunzo mis agrietados labios, reprimiendo mi deseo de decirle que si puedo ir adonde desee, quiero volver a Manhattan. No puedo revelarle mi sueño de escapar, porque entonces nunca me dejaría ir. En mi plan de escapar no tiene cabida la verdad.

—No quería hacerte daño. Supongo que sólo estaba celosa —contesto—. Como no te fijabas en mí, pensé que si dábamos la fiesta en el naranjal, te sentirías mejor. Que sería como un funeral dedicado a Rose. Que entonces podrías celebrar tus nuevos matrimonios y seguir adelante.

Se ha quedado tan sorprendido, tan conmovido por mi mentira, que casi siento remordimientos. Me da pena que su difunta esposa esté siendo diseccionada en el sótano, y su belleza destruida y violada, mientras yo utilizo su nombre contra él. Una tarde, cuando Rose estaba postrada en la cama, sudorosa, en un estado de aturdimiento, a punto de perder el sentido, me hizo prometerle que cuidaría de Linden, y yo lo hice. No espero cumplir mi promesa, pero entretanto tal vez mi mentira le haga algún bien.

—Yo quería enterrarla —me confiesa—, pero mi padre no creyó que fuera una buena idea. Dice que no sabemos si tenía el virus —se le hace un nudo en la garganta y guarda silencio unos instantes—. Si podría afectar al suelo. Por eso me entregó sus cenizas.

Espero que me hable de las cenizas de su hija muerta que también esparció en este lugar, pero no lo hace. Supongo que se lo quiere guardar para él. O quizá sea un tema demasiado doloroso.

—¿Esparcirás las cenizas de Rose?

—Ya lo he hecho. Ayer por la noche, después de la fiesta. Pensé que ya era hora de despedirme de ella.

Supongo que lo hizo después de su cita con Cecilia. Ni siquiera la adoración que Cecilia siente por él palía su dolor. Pero no le digo nada al respecto. Ahora no es el momento de hablar de Cecilia. En su lugar, damos media vuelta, cogidos del brazo, como marido y mujer, y nos encaminamos hacia la gigantesca mansión cubierta de hiedra. Pienso en la hoja de hiedra que he escondido en una novela romántica con un final feliz o trágico y me pregunto de quién serán las cenizas que esparció ayer por la noche en el naranjal.

Durante las siguientes noches Linden nos invita a las tres a cenar. Y la mayoría de las veces las pasa en mi cama. Todo cuanto hacemos es conversar y dormir. Se tiende sobre las mantas y me mira mientras me hidrato las manos con crema, me cepillo el pelo, corro las cortinas y me tomo a sorbos el té de la noche. Su presencia no me molesta demasiado. Sé que Jenna no lo soportaría y prefiero que Linden deje tranquila a Cecilia, porque ella se lo permite todo y aquella mañana después de la fiesta su fragilidad me preocupó. Sé que está celosa porque él pasa las noches conmigo, pero como eso no es asunto suyo, no respondo a ninguna de sus preguntas. Aunque Linden y yo ni siquiera nos tocamos, salvo algunas veces en las que mientras estoy dormida siento sus dedos en mi pelo produciéndome una extraña sensación en mis sueños.

Habla conmigo hasta que yo, agotada, me quedo dormida. Gabriel ha empezado a traerme el desayuno a la misma hora que a mis hermanas esposas y en la bandeja también incluye comida para Linden, que le pide cosas impredecibles, como sirope o uvas, y se las come sosteniendo el racimo sobre los labios. Gabriel ha dejado de esconder June Bean para mí y los echo de menos. Echo en falta charlar con él. Ya no tenemos tantas oportunidades como antes de encontrarnos, porque Linden ha empezado a llevarme a pasear durante el día.

Los días cálidos nos lleva a las tres a la piscina. Jenna toma el sol y Cecilia se lanza del trampolín pegando chillidos de gozo que sugieren una infancia y una libertad que nunca tendrá. Yo me paso la mayor parte del tiempo bajo el agua, donde hay hologramas de medusas y del lecho marino. Los tiburones se lanzan velozmente hacia mí y pasan a través de mi cuerpo, abriéndoles camino a bancos de peces amarillos y anaranjados de vivos colores, y ballenas tan grandes como la piscina. A veces me olvido de que todo esto no es real y me sumerjo a más y más profundidad, buscando la Atlántida, pero sólo me topo con el fondo de la piscina.

Nos pasamos días enteros así. Y creo que es bonito. Como si fuéramos libres. Como si fuéramos hermanas. Incluso Jenna sumerge los dedos de los pies en el agua, salpicándome un poco. Una tarde Cecilia y yo, conchabándonos, la agarramos de los tobillos y la echamos al agua. Jena se pone a chillar indignada, agarrándose al borde de la piscina y jurando que somos horribles y que nos odia. Pero al final se le pasa el enfado. Y cogidas de la mano, buceamos por la piscina, intentando atrapar peces holográficos.

Linden no nada, aunque a veces nos pregunta si nos lo pasamos bien con los hologramas. Se ve pálido y delgado en bañador. Lee revistas de arquitectura sentado sobre una toalla húmeda y a mí me parece que se está preparando para volver a trabajar. Quizás empezará a salir de la propiedad. A lo mejor asistirá a una fiesta. Y yo iré con él cogida de su brazo. Sé que debo planear mi huida cuidadosamente y que no podré escabullirme entre la multitud la primera noche. Pero quizás habrá un evento televisado. A lo mejor Rowan lo estará mirando por la tele y verá que sigo con vida.

Una tarde, al ir corriendo a coger una toalla del armario que hay junto a la puerta de cristal, casi choco con Gabriel, que sostiene una bandeja con copas de zumo de naranja.

—¡Lo siento! —exclamo.

—Parece que te lo estás pasando en grande —observa sin mirarme a los ojos—. Perdón —añade intentando eludirme para no hablar conmigo.

—¡Espera! —grito.

Echo una mirada por encima del hombro para asegurarme de que ninguna de las personas que están descansando y chapoteando en la piscina al otro lado de la puerta de cristal nos esté mirando. Gabriel se da media vuelta.

—¿Estás enfadado conmigo por algo? —pregunto.

—No, pero ahora que eres la esposa del Patrón, por lo visto ya no tienes tiempo de hablar con un sirviente —afirma. No me gusta la sombría expresión que veo en sus dulces ojos.

—¡Eh, espera un momento! —exclamo sorprendida.

—No tiene que darme ninguna explicación, Dama Rhine —me suelta.

Así es como los sirvientes deben dirigirse a mí, pero supongo que me falta autoridad para ello, porque todo el mundo me llama Rhine. O rubia. Gabriel tiene razón, durante días sólo he tenido tiempo para hablar con Linden y mis hermanas esposas. Echo de menos sentarme en la encimera de la cocina y charlar con los cocineros, y también con Gabriel. Echo de menos los June Bean y en el cajón ya me quedan muy pocos. Pero estas cosas no puedo decirlas en presencia de Linden o del Amo Vaughn y últimamente siempre que me encuentro con Gabriel uno de los dos está cerca.

—¿Qué te pasa? ¿Qué te he hecho yo para que estés así conmigo?

—Supongo que no esperaba que te enamoraras del Patrón tan fácilmente —responde.

Es un pensamiento tan absurdo que me echo a reír.

—Pero ¿qué dices? —exclamo asombrada atragantándome de la impresión.

—Lo que oyes. Vivo en la misma casa que tú. Te traigo el desayuno cada mañana, por si lo habías olvidado.

Está equivocado, muy equivocado. Y me siento tan ofendida por sus palabras que me olvido de mi intención de aclarárselo todo.

—¿No esperabas que compartiera la cama con mi esposo? —le suelto.

—Supongo que no —replica.

Y luego abre la puerta corredera de cristal y sale al soleado día, dejándome allí plantada, chorreando, con los dientes castañeando, preguntándome en qué me está convirtiendo este lugar.

Durante la cena estoy silenciosa. Linden me pregunta si la comida está buena y espero a que Gabriel haya acabado de servirme el agua mineral con gas que suelo tomar antes de asentir. Quiero hablar a solas con él. Quiero explicarle que está equivocado sobre Linden y yo. Pero el Amo Vaughn está sentado a la mesa y su presencia hace que no me atreva ni a alzar los ojos.

Después de cenar, Gabriel nos acompaña al ascensor para llevarnos a nuestra planta. Busco su mirada, pero él me la rehúye.

Cecilia, junto a mí, se frota las sienes.

—¿Por qué las luces del ascensor son tan fuertes? —se queja.

Las puertas se abren y Jenna y yo salimos del ascensor, pero Cecilia no se mueve.

—¿Qué te pasa? —pregunto.

Y entonces advierto lo pálida que está. Tiene la cara tan sudada que le brilla.

—No me encuentro bien —exclama. En cuanto termina de decirlo, se le ponen los ojos en blanco, pero mientras se desploma Gabriel consigue por suerte sujetarla a tiempo.

8

Se presentan muchos sirvientes. Entran y salen apresuradamente del dormitorio de Cecilia, que parece un hormiguero. El Amo Vaughn también está presente y Linden camina impaciente de un lado a otro junto a la puerta. A Jenna y a mí nos han hecho volver a toda prisa a nuestras habitaciones y yo me siento ante el tocador, demasiado perpleja y preocupada como para dormir.

¿Debía haberle dicho a Linden el mal aspecto que Cecilia tenía la mañana siguiente a la fiesta? Él me habría escuchado. Debía de haberle recordado que no es más que una niña. Linden no se da cuenta de estas cosas tan obvias y yo debería de haber intervenido.

¿Estará sangrando? ¿Se estará muriendo? Por la mañana se encontraba bien.

Pego el oído a la puerta, intentando oír algo más aparte de los incomprensibles murmullos provenientes del pasillo. Cuando la puerta se abre de pronto, casi me caigo de bruces contra el suelo. Es Gabriel.

—Perdona, no quería asustarte —dice en voz baja. Me aparto para dejarle pasar y cierra la puerta tras él.

Es muy raro verlo en mi dormitorio sin una bandeja en las manos.

—Quería asegurarme de que te encuentras bien —continúa hablando. En su tono no hay amargura. Sus ojos azules están ahora serenos como de costumbre, sin el resentimiento que traslucían esta mañana. A lo mejor se ha olvidado por el momento de todas esas emociones tan desagradables, pero me siento tan aliviada por recibir un trato tan familiar que le abrazo.

Al principio le noto un poco tenso, desconcertado, pero luego me rodea con sus brazos, siento su barbilla apoyada sobre mi cabeza.

—Ha sido horrible —digo.

—Lo sé —responde y siento que aparta los brazos. Nunca he estado tan cerca de él. Es más alto y robusto que Linden, al que se lo llevaría el viento sólo con que pesara unos pocos kilos menos. Y huele a cocina, a toda la agitación y energía de comida hirviendo y horneándose.

—No tienes ni idea —exclamo separándome lo justo para mirarle a los ojos. Pone cara de estar un poco aturdido, se sonroja—. No es solamente Cecilia. Todas nosotras estamos sufriendo en este matrimonio. Jenna le odia, como ya sabes. Y yo sé cómo Linden me mira, como si fuera Rose. Es la única carta que tengo para salirme con la mía, pero es agotador dormir cada noche con él a mi lado, murmurando el nombre de Rose en sueños. Es como si me hiciera olvidar quién soy, cada día un poco más.

—No lo conseguirá —me asegura Gabriel.

—Y ni se te ocurra llamarme nunca más Dama Rhine. Hoy he oído por primera vez cómo suena y lo detesto. No me gusta para nada.

—De acuerdo. Lo siento. Lo que tú y el Patrón Linden hagáis no es asunto mío.

—¡No es eso! —grito poniendo las manos con firmeza sobre sus hombros. Bajo la voz por si alguien estuviera en el pasillo—. Linden Ashby tendría que pasar por encima de mi cadáver para tenerme... —casi sigo hablando. Casi le cuento mi plan de escapar, pero decido no hacerlo. Por el momento será mi secreto—. ¿Me crees?

—Nunca creí lo contrario. Pero le vi en tu cama y... no sé. Me fastidia —me confiesa.

—Sí, y a mí también. —Le aseguro soltando unas risitas y él hace lo mismo. Me separo de Gabriel y me siento en el borde de la cama—. ¿Sabes lo que le pasa a Cecilia?

Sacude la cabeza.

—No. El Amo Vaughn está en su habitación con varios médicos de la casa. ¡Estoy seguro de que Cecilia está bien! —exclama al ver cómo me cambia la cara—. Si fuera muy grave, se la habrían llevado al hospital de la ciudad.

Clavo los ojos en mis manos descansando en el regazo y lanzo un suspiro.

—¿Quieres que te traiga algo? ¿Una taza de té? ¿O fresas? Apenas has cenado —dice él.

No quiero té ni fresas. No quiero que Gabriel sea ahora mi sirviente, quiero que se siente a mi lado y que sea mi amigo. Quiero saber que no le castigarán por ello más tarde. Quiero que los dos seamos libres.

Tal vez si algún día se me ocurre un plan para escapar, pueda llevarme a Gabriel conmigo. Creo que el puerto le gustaría.

Pero no sé cómo contarle todo esto sin parecer una chica débil.

—Cuéntame cosas de ti —es todo cuanto consigo decir.

—¿De mí? —responde confundido.

—Sí —digo dando unas palmaditas en la cama.

—Tú ya lo sabes todo de mí —afirma sentándose a mi lado.

—No es cierto. ¿Dónde naciste? ¿Cuál es tu estación favorita? Cuéntame cualquier cosa.

—Nací en Florida —contesta—. Recuerdo una mujer con un vestido rojo y el cabello castaño rizado. A lo mejor era mi madre. No estoy seguro. Y mi estación favorita es el verano. ¿Y qué me dices de ti? —sonríe al decir esta última parte. Lo hace tan poco que cada sonrisa suya es para mí una especie de trofeo.

—El otoño es mi estación favorita —afirmo—. Ya sabes que soy de Manhattan y que mis padres murieron cuando yo contaba doce años.

Mientras pienso en otra ronda de preguntas, alguien llama a la puerta. Gabriel se levanta y alisa las arrugas de la colcha en la que se ha sentado. Cojo el vaso vacío de la mesilla de noche por si tengo que fingir haberle llamado para que me lo llenara.

—Pasa —digo.

Es Elle, la sirvienta de Cecilia. Tiene los ojos abiertos de par en par de excitación.

—¿A que no sabes lo que vengo a decirte? —exclama—. Nunca te lo imaginarías. ¡Cecilia está embarazada!

Durante las siguientes semanas Linden dedica tanto tiempo a Cecilia que yo vuelvo a ser invisible para él. Sé que esta falta de atención es mala para mi plan de escapar, pero sin su constante presencia me siento menos agobiada, al menos por ahora. Cuando Gabriel me trae el desayuno a la habitación, él y yo podemos volver a charlar a nuestras anchas. Como es el sirviente que se ocupa de traer la comida a la planta de las esposas, me sirve el desayuno temprano mientras mis hermanas esposas duermen, aunque el patrón de sueño de Cecilia se ha vuelto más irregular conforme el embarazo avanza.

Pasar un rato con Gabriel no se parece en nada al tiempo que paso con mi marido por obligación. Con Gabriel puedo sincerarme. Puedo decirle que echo de menos Manhattan, antes lo veía como el lugar más grande del mundo, pero ahora me parece tan lejano como una estrella.

—En el pasado la ciudad estaba dividida en más distritos, como Brooklyn, creo, y Queens, y algunos otros más. Pero después de contruir los faros y ampliar la zona portuaria, unificaron los distritos llamándolos Manhattan y los clasificaron según su finalidad. El mío es el de las fábricas y los envíos. La parte oeste es la de la pesca, y en la este hay sobre todo residencias.

—¿Por qué? —pregunta Gabriel pegándole un mordisco a una tostada de la bandeja del desayuno. Está sentado en la otomana, junto a la ventana, y la luz matutina ilumina el aro azul alrededor de sus pupilas.

—No lo sé —exclamo poniéndome boca abajo y apoyando la barbilla sobre los brazos—. Tal vez era demasiado complicado intentar mantener todos esos distritos funcionando adecuadamente, ahora la mayoría están industrializados, apartados de las residencias. Quizás el presidente no se molestó en enterarse de la diferencia.

—Parece agobiante —observa él.

—Lo es un poco —admito—, pero algunos edificios tienen cientos de años. Cuando era pequeña, fingía que al salir a la calle entraba en el pasado. Fingía... —mi voz se apaga. Resigo con el dedo la costura de la manta.

—¿Qué fingías? —pregunta Gabriel inclinándose hacia mí.

—Acabo de darme cuenta de que nunca se lo he contado a nadie —le confieso—. Cuando era pequeña, fingía viajar al siglo veintiuno, ver a la gente en distintas épocas, poder llegar a la adultez y ser como ellos —se crea un largo silencio y mantengo los ojos clavados en la costura de la manta, porque de pronto me cuesta mirar a Gabriel. Pero siento que él me está mirando. Y varios segundos más tarde se sienta en el borde de la cama. Noto el colchón hundiéndose un poco bajo su peso.

—¡Olvídalo! —exclamo intentando reír como si nada—. Es una tontería.

—No, no lo es —responde.

Él también resigue con su dedo la costura, trazando líneas rectas hacia arriba y hacia abajo, nuestras manos están muy cerca, pero sin llegar a tocarse. De repente, siento una cálida oleada recorriéndome el cuerpo y haciéndome esbozar una sonrisa que no quiero reprimir. No llegaré a la adultez, lo sé, y hace mucho que ni siquiera finjo poder hacerlo. Nunca pude com-

147

partir esta fantasía con mis padres, porque los hubiera entristecido. O con mi hermano, porque lo habría considerado una pérdida de tiempo. Por eso me la he estado guardando para mí todos estos años, obligándome a desecharla. Pero ahora, al ver la mano de Gabriel moviéndose junto a la mía como si estuviéramos jugando a un juego con un ritmo y un método, dejo que esa fantasía vuelva. Un día saldré de esta mansión y el mundo me estará esperando. Un mundo sano y floreciente ofreciéndome un hermoso camino para el resto de mi larga vida.

—Tienes que verla. Me refiero a la ciudad.

—Me encantaría —responde Gabriel en voz baja.

Alguien llama a la puerta.

—¿Está Linden contigo? —pregunta Cecilia—. Tenía que traerme una taza de chocolate caliente.

—No —respondo.

—Pero estabas hablando con alguien. ¿Quién es?

Gabriel se levanta y yo aliso las mantas mientras él coge la bandeja del desayuno del tocador.

—Llama a la cocina. A lo mejor algún cocinero sabe dónde está. O pregúntale a Elle.

Cecilia vacila. Llama a la puerta de nuevo.

—¿Puedo pasar?

Me siento en la cama, la cubro rápidamente con las mantas, las aliso y ahueco las almohadas. No he estado haciendo nada malo, pero de pronto me da reparo que Cecilia descubra que Gabriel está conmigo. Cruzo la habitación y abro la puerta.

—¿Qué quieres? —pregunto.

Entra apartándome a un lado y se queda mirando a Gabriel, escrutándolo con sus ojos castaños.

—Es mejor que lleve los platos a la cocina —dice él incómodo.

Mirándole por encima del hombro de Cecilia, intento disculparme con la mirada, pero ni me mira. Ni siquiera se atreve a alzar los ojos del suelo.

—Tráeme una taza de chocolate caliente —le ordena Cecilia—. Lo quiero muy, muy caliente, y no le pongas esponjitas. Siempre lo haces y se funden en un potingue asqueroso porque tardas demasiado en subírmelo. Pon las esponjitas en un platito. No, pensándolo bien, tráeme una bolsa entera.

Él asiente con la cabeza y se va. Cecilia se asoma mirando al pasillo, hasta comprobar que Gabriel ha desaparecido tras las puertas del ascensor. Después se gira hacia mí.

—¿Por qué la puerta estaba cerrada?

—A ti no te importa —le suelto.

Advierto lo sospechoso que suena lo que le acabo de decir, pero no he podido evitarlo. Charlar con Gabriel es uno de los pocos lujos que puedo darme. Mi hermana esposa no tiene ningún derecho, aun teniéndolos todos, de robármelo.

Me siento en la otomana y finjo ordenar los accesorios para el pelo del cajón de arriba, pero estoy furiosa.

—No es más que un sirviente —observa Cecilia caminando a lo largo de la habitación y resiguiendo la pared con los dedos—. Y además es un estúpido. Siempre me sirve el té sin leche ni azúcar y tarda tanto en traerme la comida que siempre está fría cuando...

—¡No es un estúpido! —la interrumpo—. Lo que pasa es que te encanta quejarte por nada.

—¿Quejarme? —contesta farfullando de rabia—. ¿Quejarme? *Tú* no eres la que vomita el desayuno cada mañana. *Tú* no eres la que tiene que estarse en la cama todo el día por este estúpido embarazo. No creo que sea pedir demasiado esperar que los estúpidos sirvientes hagan su trabajo, que es traerme cualquier cosa que se me antoje —añade dejándose caer sobre la cama y cruzando los brazos en actitud desafiante.

Desde este ángulo puedo ver la ligera prominencia de su barriga marcándose en el camisón. Y bajo el perfume que se ha puesto, percibo un cierto olor a vómito. Está despeinada y pálida. Y, aunque me reviente admitirlo, comprendo su mala uva. Es demasiado joven para vivir un embarazo.

—Toma —digo sacando del cajón un caramelo rojo como el que Deirdre me dio el día de mi boda—. Va bien para el estómago.

Lo coge y se lo mete en la boca lanzando un «mmm» de satisfacción.

—Y dar a luz es muy doloroso, ¿lo sabías? Incluso me puedo morir en el parto —exclama.

—No te morirás —le aseguro ahuyentando de mi cabeza el pensamiento de que la madre de Linden murió dando a luz.

—Quién sabe —contesta. Ya no me habla en un tono desafiante. Ahora suena casi como si estuviera asustada mientras mira el envoltorio del caramelo en su mano—. Por eso los sirvientes tienen que traerme lo que yo quiera.

Me siento a su lado y la rodeo con el brazo. Ella apoya la cabeza contra mi hombro.

—Vale, te tienen que traer lo que tú quieras. Pero se

atrapan más moscas con miel que con vinagre, ¿lo sabías?

—¿A qué te refieres?

—Es algo que mi madre solía decir —le explico—. Significa que si eres amable con la gente, harán gustosos lo que les pides. Incluso es posible que tengan detalles bonitos contigo.

—¿Es por eso que tú eres tan amable con él?

—¿Con quién?

—Con ese sirviente. Siempre estás hablando con ese chico.

—Tal vez —le contesto sintiendo que me estoy sonrojando. Por suerte Cecilia no me está mirando—. Supongo que simplemente soy amable con él.

—No deberías serlo tanto. Da la impresión de que es otra cosa —responde.

9

Linden está tan contento por el embarazo y el ambiente de la casa es tan alegre que nos da la libertad de recorrer la mansión y los jardines. Cuando estoy sola, busco el camino bordeado de árboles que conduce al mundo exterior, pero no consigo encontrar ninguno. El Amo Vaughn sale a veces de la propiedad para trabajar en su hospital, pero deben de tratar el césped de algún modo para que no queden las marcas de los neumáticos del coche, porque no he visto ningún camino que salga del garaje. Gabriel llama a este lugar la eternidad y yo estoy empezando a pensar que está en lo cierto. No tiene principio ni fin. Y dondequiera que vaya, siempre acabo de algún modo de vuelta en la mansión.

Mi padre solía contarme historias sobre las ferias ambulantes. Las llamaba las celebraciones para cuando no hay nada que celebrar. De niño iba a esta clase de ferias y pagaba diez dólares para entrar en la casa de los espejos. Me la describió muchas veces: espejos combados que le hacían demasiado alto o demasiado bajo, espejos yuxtapuestos que parecían infinitas puertas. Me decía que, aunque la casa de los espejos diera la impresión de ser interminable, por fuera era tan pequeña como un cobertizo. El truco estaba en no dejarte engañar por la ilusión óptica, porque la salida nunca se encontraba tan lejos como parecía.

No entendí lo que quería decir hasta ahora. Deambulo por el jardín de las rosas, las canchas de tenis y el laberinto de setos intentando ser un conducto para el espíritu de mi padre. Me lo imagino mirándome desde el cielo, contemplando la mota de mi cuerpo buscando sin rumbo la salida cuando la tengo a mi alcance.

«Ayúdame a encontrarla», le insto. La única respuesta que recibo en el naranjal es el viento soplando por entre la alta hierba. Los acertijos nunca se me han dado demasiado bien, mi hermano es el que resolvía a la primera el cubo de Rubik, el que se interesaba por los hechos científicos, haciéndole a mi padre preguntas sobre los países destruidos mientras yo me dedicaba a admirar las fotos del atlas.

Me imagino a mi hermano saliendo de entre los naranjos. «No deberías haberte presentado para aquel anuncio» —me diría—. ¡Nunca me haces caso! ¿Qué voy a hacer contigo?» Me cogería de la mano. Nos iríamos a casa.

«Rowan…» Su nombre sale de mí boca provocándome un intenso torrente de lágrimas. La brisa es la única que me responde. Rowan no va a venir, no hay ningún camino en la tierra que le conduzca hasta donde estoy.

Cuando mi fracasada búsqueda se vuelve demasiado desalentadora, me tomo un respiro y sucumbo a las cosas que hacen mi estancia en esta prisión más placentera. Buceo en el mar artificial de la piscina. Un sirviente me enseña a utilizar el dial que cambia los hologramas y puedo nadar bajo glaciares árticos o recorrer el *Titanic* hundido. Nado serpenteando entre delfines. Después, chorreando y oliendo a cloro, Jenna y yo nos tumbamos en el césped y nos tomamos zumos de vivos colores con rodajitas de piña en el borde de la copa. Jugamos en un minigolf construido para Linden cuando era pequeño o para su hermano, que murió antes de que él naciera. No llevamos la cuenta de la puntuación y nos unimos para derrotar al payaso en el último hoyo. Intentamos jugar a tenis, pero al cabo de poco nos rendimos y preferimos jugar a lanzar pelotas de tenis contra la pared, porque eso es lo único que se nos da bien.

En la cocina puedo comer todos los June Bean que quiera. Me siento en la encimera y ayudo a Gabriel a pelar patatas y escucho a los cocineros charlar del tiempo y de cómo les gustaría servir a la malcriada de Cecilia un calcetín sucio. Gabriel, por más bueno que sea, coincide en que últimamente Cecilia está insoportable. Alguien sugiere servirle una rata frita en el almuerzo.

—¡Cuidadito con lo que decís! En mi cocina no hay ratas —exclama la jefa de cocina.

A Linden le preocupa tenernos un poco abandonadas a Jenna y a mí y nos pregunta si queremos algo en especial, lo que sea. He estado a punto de pedirle una caja de June Bean, porque he oído al personal de la cocina quejarse de lo temprano que les traen los pedidos, y desde entonces he estado fantaseando con escaparme escondida en la furgoneta de los repartos. Pero después pienso en toda la confianza de Linden que me he ganado y en la facilidad con que la perdería si me pillaran, algo muy probable, teniendo en cuenta que Vaughn se entera de todo cuanto pasa en esta casa.

—Me gustaría tener una gran cama elástica —exclama Jenna.

A la mañana siguiente nos encontramos con una en el jardín de las rosas. Saltamos hasta que nos duelen los pulmones y después nos tumbamos en medio y contemplamos las nubes durante un rato.

—Éste no es el peor lugar para morir —me confiesa Jenna—. ¿Se ha metido en tu cama últimamente? —añade apoyándose sobre el codo en la cama elástica, haciendo que mi cuerpo se deslice más hacia ella.

—No. Me encanta tener de nuevo toda la cama sólo para mí —le contesto uniendo las manos en la nuca.

—Rhine, cuando fue a verte, ¿fue para tener hijos...?

—No. Nunca fue para eso. Ni siquiera me besó.

—Me pregunto por qué —observa tumbándose de nuevo.

—¿Ha ido a verte a la habitación?

—Sí. Varias veces, antes de que Cecilia acaparara toda su atención —afirma.

Esto me sorprende. Pienso en la rutina matinal de Jenna de ir a tomar el té a la biblioteca y enfrascarse en la lectura de alguna novela romántica. Ni una sola mañana me ha parecido verla apagada, sobre todo no de la forma en que Cecilia lo estaba. Incluso ahora parece tomárselo con mucha calma.

—¿Cómo fue? —le digo, y al instante siento que me pongo como un tomate. ¿Cómo se me ha podido ocurrir hacerle semejante pregunta?

—No fue tan mal después de todo —afirma Jenna despreocupadamente—. No dejó de preguntarme si me gustaba. Creía que me iba a desmoronar o a darme un patatús —añade soltando unas risitas al recordarlo—. ¡Qué poco me conoce!

No estoy segura de cómo tomarme este comentario. Sólo con pensar en Linden besándome, ya me pongo mala y se me remueven las tripas. Y sin embargo mis dos hermanas esposas han hecho con él mucho más que besarse, y una incluso lleva un hijo suyo en su seno.

—Creí que lo odiabas.

—Claro que lo odio —responde en un tono melodioso. Cruza el tobillo sobre la otra pierna doblada y gira el pie con indiferencia—. Los he odiado a todos. Pero así es el mundo en que vivimos.

—¿A todos?

Se sienta y me mira con una mezcla de confusión, lástima y quizá regocijo.

—¡No me lo puedo creer! —exclama cogiéndome el mentón con la mano ahuecada para mirarme detenidamente. Su piel es suave y huele como las lociones que Deirdre me deja en el tocador—. ¡Tan guapa que eres y con el tipazo que tienes! ¿Qué hacías entonces para ganarte la vida?

Al comprender lo que me está preguntando, yo también me siento.

—¿Creías que era una prostituta?

—En realidad, no. Eres demasiado dulce para eso. Pero supuse que era la única forma en que una chica podía ir tirando.

Pienso en todas las chicas que bailan en el parque

en las fiestas de Año Nuevo, en que algunas se meterán en un coche con un tipo forrado de dinero de la primera generación. Y en todos los burdeles del barrio rojo con las ventanas cubiertas con cortinas. A veces, mientras pasaba por delante de uno, la puerta se abría y por unos instantes percibía el bullicio de la música sonando y el parpadeo de las luces multicolores. Pienso en lo bien que Jenna bailaba esa noche en el naranjal y en lo seductora que se mostraba con esos hombres a los que desprecia. Su vida discurría en uno de esos lugares oscuros y secretos, en cambio yo apenas me atrevía a pasar por la acera donde había uno.

—Creía que en el orfanato te daban todo lo que una necesita para ir tirando —digo.

Pero enseguida me doy cuenta de que esto no es verdad. Rowan y yo impedimos a un montón de huérfanos que entraran a robarnos. Si en los orfanatos les hubieran dado todo lo que necesitaban, no lo habrían hecho.

Jenna está ahora tumbada y yo me tiendo a su lado.

—¿Lo dices en serio? Así que nunca has…

—No —respondo poniéndome un poco a la defensiva. Ahora la miro con otros ojos. Pero no la juzgo. Ni la culpo. Como ha dicho, así es el mundo en que vivimos.

—Pues no entiendo por qué no lo ha intentado hacer contigo. Me da la impresión de que todo cuanto ocurre aquí es por una razón —afirma ella.

—No te entiendo. Si tanto lo odias, ¿por qué no lo has rechazado? Linden es tan dulce que no creo que nos obligue a ninguna de nosotras a hacerlo con él.

Aunque más de una vez me había preocupado que

Linden no intentara consumar nuestro matrimonio. ¿Había notado mi vacilación y me estaba dando tiempo para que me acostumbrara a la idea? ¿Cuándo se le acabaría la paciencia?

Jenna se gira para mirarme y podría jurar que por un momento veo una expresión de miedo en sus ojos grises.

—No es él quien me preocupa —me confiesa.

—¿Quién es entonces? —contesto parpadeando sorprendida—. ¿El Amo Vaughn?

Asiente con la cabeza.

Pienso en el cuerpo de Rose en el sótano. En todos esos siniestros pasillos que podrían conducir a cualquier parte. Y siento que Jenna, que tan buena observadora es, tiene sus propias razones para temer este lugar. Me muero de ganas de preguntarle: «Jenna, ¿qué te ha hecho el Amo Vaughn?»

Pero la respuesta me da demasiado miedo. La imagen de la mano de Rose bajo las sábanas me da escalofríos. Bajo la belleza de esta mansión se esconden cosas horribles y peligrosas. Y a mí me gustaría encontrarme muy lejos de aquí antes de descubrir cuáles son.

10

Por lo visto, los árboles siempre están llenos de hojas de nuevos colores. Llevo en este lugar seis meses y evito al Amo Vaughn siempre que puedo. Y durante la cena, cuando me explica encantado cosas sobre la comida o el tiempo, intento sonreír, aunque su voz me provoque la sensación de cucarachas correteándome por la espalda.

Una tarde Linden me encuentra sola en el naranjal, tumbada sobre la hierba, y no estoy segura de si me andaba buscando o si quería estar solo en este lugar. Le sonrío y me digo que me alegro de verle. Ahora que mi hermana esposa más joven acapara toda su atención, tengo muy pocas oportunidades de ganarme sus favores. Estamos solos en el lugar favorito de su difunta esposa y siento que esta oportunidad es ideal para forjar un vínculo más estrecho con él.

Doy unas palmaditas en el suelo invitándole y él se tiende en la hierba a mi lado. Los dos nos mantenemos en silencio mientras sopla una brisa.

Rose todavía está presente en los árboles, el murmullo de las hojas es su risa etérea. Linden se pone a contemplar el cielo como yo.

Durante un rato permanecemos en silencio. Yo escucho el ritmo de su respiración e ignoro el casi imperceptible hormigueo en el pecho que su presencia me produce. Apenas me roza la mano con el dorso de la suya. Una flor de azahar cae sobre nosotros trazando una perfecta línea sesgada.

—Temo la llegada del otoño. Es una estación horrible —me confiesa al cabo de un rato—. En ella todo se marchita y muere.

No sé qué responderle. El otoño siempre ha sido mi estación preferida del año. La estación en que la naturaleza derrocha toda su vitalidad en esta última belleza, como si se la hubiera estado reservando durante todo el año para este gran final. Nunca me pareció espantoso. Mi mayor miedo es pasar otro año de mi vida tan lejos de mi hogar.

De pronto las nubes parecen elevarse a gran altura sobre nosotros. Se deslizan trazando un arco, rodeando el planeta. Han contemplado océanos abismales e islas quemadas y carbonizadas. Han visto cómo hemos destruido el mundo. Si yo pudiera verlo todo, como las nubes, ¿daría vueltas alrededor de los restos de este subcontinente, tan lleno aún de color, vida y estaciones, deseando protegerlo? ¿O me reiría burlonamente de la inutilidad del intento y seguiría vagando por la curvada atmósfera?

Linden respira hondo y se arma de valor para poner su mano sobre la mía. No me resisto a ello. Todo el mundo de Linden Ashby es falso, una ilusión, pero el cielo y las flores de azahar son reales. Su cuerpo a mi lado es real.

—¿En qué piensas? —me pregunta. Durante nuestro matrimonio no me he permitido nunca ser sincera con él, pero ahora quiero decirle lo que pienso.

—Me preguntaba si vale la pena que nos salven —le confieso.

—¿Qué quieres decir?

Tumbada en el suelo, sacudo la cabeza. Mi cráneo roza la tierra fría y dura del naranjal.

—Nada.

—¿Nada? ¿A qué te refieres? —me pregunta él, su tono no es impertinente, sino dulce, curioso.

—Todos esos médicos y genetistas están buscando un antídoto. Hace años que lo buscan. Pero ¿vale la pena? ¿Tiene el virus remedio?

Linden guarda silencio unos instantes, y cuando estoy segura de que va a censurarme por lo que he dicho o, quién sabe, tal vez defender la labor de su loco padre, me aprieta la mano.

—Yo también me he preguntado eso mismo —responde.

—¿De verdad? —exclamo sorprendida.

Nos giramos al mismo tiempo y nuestras miradas se encuentran, pero siento que las mejillas se me sonrojan y vuelvo a contemplar el cielo.

—En una ocasión creí que me iba a morir —me confiesa—. Cuando era pequeño tuve mucha fiebre. Recuerdo que mi padre me puso una inyección que se suponía que la curaría, una sustancia en periodo de experimentación que había estado elaborando, pero sólo empeoró las cosas.

Estoy segura de que Vaughn podía haber inyectado a su hijo cualquier sustancia elaborada durante sus retorcidos experimentos, pero me lo callo.

—Durante días estuve en una tierra intermedia entre la realidad y el delirio —prosigue Linden—. Todo me parecía aterrador y no podía despertarme. Pero desde algún lejano lugar oía a mi padre y a varios médicos llamándome: «Linden. Linden, vuelve con nosotros. Abre los ojos». Y recuerdo que vacilé. No sabía si volver. No sabía si quería vivir en un mundo donde la muerte es inevitable. O la fiebre y las pesadillas.

Se crea un largo silencio.

—Pero volviste —afirmo.

—Sí —contesta—. Pero no lo decidí yo —añade en voz baja.

Entrelaza sus dedos con los míos y lo dejo hacer, siento la palma caliente y húmeda de su mano contra la mía. Sonrosada. Viva. Me doy cuenta de que le estoy sosteniendo la mano con tanta fuerza como él me la sostiene a mí. Y henos aquí: dos pequeñas motas muriéndonos mientras el mundo se acaba a nuestro alrededor como hojas otoñales cayendo.

La barriga de Cecilia está empezando a hincharse. Pese a estar postrada en cama, grita más que nunca, según los sirvientes.

Una tarde, mientras saboreo un helado de cucurucho mirando los peces koi en el estanque, un sirviente llega corriendo. Se detiene y apoya las manos en las rodillas agachándose para recuperar el aliento.

—Ven conmigo, deprisa —exclama entrecortadamente—. Dama Cecilia quiere verte. Es una emergencia.

—¿Le pasa algo? —pregunto. Por su aspecto, parece como si alguien se acabara de morir. Sacude la cabeza como respuesta. No lo sabe. Creo que le entrego mi helado y me dirijo corriendo a la habitación de Cecilia. Gabriel ya me está esperando en el ascensor con la tarjeta electrónica. Una vez en la planta de las esposas, me dirijo como una bala al dormitorio, pensando que me encontraré con otra Rose moribunda, expectorando sangre o respirando laboriosamente.

Cecilia está sentada en la cama, reclinada sobre varias almohadas, con separadores en los dedos de los pies mientras se le secan las uñas. Me sonríe al verme, sostiene una pajita en la boca. Está tomando un zumo de arándano.

—¿Qué te pasa? —pregunto jadeando.

—Cuéntame una historia —contesta.

—¿Qué?

—Tú y Jenna os lo estáis pasando en grande sin mí —se queja haciendo un mohín. La barriga le sobresale como una luna en cuarto creciente. Sólo se encuentra en el cuarto mes de gestación, pero lo que yo sé y ella no es que Linden no quiere arriesgarse a perder otro hijo. Está tomando todas las precauciones habidas y por haber. Aunque Cecilia se sienta lo bastante bien como para jugar a minigolf o incluso nadar en la piscina, que ahora está climatizada y la tratan con un producto para repeler las hojas y los insectos de esta época del año, no le queda más remedio que estar encerrada en la habitación.

—¿Qué hacéis todo el día?

—Pasárnoslo en grande —le suelto, porque me ha dado un susto de muerte por nada—. Comer algodón de azúcar y saltar como locas en la cama elástica. ¡Qué pena que no puedas salir de la habitación!

—¿Y qué más? —añade dando unas palmaditas a su lado en la cama, expectante—. No, pensándolo mejor, cuéntame cosas sobre otro lugar. ¿Cómo era el orfanato donde vivías?

Es lógico que crea que me he criado en uno, es la única clase de vida que ha conocido a su corta edad.

Me siento con las piernas cruzadas sobre la cama y le aparto el pelo de los ojos.

—No crecí en un orfanato, sino en una ciudad. Con millones de habitantes y unos edificios tan altos que te da vueltas la cabeza si intentas mirar la punta —le cuento.

Se queda atónita. Le describo los transbordadores del puerto y los peces contaminados que la gente pesca por diversión y vuelve a echar al mar. En lugar de ser yo la protagonista de las historias, le hablo de unos hermanos mellizos, un chico y una chica, que crecieron en una casa donde alguien siempre estaba tocando el piano. Le cuento historias de caramelos de menta, de padres y cuentos para dormir. Las mantas olían a naftalina y también un poco al lujoso perfume que se ponía la madre de los mellizos, porque al darles el beso de buenas noches se inclinaba sobre ellas.

—¿Siguen viviendo en esa casa? ¿Son ya mayores? —pregunta.

—Ya son mayores —digo—. Pero un día un huracán los separó, lanzando a uno a una punta del país y al otro a otra. Y ahora están separados.

Cecilia me mira con incredulidad.

—¿Un huracán los separó? ¡Qué historia más absurda!

—Te juro que es cierta —afirmo.

—¿Y no los mató?

—Tal vez sea una bendición o una maldición, pero los dos siguen con vida, intentando volver a reunirse.

—¿Y qué les pasó a la madre y al padre?

Cojo la copa de zumo vacía de la mesilla de noche.

—Voy a buscarte más zumo —digo.

—No. Éste no es tu trabajo —exclama pulsando el botón azul que hay encima de la mesilla de noche—. ¡Un zumo de arándanos! Y gofres. Con sirope. ¡Y un palillo en forma de parasol!

—Por favor —añado, porque sé que los empleados de la cocina deben de estar poniendo los ojos en blanco por la actitud de Cecilia y que un día u otro acabarán sonándose en su servilleta.

—Me ha gustado la historia. ¿Es real? ¿Conoces a esos mellizos? —pregunta.

—Sí. Y su casita les está esperando. Tiene una salida de incendios que solía estar cubierta de flores. Pero la ciudad de Nueva York no es como este lugar. Ahora las sustancias químicas de las fábricas impiden que la vegetación crezca. Sólo la madre de los mellizos, que tenía mano para las plantas, conseguía cultivar lirios, y cuando murió, se marchitaron. Y colorín colorado, el cuento se ha acabado.

—El cuento se ha acabado —repite ella con regocijo.

La dejo cuando le toca hacerse una ecografía.

—¿Era real la historia? —me pregunta Gabriel en el pasillo agarrándome del brazo.

—Sí.

—¿Cuánto tiempo crees que tardará el siguiente huracán en llevarte a casa?

—¿Puedo confesarte mi mayor miedo? —digo.

—Sí, adelante.

—Que durante cuatro años no sople ningún tipo de viento.

Pero por el momento no me puedo quejar. A finales de octubre hay cambios bruscos de tiempo. En la cocina todos hacen apuestas sobre la categoría a la que pertenecerá el primer huracán. El más popular es el de clase tres. Aunque Gabriel cree que será de la dos, ya que en esta época del año no suelen haber huracanes. Yo pienso lo mismo, porque no tengo idea del tema. En Manhattan no hay esos cambios de tiempo tan grandes. Siempre que hace mucho viento, les pregunto a los empleados de la cocina: «¿Es un huracán?», y ellos se echan a reír. Gabriel me asegura que cuando haya uno lo sabré.

El agua de la piscina está muy movida, como si el aire fuera a succionarla. Los árboles y los setos se agitan con el viento. Las naranjas ruedan por el suelo como si unos fantasmas las lanzaran con el pie. Por todas partes hay hojas rojas y amarillas con manchas marrones. Cuando no hay nadie por los alrededores, apilo las hojas y me cubro con ellas. Aspiro su humedad. Y vuelvo a sentirme como cuando era pequeña. Me escondo dentro de la pila de hojas hasta que el viento se las lleva haciéndoles trazar bucles en el aire.

—Me quiero ir contigo —le digo al viento.

Una tarde al volver a mi habitación descubro que la ventana está abierta. Es un regalo de Linden. Compruebo si es verdad: se abre y se cierra. Me siento en la repisa y aspiro el olor a tierra húmeda, el viento frío que se lo lleva todo, y pienso en las historias que mis padres me contaban de su infancia. A principios del nuevo siglo, cuando el mundo era un lugar seguro, había una fiesta llamada Halloween. Los niños salían a la calle con grupos de amigos llevando disfraces de lo más graciosos y llamaban a las casas para pedir caramelos. Mi padre me contó que sus preferidos eran unos a rayas amarillas que parecían conitos de tráfico.

Jenna, cuya ventana sigue cerrada, viene a mi habitación y, pegando la nariz al mosquitero, respira hondo, pensando en recuerdos bonitos. Me cuenta que cuando hacía un tiempo como el de hoy, en el orfanato les servían chocolate caliente. Ella y sus dos hermanas compartían la taza y les quedaba a todas un bigote de chocolate.

La ventana de Cecilia también sigue cerrada y cuando ella protesta, Linden alega que las corrientes de aire son malas para su frágil estado.

—¡Frágil estado! —masculla en cuanto él se ha ido—. Yo sí que le pondré en frágil estado si no me deja salir pronto de aquí. —Pero le gusta la atención que recibe de Linden. Él duerme a su lado la mayoría de noches y le enseña a leer y escribir mejor. La mima poniéndole en la boca sus pastelillos rellenos de nata preferidos y masajeándole los pies. Cuando Cecilia tose, los médicos van en un santiamén a su habitación para examinarle los pulmones.

Pero ella está sana como una manzana. Es una chica fuerte. No es como Rose. Y tiene muchas ganas de moverse. Una tarde en la que Linden le da un pequeño respiro, Jenna y yo cerramos la puerta de la habitación de Cecilia y Jenna nos enseña a bailar. No bailamos tan bien como ella, pero ahí está la gracia. Yo me lo paso en grande moviendo el esqueleto y me olvido de cómo Jenna ha aprendido a ser una bailarina tan excelente.

—¡Oh! —da un grito Cecilia interrumpiendo su torpe giro. *¿Se habrá vuelto a marear? ¿Estará sangrando?*, me digo para mis adentros preocupada—. ¡Me ha dado una patadita! ¡Me ha dado una patadita! —exclama saltando de alegría sobre sus talones y, cogiéndonos las manos, nos las pone sobre su barriga, bajo la camisa.

En ese instante, como si fuera una respuesta, oímos el terrible pitido de una alarma. Una luz roja que ni sabíamos que existiera empieza a parpadear en el techo y, al mirar por la ventana, veo que el viento ha derribado el árbol con el nido de petirrojos.

Nuestros sirvientes llegan para conducirnos a toda prisa al sótano. Cecilia se echa a llorar porque no quiere ir en silla de ruedas pudiendo caminar. Linden no oye lo que le dice en parte, aunque no del todo, por el estruendo de las alarmas.

—Conmigo estás segura, cielo —afirma cogiéndole de la mano.

Las puertas del ascensor se abren y salimos al sótano: Linden, el Amo Vaughn, Jenna, Cecilia y nuestros sirvientes. Pero Gabriel no está con nosotros y es el único que sabe el miedo que me da este lugar. Y las alarmas están sonando a todo volumen. Me las imagino haciendo vibrar la fría mesa de metal donde yace el cuerpo de Rose. Zarandeándola hasta hacerla volver a la vida, remendada, medio putrefacta y con la piel verdosa. Me la imagino arrastrándose hacia mí, odiándome, sabiendo que planeo escapar. Sería capaz de enterrarme viva si hiciera falta con tal de que me quede en esta casa con Linden, porque es el amor de su vida y no le dejará morir solo.

—¿Estás bien? —me susurra Jenna al oído, y por alguna razón su voz suave es más clara que las alarmas. Me doy cuenta de que me ha cogido de la mano, la tengo cubierta de sudor. Asiento con la cabeza, impresionada por el tenebroso entorno.

En cuanto las puertas del ascensor se cierran tras nosotros, la alarma cesa. El silencio indica que todos estamos a salvo. Bueno, todos los que Linden considera importantes. Los empleados de la cocina y los sirvientes, tal como nos prometió, siguen trabajando en la mansión. Si ocurre lo peor y son aspirados al éter por el huracán, se pueden reemplazar. El Amo Vaughn compra en las subastas a huérfanos de lo más diligentes por una miseria.

—¿Cuándo nos servirán la cena? —pregunto mientras avanzamos por el pasillo de los horrores.

Lo que en realidad estoy preguntando es: ¿dónde está Gabriel?

El Amo Vaughn se ríe entre dientes. ¡Qué sonido más horrible!

—Ésta no piensa más que en comer —exclama—. Supongo que si todos estamos sanos y salvos esta noche nos servirán la cena a las siete, como de costumbre, querida.

Le sonrío encantadoramente, sonrojándome como si su broma me hiciera sentir como una feliz nuerecita.

Quiero que el huracán se lo lleve. Quiero que se quede solo en la cocina rodeado de cuchillos y sartenes dando vueltas a su alrededor arrastrados por el viento huracanado y con los platos haciéndose añicos a sus pies. Y después quiero que el techo salte a pedazos y que el huracán lo aspire por los aires hasta que desaparezca en el éter.

Llegamos a una habitación iluminada tenuemente, con mullidos sillones como los de la biblioteca, sofás y camas con doseles lilas de gasa y mosquiteros blancos. La estancia es cómoda y acogedora. Tiene ventanas con imágenes de idílicos paisajes falsos. El aire llega por los conductos de ventilación del techo. Cecilia carraspea y, levantándose de la silla de ruedas, se zafa de Linden para observar el tablero de ajedrez.

—¿Es alguna clase de juego?

—¿A una chica tan inteligente como tú nunca le han enseñado el arte del ajedrez? —responde el Amo Vaughn

Cecilia no quería jugar hace un momento, pero ahora cambia de opinión. Quiere ser una chica tan culta como sexi y buena lectora. Quiere dominar todo cuanto una chica joven desconoce.

—¿Me enseñarás a jugar al ajedrez? —pregunta.

—Claro, querida.

Jenna, que odia al Amo Vaughn incluso más aún que a nuestro marido, echa el mosquitero alrededor de la cama que ha elegido para hacer una siesta. Los sirvientes sólo saben hablar de vestidos y costura, aquí abajo no nos son de demasiada utilidad, pero supongo que el Amo Vaughn cree que nos vendrán bien si la mansión se derrumba y necesitamos a alguien que nos teja mantas y nos zurza los calcetines. Linden se sienta en el sofá rodeado de los periódicos y revistas de arquitectura que ha traído consigo para entretenerse, con un lápiz en la mano.

Yo me siento a su lado.

—¿Qué estás dibujando? —le pregunto, y en ese momento es cuando se percata de mí.

Sus negras pestañas siguen apuntando hacia abajo, como si estuviera considerando si vale la pena que yo pierda el tiempo contemplando su dibujo. Después lo sostiene en alto para mostrármelo, es un delicado bosquejo en lápiz de una casa victoriana cubierta de flores y hiedra. Pero descansa sobre una estructura estable. En el porche se ven sólidas vigas de madera y ventanas de aspecto resistente. En el interior, incluso ha dibujado los suelos y las puertas con ropa colgada en los pomos. Es evidente que la habita una familia. En el alféizar de la ventana hay un pastel y las manos de una mujer colocándolo o retirándolo de ahí. Como Linden ha dibujado la casa en ángulo, puedo ver dos de sus paredes exteriores. En el jardín hay un columpio y un niño que acaba de saltar de él. En el césped reposa un cuenco, donde un perro beberá cuando vuelva de pasear por el vecindario o de echar una siesta en el parterre del vecino.

—¡Guau! —exclamo sin querer.

A Linden se le ilumina un poco la cara y aparta los dibujos para que pueda sentarme más cerca de él.

—No es más que una idea que tuve —afirma—. Pero mi padre cree que debería dibujar las casas sin familias dentro, para que la gente se vea viviendo en ellas, si no nadie querrá comprarme esta clase de diseños.

171

Como siempre, su padre está equivocado.

—Yo me iría a vivir a una casa así —exclamo. Nuestros hombros se tocan, es lo más cerca que he estado de Linden fuera de la cama.

—Dibujar a alguien viviendo en las casas me ayuda. Les da algo, una especie de alma —observa.

Me muestra otras casas que ha dibujado. Una de una planta con un gato dormitando en el porche, un edificio de oficinas altísimo con ventanas relucientes que me recuerdan mi hogar, garajes y glorietas, y una tienda solitaria destacando de un borroso centro comercial. Linden me asombra, no sólo por la precisión de las líneas, sino por tenerlo tan entusiasmado a mi lado señalándome los detalles de los dibujos y explicándome su proceso. No me lo imaginaba con esta clase de energía. Con esta habilidad y este talento.

Linden siempre me había parecido un joven demasiado triste como para hacer otra cosa que no fuera regodearse en la autocompasión. No todo lo de su mundo es lo que parece. Sus bocetos llaman la atención. Son bellos y sólidos. Están diseñados para durar toda una vida natural, como el hogar donde crecí.

—Antes vendía un montón de diseños… —me confiesa sin acabar la frase. Ambos sabemos por qué dejó de hacerlo. Rose enfermó—. También supervisaba las construcciones de las casas que diseñaba. Me gustaba ver mis dibujos cobrando vida.

—¿Por qué no vuelves a diseñar casas?

—No tengo tiempo.

—Tienes de sobra.

Cuatro años para ser más exactos. Una vida muy

corta. Por su mirada creo que está pensando lo mismo que yo.

Linden me sonríe, pero no sé cómo interpretarlo. Creo que por un segundo al alzar los ojos ha visto mi lado heterocromático. Y no una chica muerta. Ni siquiera un fantasma.

Acerca su mano a mi cara y siento las yemas de sus dedos rozándome la mandíbula, sus dedos estirándose como algo a punto de florecer. Tiene una mirada seria y dulce. Está más cerca de mí que hace un segundo y yo siento como si me imantara y, por alguna razón, deseo confiar en él. Me encuentro en la casa que ha construido con sus propias manos y quiero confiar en él. Mi labio inferior se relaja, esperando que él lo atrape.

—¡Yo también quiero ver tus dibujos! —exclama Cecilia, y los ojos se me abren de golpe. Aparto mi mano del interior del codo de Linden, donde se había de algún modo metido. Dejo de mirarle. Y ahí está Cecilia, embarazada y chupando un caramelo que le llena la mejilla izquierda. Me aparto y dejo que se siente entre nosotros y Linden le muestra pacientemente sus diseños.

Ella no entiende por qué la cuerda del columpio hecho con un neumático está rota, o por qué en la puerta de una tienda vacía hay una corona de flores para conmemorar la llegada del solsticio de verano. Y al poco tiempo veo que se aburre con los diseños, pero sigue hablando de ellos porque ha acaparado la atención de Linden y no quiere perderla.

Me meto en la cama en la que Jenna está tumbada y cierro la gasa lila del dosel tras de mí.

—¿Estás durmiendo? —susurro.

—No —me responde en voz baja—. ¿Te has dado cuenta de que ha estado a punto de besarte?

Como siempre, lo ha estado observando todo sin perderse ni un detalle.

—No te olvides de cómo llegaste aquí, no te olvides —me dice girándose hacia mí buscándome la mirada.

—No, nunca lo he olvidado —afirmo.

Pero tiene razón.

Por un momento, casi lo hago.

Me duermo y las voces se vuelven lejanas. Sueño con todas las personas que oigo. Cecilia es una pequeña mariquita con una falda a cuadros escoceses, y el Amo Vaughn un gran grillo con ojos de personaje de dibujos animados.

—Escúchame, querida —le dice a Cecilia rodeándole el caparazón con su peludo brazo—, tu marido tiene dos esposas más. Tus hermanas. No debes interrumpirles.

—¡Pero...! —protesta ella con ojos de personaje de dibujos animados, con mal genio y disgusto. Está chupando un caramelo.

—¡Venga, venga! Cuando pones esta cara estás muy fea, ¡tan bonita como eres! ¿Te apetece jugar al ajedrez con tu suegro?

Cecilia es su mascota. Su embarazada y fiel mascotita.

Alfil: f5. Caballo: e3.

Afuera el viento ruge y oigo estas palabras una y otra vez: *Será el día más frío en el infierno...*

El día más frío en el infierno...

174

11

El huracán no se lleva la casa por los aires. Aparte de varios árboles partidos, el mundo vuelve a la normalidad.

Gabriel me encuentra tumbada sobre una pila de hojas. Siento su presencia y abro los ojos. Está junto a mí con un termo.

—Te he traído un poco de chocolate caliente. Tienes la nariz toda roja —dice él.

—Tú también tienes los dedos rojos —contesto. Tan rojos como las hojas que caen. Su aliento forma nubes blancas por el frío. Durante todo este otoño sus ojos se ven muy azules.

—Tienes un bicho en el pelo —exclama señalándolo con la cabeza. Al mirar donde me indica, veo una criatura alada saltando y correteando por mi cabello rubio. Doy un pequeño soplo y desaparece.

—Me alegro de que no te llevara el huracán —observo alegremente y, como yo esperaba, se lo toma como una invitación para sentarse a mi lado.

—La casa tiene cerca de mil años de antigüedad —apunta destapando el termo. La tapa es a la vez una taza y la llena de chocolate. Me incorporo y la acepto encantada, e inhalo por unos instantes el aroma caliente y azucarado que despide. Gabriel bebe el chocolate directamente del termo y contemplo la nuez de su garganta moviéndose.

—No se va a ir a ninguna parte.

Contemplo la mansión de ladrillos a lo lejos y sé que está diciendo la verdad.

—¿Ganaste la apuesta? —pregunto sorbiendo el chocolate. Se me quema la lengua y en una parte la siento tan rasposa como un papel de lija—. ¿Fue de clase dos?

—De clase tres —contesta. Sus labios están agrietados, como los míos, al contrario de los de Linden, y pienso que somos dos prisioneros en este desolado jardín. Este jardín que permanecerá dormido todo el invierno.

—No le amo —afirmo.

—¿Qué?

—A Linden. No le amo. Ni siquiera me gusta estar con él en la misma habitación. Sólo quería que lo supieras.

De pronto deja de mirarme. Toma otro sorbo de chocolate, esta vez echando la cabeza hacia atrás para saborear las últimas gotas. Le queda la parte superior del labio manchada de chocolate.

—Sólo quería que lo supieras —repito.

—Es bueno saberlo —contesta él asintiendo con la cabeza.

Cuando nuestras miradas se encuentran, sonreímos y luego nos echamos a reír, al principio con cautela, para asegurarnos de que nadie nos está oyendo, y después con más confianza. Yo me río a carcajadas, y aunque me cubra la boca, mi histérica risa me impide sentir vergüenza. No sé qué es lo que me hace tanta gracia o ni siquiera si hay algo de lo que reír. Lo único que sé es que me siento de maravilla.

Ojalá pudiéramos pasar más momentos como éstos, aunque lo único que hagamos sea pasear y lanzar al aire con el pie algunas hojas marchitas mientras caminamos. Pero al levantarnos y empezar a andar automáticamente hacia la mansión, me acuerdo de que ambos estamos prisioneros en ella. Gabriel sólo puede hablar conmigo cuando me trae algo, después tiene que volver a la cocina, sacarle brillo a la madera, pasar la aspiradora por las infinitas alfombras. Supongo que por eso me ha traído el chocolate caliente.

Cuanto más cerca estamos de la mansión, más tenue se vuelve el dulce sabor de boca que tenía. La parte de la lengua que parecía papel de lija aumenta. El cálido cielo nublado me parece ahora siniestro. Las hojas marchitas se escabullen velozmente como si estuvieran aterradas.

En cuanto Gabriel se dispone a abrir la puerta, ésta se abre. El Amo Vaughn nos recibe con una sonrisa. La cocina, a su espalda, está silenciosa, excepto el ruido de fondo de la preparación de la comida y la limpieza de los utensilios. No se escucha el parloteo habitual.

—Le pedí que me trajera una taza de chocolate caliente —me apresuro a decir.

—Claro, querida. Ya lo veo —responde el Amo Vaughn adoptando el aspecto de amable anciano cuando nos sonríe.

Siento a Gabriel tensándose a mi lado y yo reprimo

el extraño impulso de cogerle la mano para que sepa que yo también estoy tan asustada como él, aunque no lo demuestre.

—Vuelve a tus quehaceres —le ordena el Amo Vaughn a Gabriel, quien no se lo hace repetir. Entra en la cocina y se funde con el ruido de platos.

Me quedo sola con este hombre.

—¡Qué día de otoño más bonito! A mis viejos pulmones este aire fresco les sienta de maravilla —asegura dándose unas palmaditas en el pecho—. ¿Te apetece ir a pasear con tu suegro?

En realidad, no es una pregunta. Nos alejamos de la casa y pasamos por entre los estanques del jardín de las rosas. La cama elástica de Jenna está cubierta de hojas marchitas y otras recién caídas.

Hago todo lo posible por ignorar a este hombre que ha enlazado su brazo con el mío, que huele a *tweed, aftershave* y al espeluznante sótano. Me olvido de Florida por un rato. Pienso en las hojas otoñales de Manhattan, a pesar de no haber demasiados árboles, las sustancias químicas de las fábricas les han robado la lozanía. Pero en un día ventoso, las escasas hojas caen a la vez y se amontonan, dando la impresión de ser más abundantes de lo que son. Estos recuerdos me ayudan a llegar al jardín de las rosas sin que me dé un soponcio.

Justo cuando creo que lograré dar este paseo sin tener que hablar, llegamos al campo de minigolf.

—Los de mi generación tenemos una expresión que dice: *La niña de tus ojos.* ¿La conoces?

—No —respondo.

Siento curiosidad. No tengo miedo, afirmo para mis

adentros. *Eres buena mintiendo, Rhine. Puedes salir airosa de esta situación.*

—Pues tú eres la niña de los ojos de Linden —dice dándome un afectuoso apretón en los hombros. Siento una opresión en el pecho y los pulmones—. Eres su favorita, ¿lo sabías?

Soy una joven recatada.

—Le ha tomado tanto cariño a Cecilia que no creí que se fijara en mí —afirmo, pero sé que ahora le estoy empezando a gustar a Linden. Sobre todo en el sótano, cuando estuvo a punto de besarme. Aún no sé si es por mi parecido con Rose o por alguna otra razón.

—Mi hijo adora a Cecilia tanto como yo. Ella está deseosa de complacerle. Es ciertamente encantadora.

—Cecilia es una niña que no tuvo nunca una infancia y quiere desempeñar tan bien su papel de esposa que hará cualquier cosa que su marido le pida—. Pero es muy joven. Le queda mucho por aprender. ¿No crees? —observa sin esperar mi respuesta—. Y Jenna, la mayor, cumple con sus deberes conyugales, pero no tiene ni una pizca de tu encanto. Es tan fría como un pez, ¿no te parece? Si por mí fuera, volvería a arrojarla al mar —afirma haciendo ondear de manera teatral sus dedos en el aire—. Pero Linden insiste en tenerla a su lado. Cree que ella cambiará y le dará un hijo. Siempre ha sido demasiado compasivo.

¿Demasiado compasivo? ¡Por Dios, si mató a las hermanas de Jenna!

—Jenna es un poco tímida, pero quiere a Linden —alego—. Lo que pasa es que teme decir algo incorrecto. Siempre me está diciendo que no se atreve a hablar con él.

179

Nada de todo esto es por supuesto verdad, pero espero que Vaughn se lo trague para que no la eche al mar. Sea lo que sea lo que esto signifique, estoy segura de que no es nada bueno.

—Y también estás tú —prosigue Vaughn sin que parezca que me ha oído—. Una chica inteligente. Sumamente encantadora —exclama deteniéndose y cogiéndome cariñosamente la barbilla con el pulgar y el índice—, he advertido que a mi hijo se le ilumina la cara cuando estás cerca de él.

Me sonrojo sin querer, y esto no formaba parte del guión.

—Hasta se está planteando unirse de nuevo a la raza humana. Está hablando de volver a trabajar —la sonrisa del Amo Vaughn casi parece sincera. Enlaza su brazo con el mío y nos dirigimos hacia los obstáculos del campo de golf: payasos sonriendo burlonamente, helados de cucurucho gigantescos, molinos de viento girando y un gran faro proyectando su luz hacia los árboles.

—Hace muchos años tuve un hijo, antes de nacer Linden. Estaba fuerte como un toro, otra expresión que tenemos los de las primeras generaciones.

—¿Ah, sí?

—Estuvo sano hasta el último día. Fue antes de conocer la venenosa bomba de relojería que llevaba dentro. Murió como todos los demás. Igual a como tú crees que morirás.

Nos detenemos y él se sienta en el séptimo hoyo en forma de pastilla de goma gigantesca y yo, imitándole, también lo hago.

—Linden no es un joven demasiado robusto, pero

es mi único hijo —vuelve a poner cara de anciano amable.

Si no le conociera mejor, incluso me daría pena. Pero cuando le rodeo con mi brazo para consolarle, me doy cuenta de que no es de fiar.

—Desde que nació he estado trabajando incansablemente para descubrir un antídoto. Tengo un equipo de médicos turnándose sin cesar en el laboratorio. En estos cuatro años que me quedan, lo encontraré.

Y si no lo encuentra, ¿qué pasará? Intento ahuyentar de mi mente el pensamiento de que el bebé de Cecilia se convertirá en la nueva cobaya de Vaughn después de que Linden y sus esposas se hayan ido de este mundo.

Me da unas palmaditas en la mano.

—Mi hijo tendrá una vida larga y sana. Al igual que sus esposas. Viviréis los años que os tocan vivir. ¿No te das cuenta de que estás sacando a Linden del pozo en el que Rose lo había metido? Le estás haciendo recuperar las ganas de vivir. Va a volver a ser un próspero arquitecto y tú asistirás cogida de su brazo a todas las fiestas. Tendrás todo aquello con lo que sueñas durante años y años.

No sé por qué me dice todas estas cosas, pero su presencia me está empezando a dar náuseas. ¿Es un padre preocupándose por el futuro de su hijo? ¿O de algún modo ha adivinado mi intención de escapar? Me mira directamente a los ojos y no parece la misma persona. Se ve menos amenazador que de costumbre.

—¿Has entendido lo que te quiero decir? —me pregunta.

—Sí, sí.

Cuando nuestros padres murieron, el sótano se infestó de ratas. Salían de las cloacas, roían los cables eléctricos y nos echaban a perder la comida. Como burlaron las trampas que les pusimos, a Rowan se le ocurrió envenenarlas. Hizo una mezcla con harina, azúcar, agua y bicarbonato de sosa y la echó por el suelo formando charquitos. Yo no creí que funcionara, pero lo hizo. Una noche en la que me tocaba vigilar, vi una rata trazando extraños círculos y cayendo luego fulminada al suelo. Se convulsionó lanzando débiles quejidos. Estuvo agonizando durante horas antes de morir. El horripilante experimento de Rowan funcionó.

El Amo Vaughn me está dando a elegir. Puedo vivir en esta mansión, donde está diseccionando a la difunta esposa y al bebé de Linden para descubrir un antídoto que no existe. Puedo morir en ella, sabiendo que dentro de cuatro años experimentará con mi cuerpo en el sótano. Durante estos cuatro años seré una esposa deslumbrante que asistirá con su marido a lujosas fiestas, y ése será mi premio. Pero, con todo, moriré como aquella rata, padeciendo una terrible agonía.

Durante el resto del día no me puedo sacar de la cabeza las palabras de Vaughn. En la cena me sonríe desde el otro lado de la mesa. Estoy pensando en la rata muerta.

Al anochecer logro por fin olvidarme de su amenazadora voz. Últimamente me he estado prometiendo a mí misma que en cuanto me acueste no pensaré más que en mi hogar: en cómo volver a él, en el aspecto que tenía. En cómo era mi vida antes de llegar a este lugar.

No me permito pensar en nadie de esta mansión, salvo cuando me recuerdo que, aunque Linden sea tan dulce, es mi enemigo. Me ha separado de mi hermano mellizo y de mi casa para retenerme a su lado.

Por la noche, cuando estoy sola, pienso en mi hermano, que desde que éramos niños tenía la costumbre de ponerse delante de mí para protegerme de cualquier terrible peligro que pudiera acecharme. Pienso en su expresión cuando sostenía aún el revólver después de matar al Recolector y haberme salvado la vida, en su cara de espanto al pensar que podía perderme. Pienso en lo unidos que estábamos, en nuestra madre poniendo mis manos entre las de mi hermano y diciéndonos que no nos separásemos nunca.

Tengo estos pensamientos noche tras noche, cuando estoy sola en esta mansión de esposas y sirvientes y durante unas pocas horas puedo desconectar de esta falsa vida. Por más sola que me haga sentir, por más profunda y horrenda que sea mi soledad, al menos recuerdo quién soy.

Y de pronto una noche, mientras me quedo dormida, oigo a Linden entrar en mi dormitorio y cerrar la puerta tras él. Pero es como si Linden estuviera a miles de kilómetros de distancia. Estoy con Rowan, preparando el cordel de la cometa. La dulce risa de mi madre llena la habitación y mi padre está tocando una sonata de Mozart en sol mayor en el piano. Rowan me desenreda tranquilamente el cordel de la cometa de entre los dedos y me pregunta si aún sigo con vida. Intento reírme de sus palabras como si no tuvieran sentido, pero de mi boca no sale ningún sonido y él no alza los ojos para mirarme.

No dejaré nunca de buscarte, afirma. *Nunca. Daré contigo, aunque me cueste la vida.*

—Estoy aquí —le digo.

—Estás soñando —responde. Pero la voz no es la de mi hermano. Linden ha ocultado su cara en el arco de mi cuello. La música ha cesado, mis dedos buscan un cordel que no está aquí. Y sé la verdad, que si abro los ojos veré el oscuro dormitorio de mi lujosa cárcel. Pero no intento salir de ese confuso estado, porque mi decepción sería tan grande que no la soportaría.

Siento las lágrimas de Linden en mi piel, sus entrecortados sollozos. Y sé que ha estado soñando con Rose, por la noche él también se siente tan solo como yo. Me besa el pelo y me rodea con su brazo. Yo se lo dejo hacer. No, deseo que lo haga. Lo necesito. Con los ojos cerrados, apoyo la cabeza en su pecho para oír los fuertes latidos de su corazón.

Quiero ser yo, sí. Rhine Ellery. La hermana, la hija. Pero a veces es demasiado doloroso.

Mi captor me atrae hacia él y yo me duermo, envuelta en el sonido de su respiración.

Por la mañana me despierta el sonido de Linden respirando con la cara oculta en mi nuca. Está pegado a mi espalda abrazándome. Me quedo quieta, no quiero despertarle, avergonzada por lo vulnerable que he sido por la noche. ¿En qué momento esta farsa de buena esposa dejará de ser una farsa? ¿Cuánto tiempo tardará él en decirme que me ama y en esperar que tenga un bebé suyo? Y lo peor de todo, ¿cuánto tiempo tardaré yo en acceder?

No. Esto no sucederá nunca.

Intento resistirme a ello, pero no puedo sacarme la voz de Vaughn de la cabeza.

Tendrás todo aquello con lo que sueñas durante años y años.

Puedo tenerlo. Puedo ser la mujer de Linden, en la mansión de Linden. O puedo huir, lo más lejos y rápido posible. Y gozar del placer de morir siendo libre.

Tres días más tarde, cuando vuelve a sonar la alarma por un nuevo huracán, rompo el mosquitero y me escapo por la ventana de mi habitación.

Consigo por los pelos colgarme del árbol que hay cerca del alféizar de la ventana y salto, desde esta altura, sobre un seto que queda a poco más de un metro.

La caída es dolorosa, pero no me rompo ningún hueso. Aparto la maraña de ramas que me envuelve y echo a correr, con la casa chillando a mi espalda y el viento de un extraño color gris. Tengo los ojos cubiertos de hojas y pelo. Pero no me importa. Sigo corriendo.

Las nubes retumban. En el cielo zigzaguean horribles relámpagos blanquecinos.

He perdido el sentido de la orientación. Lo único que veo es el viento lúgubre y furioso. Hay demasiado ruido y lo peor es que no disminuye por más que corra o me aleje. El polvo y los trozos de hierba vuelan por el aire caóticamente como si estuvieran encantados.

No sé cuánto tiempo ha transcurrido, pero oigo que me llaman gritando, una vez y luego varias más, como disparos. En ese momento choco con un helado de cucurucho gigante. Estoy en el campo de golf. De acuerdo. Ahora que sé dónde me encuentro, puedo orientarme mejor.

Desconozco lo lejos que está la salida. He visitado los jardines, el campo de golf, las pistas de tenis, la piscina. Incluso he ido más allá de las caballerizas, que están vacías desde la enfermedad de Rose. Pero nunca he visto una salida.

Pego el cuerpo contra el helado de chocolate gigante mientras las ramas pasan silbando por mi lado. Los árboles se agitan y aúllan. ¡Los árboles! Si pudiera trepar a uno, podría ver a lo lejos. Tiene que haber una valla o al menos un muro de setos que no haya visto antes. Una puerta oculta. Algo.

Doy un paso y el viento me empuja de nuevo contra el helado de chocolate. Me succiona el aire de los pulmones. Caigo al suelo e intento apartar la cara del viento para poder respirar, pero está en todas partes. Está en todas partes y seguramente me moriré en este lugar.

Me giro, respirando con dificultad, hacia la tormenta. Me moriré sin ni siquiera haber visto el mundo por última vez. Sólo veré la extraña utopía de Linden. Los molinos girando. La extraña luz parpadeando.

¡La luz! Creo que los ojos me están jugando una mala pasada, pero la luz persiste. Me ilumina por un instante y luego sigue girando en círculos. Es el faro. Mi obstáculo preferido me recuerda los faros de la zona portuaria de Manhattan, la luz que señala el camino de vuelta a casa a las barcas de los pescadores. Sigue funcionando pese a la tormenta, proyectando su luz hacia los árboles, y si no consigo escapar al menos quiero morir a sus pies, porque es lo más cerca que puedo estar de mi casa en este lugar horrible, tan horrible.

Caminar es ahora imposible. Hay demasiadas cosas volando por los aires, y de hecho pienso que yo también puedo acabar igual. Avanzo arrastrándome, impulsándome con los codos y los dedos de los pies por la hierba artificial del campo de golf. Me alejo de donde proceden las voces que gritan mi nombre, del estrépito de la sirena, del repentino y punzante dolor que siento en alguna parte del cuerpo. No intento averiguar dónde me he herido, pero me sale sangre. Noto su sabor. La siento manando y goteando. Lo único que me importa es no quedarme paralizada. Puedo seguir moviéndome, y lo hago, hasta conseguir tocar el faro.

La capa de pintura está desconchada, la madera astillada. Pese a llegar a mi objetivo, hay algo en esta pequeña estructura tan maravillosa que me dice que no me ha llegado aún la hora de morir. Que siga adelante. Pero no hay adonde ir. Busco a tientas una solución, un camino que me lleve a la punta del faro.

Me agarro a una escalera. No es la clase de escalera construida para subir por ella. Endeble y clavada al lado del faro, no es más que un elemento de decoración. Pero es al fin y al cabo una escalera, y como mi cuerpo puede hacerlo, trepo por ella. Y subo y subo y subo.

Ahora también me sangran las manos. Algo me gotea en el ojo y éste me escuece. La fuerza del viento me impide respirar. Y subo y subo y subo.

Siento como si hiciera una eternidad que estoy subiendo la escalera. Toda la noche. Toda mi vida. Llego por fin a la punta del faro y la luz me recibe produciéndome un punzante dolor en los ojos. Aparto la vista.

Casi me caigo.

Estoy a mayor altura que los árboles.

Y de pronto la veo, lejos, muy lejos. Como un susurro. Como un pequeño y tímido indicio. La flor puntiaguda del pañuelo de Gabriel forjada en una puerta de hierro.

Es la salida, a kilómetros de distancia.

Es el fin del mundo.

Y comprendo lo que el faro intentaba decirme. Que no se supone que debía morir hoy. Que debía seguir el camino que me marcaba con su luz —como Colón con la *Niña*, la *Pinta* y la *Santa María*— hasta el fin del mundo.

La puerta de entrada en la lejanía es lo más bonito que he visto en toda mi vida.

Cuando empiezo a bajar por la escalera, oigo a alguien llamándome de nuevo. Esta vez la voz es demasiado alta y está demasiado cerca como para ignorarla.

—¡Rhine!

Veo los ojos azules de Gabriel, su pelo castaño claro y sus brazos, mucho más fuertes que los de Linden, acercándose a mí. No todo él, ni todo su cuerpo, sino partes de Gabriel, desapareciendo y parpadeando en medio del viento. Y veo el agujero rojo y furioso de su boca abierta.

—¡Me escapo! ¡Ven conmigo! ¡Huye conmigo! —le grito.

—¡Rhine! ¡Rhine! —es todo cuanto me responde cada vez más desesperado, y no creo que oiga lo que le

188

estoy diciendo. Extiende los brazos y no entiendo por qué lo hace. No entiendo por qué me grita, hasta que siento el punzante dolor de algo golpeándome la nuca y caigo justo en sus brazos abiertos.

12

El aire está quieto. Silencioso. Puedo respirar sin que el viento me lo succione de los pulmones. Es estéril y aséptico.

—¡No! —digo o intento decir. No puedo abrir los ojos. Vaughn está aquí. Siento su presencia. Huelo el frío metal de su escalpelo. Me va a abrir en canal.

Noto algo caliente que me corre por la sangre. Siento mi corazón latiendo con unos pitidos fuertes y molestos.

Me pregunta si puedo abrir los ojos.

Pero es el aroma del té lo que me hace recobrar el conocimiento. A pesar de que algo me dice que no es cierto, creo que Rowan está a mi lado, despertándome con una taza de Earl Grey porque es mi turno de vigilancia. En su lugar, me encuentro con los angustiados ojos verdes de Linden. Tiene los labios más rojos que de costumbre, agrietados y ensangrentados. Y la cara y el cuello marcados con extraños verdugones. Sostiene mi mano entre las suyas, y cuando me la aprieta, me duele.

—¡Gracias a Dios! —exclama ocultando su rostro en mi hombro rompiendo a llorar—. Has recobrado el conocimiento.

Vomito, y cuando aún me estoy atragantando, me hundo de nuevo en la oscuridad.

Abro los ojos muchos, muchos años más tarde. El viento sigue aullando como la muerte. Arremete contra la ventana de mi dormitorio intentando penetrar en él, sacarme de él. Busco la luz del faro, pero no puedo verla.

Linden duerme a mi lado, con la cabeza apoyada sobre mi almohada. Respira junto a mi oído, es el viento que aullaba en mis sueños. Resuella un poco.

Mientras me despierto me doy cuenta de que no han transcurrido años como creía. Su rostro sigue siendo terso y joven, aunque ahora está magullado, y yo sigo llevando la alianza y viviendo en esta mansión de siglos de antigüedad que nunca se la llevará el viento.

Pero hay otras cosas extrañas a mi alrededor. Veo una aguja insertada en mi antebrazo que conduce a una bolsa llena de fluido que cuelga de un portasueros. Y una pantalla en la que se refleja el ritmo de mi pulso. Con calma, metódicamente. Al intentar incorporarme, siento un fuerte dolor en las costillas, una a una, como un xilofón rompiéndose mientras lo tocas. Tengo una pierna elevada en una especie de cabestrillo.

Linden siente que me muevo a su lado y se despierta mascullando algo. Cierro los ojos y finjo dormir. No quiero verle. La idea de tener que verle cada día por el resto de mi vida es demasiado horrible.

Porque dondequiera que vaya o por más que lo intente, siempre acabaré de vuelta a esta mansión.

Cuando salgo del estado comatoso, recibo una constante afluencia de visitantes a mi dormitorio. Linden está siempre a mi lado, ahuecándome la almohada, trabajando en sus diseños y leyéndome libros de la biblioteca. *Frankenstein* me parece una novela inquietante e irónica. Linden apenas permite que Deirdre, Jenna y Cecilia se queden más de varios segundos en mi habitación, les dice que necesito descansar. El Amo Vaughn, el médico, mi preocupado suegro, me enumera todo lo que me he roto, distendido o fracturado. «Te has roto un montón de huesos, querida, pero estás en las mejores manos», afirma. Y en mi delirio medicado, él se transforma en alguna clase de serpiente parlante. Me dice que no debo apoyar el peso del cuerpo en el tobillo izquierdo al menos durante dos semanas y que respirar me va a doler durante un tiempo. Me da igual. No me importa. Tengo el resto de mi vida para estar tendida en la cama de esta deprimente habitación y recuperarme.

El tiempo ha perdido su significado, no sé cuántos días hace que estoy en la cama. Recobro el conocimiento y me hundo de nuevo en la inconsciencia y cada vez que abro los ojos me espera algo distinto. Linden me lee un libro. Mis hermanas esposas están apiñadas en la puerta preocupadas por mi estado, yo las miro hasta que sus ceños fruncidos se borran de su frente y sus ojos se vuelven negros. Me duele todo el cuerpo y además me siento atontada por la medicación.

—Debo admitir que un huracán es una opción más extrema que un respiradero —oigo que dice la voz de Vaughn flotando sobre mí. Intento abrir los ojos, pero todo cuanto veo es una mancha de color. Su pelo negro lacio y brillante peinado hacia atrás. Siento algo caliente corriéndome por las venas y me estremezco de placer cuando el dolor en las costillas desaparece—. ¿Sabías que es por donde tu difunta hermana esposa intentó escapar? ¡Por los respiraderos! Y consiguió llegar al pasillo antes de que la pilláramos. Era una chica muy lista y en aquellos tiempos sólo tenía once años.

Rose... La palabra no me sale de los labios.

Siento las manos ásperas como papel de lija de Vaughn acariciándome la frente, pero ya no puedo abrir los ojos. Su caliente aliento penetra en espiral en mi oído con sus palabras resonando.

—La chica no tenía la culpa de que la hubieran criado así. Sus padres eran colegas míos, cirujanos muy respetados. Pero se volvieron locos. Viajaban de estado en estado difundiendo la descabellada idea de que si no descubríamos un antídoto, tenía que haber algún país que hubiera sobrevivido en esta tierra baldía cubierta de agua que nos ayudaría. Le enseñaron a Rose todo sobre los países destruidos, como si eso importara.

Siento otra oleada de calor en la sangre. Me siento más atontada aún por la medicación. ¿Qué me está inyectando? Intento con todas mis fuerzas abrir los párpados y lo consigo. Veo la habitación doble y luego se materializa lo justo para ver que Linden no está a mi lado y que mis hermanas esposas tampoco se encuentran junto a la puerta.

—Shh, todo va bien —dice Vaughn cerrándome los párpados con el pulgar y el índice—. Escucha mi cuento para dormir. Aunque me temo que no acaba bien. Se llevaban a esa chica dondequiera que fuesen difundiendo esas estupideces. ¿Y sabes lo que les ocurrió? Un coche bomba estalló en un aparcamiento. Y ella se quedó huérfana de la noche al día. El mundo es un lugar peligroso, ¿no crees?

Una bomba. Las había oído en Manhattan, un lejano estruendo diciéndome que alguien acababa de morir. No intento recuperar este recuerdo de mi memoria e instintivamente quiero moverme, pero sea lo que sea lo que me corre por las venas, me lo impide.

—Afuera hay personas que no quieren un antídoto. Creen que el mundo se está acabando y que es mejor dejar que la raza humana se extinga. Y matan a los que intentan salvarnos.

¡Lo sé! Lo sé. Mis padres recibieron muchas amenazas de muerte por su trabajo en el laboratorio. Hay dos grupos enfrentados: el que está a favor de la ciencia y favorece la investigación genética y la búsqueda de un antídoto, y el que está a favor del naturalismo y cree que es demasiado tarde y que no es ético concebir más hijos para hacer experimentos con ellos. En pocas palabras, los pronaturalistas creen que es natural dejar que la raza humana se extinga.

—Pero tú eres una chica afortunada —afirma Vaughn—. Estás calentita y segura en esta casa. Y no querrás perder los privilegios de los que gozas, ¿no? Eres más especial de lo que crees, si Linden te perdiera, se le rompería el alma. Y tú no quieres que esto le pase, ¿verdad?

Y de pronto tiene sentido que Rose intentara impedir que yo escapara. No lo hizo sólo para que Linden tuviera una compañera a su lado cuando ella ya no estuviera aquí, sino que pretendía avisarme, evitarme el castigo recibido por intentar huir. Es la voz de Rose y no la de Vauhgn la que me susurra estas rotundas palabras al oído.

—Si aprecias tu vida, no intentes escapar de nuevo.

13

Linden no parece tener idea de que me hice todas estas heridas intentando huir de él.

—Le dije que estabas en el jardín cuando estalló la tormenta —me susurra Jenna una tarde, mientras Linden duerme rodeándome protectoramente el codo con su brazo—. Te vi saltando por la ventana. ¿Qué querías hacer?

—No lo sé. Pero fuera lo que fuera, fracasé.

Me mira como si quisiera abrazarme, pero no puede hacerlo, porque me duele incluso estar en la cama y que me miren.

—¿Te creyó?

—El Patrón Linden sí, pese a la ventana rota. Pero en cuanto al Amo Vaughn no estoy segura. Todos los empleados de la cocina dijeron que te habían visto en el jardín antes de la tormenta y que intentaste volver a tu habitación al oír la alarma. Y creo que deben de haberle convencido.

—¿Eso dijeron? —exclamo sorprendida.

Ella sonríe un poco y me recoge el pelo detrás de la oreja.

—Les debes de caer muy bien. Sobre todo a Gabriel.

¿Gabriel? Recuerdo sus ojos azules clavados en mí en medio del caos. Sus brazos abiertos. Mi cuerpo chocando contra él. Recuerdo sentirme a salvo antes de que el mundo desapareciera en la nada.

—Fue a buscarme —digo.

—La mitad de la casa salió en tu búsqueda —afirma ella—. Incluso el Patrón Linden. Recibió varios golpes de las ramas volando por los aires.

Linden. Magullado y dormido a mi lado. De la comisura de los labios le sale un poco de sangre. Se la limpio con el dedo.

—Creí que habías muerto. Gabriel te llevó en brazos a la cocina y parecía no quedarte un hueso entero —afirma.

—Por poco.

—Cecilia se puso a chillar como una histérica y tres sirvientes tuvieron que llevársela a rastras a la habitación de lo impresionada que estaba. El Amo le dijo que si no se calmaba iba a perder el bebé. Pero por supuesto está bien. Ya sabes cómo se pone.

—¿Qué le pasó a Gabriel? No le he visto desde que he recuperado la conciencia. Aún no sé cuánto tiempo ha transcurrido —le pregunto.

Linden masculla algo entre dientes en sueños, sobresaltándome. Pega su cara a mi hombro y yo espero a que abra los ojos, pero sigue durmiendo, respirando profunda y acompasadamente.

Jenna se inclina de pronto hacia mí con expresión seria. Aunque ya habláramos en voz baja, quiere asegurarse de que nadie pueda oírnos.

—No sé lo que hay entre vosotros dos, pero ten cuidado. ¿De acuerdo? Creo que el Amo Vaughn sospecha algo.

Vaughn. Sólo de oír su nombre la sangre se me hiela en las venas. No le he contado a nadie lo que me dijo de Rose, en parte porque el recuerdo es tan vago que no distingo lo real de lo soñado, pero también porque me da miedo lo que él pudiera hacer. Intento sacármelo de la cabeza.

No sé qué decirle a Jenna, porque ignoro lo que hay entre Gabriel y yo. Y ahora lo único en lo que puedo pensar es en lo tenso que se pone cuando Vaughn está cerca. ¿Es porque le amenazó? Me guardo este doloroso pensamiento para mí.

—¿Está bien Gabriel?

—Lo está. Sólo se encuentra un poco magullado. Ha venido a verte a la habitación varias veces, pero dormías —observa ella.

Siempre puedo confiar en que Jenna sabe todo cuanto ocurre en esta mansión. Es una joven silenciosa y pasa desapercibida, pero no se le escapa nada. Pienso en lo que Vaughn me comentó de volver a echarla al mar. En sus hermanas asesinadas de un tiro en la furgoneta. Los ojos se me llenan de lágrimas y no puedo evitar echarme a llorar.

—Shh, shh —susurra ella besándome la frente—. No pasa nada. Cuidaré de Gabriel. No pasa nada, cariño.

—Sí que pasa —le aseguro atragantándome. Pero no puedo decirle nada más, porque el Amo Vaughn podría oírlo. Él ya lo sabe todo. Este hombre horrible que nos controla a todos está por doquier. Y tiene razón. Como voy a morirme aquí, es mejor que intente pasármelo lo mejor posible. Estoy empezando a creer que él es mi verdadero captor y que el hombre que duerme a mi lado está tan prisionero como sus esposas.

Jenna se queda junto a mí hasta que me siento agotada y el dolor en las costillas, las piernas y la cabeza se vuelve demasiado fuerte como para seguir consciente.

Por la mañana me despierto al advertir a Cecilia inquieta junto a mi puerta. Su barriga está más voluminosa. Sus brazos y piernas parecen palillos comparados con la lunita llena de su vientre.

—Hola —exclama. Es una voz de niña.

—Hola —respondo con la voz quebrada como de cristales rotos, pero sé que si carraspeo me dolerán las costillas. Pienso en lo que Jena me dijo acerca de Cecilia chillando como una loca al ver mi magullado cuerpo.

—¿Cómo te encuentras? —pregunta. Y antes de que le conteste, saca las manos de detrás de la espalda y me muestra un jarrón con flores blancas estrelladas—. Son lirios, como los de la historia que me contaste.

Y son clavados a los de mi madre, con los estambres con rayas rojas y rosas como si les hubieran vertido tinta de colores. Cecilia los deja sobre la mesilla de noche.

—Tienes un poco de fiebre —afirma tocándome la frente con la mano.

Es una niña jugando a ser mamá. Ama de casa. Y tal vez se deba a todos los analgésicos que tengo en mi organismo, pero la adoro.

—¡Ven aquí! —digo extendiendo el brazo con la aguja del suero, y ella no se lo piensa dos veces. Me abraza dulcemente para que no me duelan las costillas, pero me agarra el camisón y siento que el cuello se me humedece con sus lágrimas.

—¡Estaba tan asustada! —exclama. Esta mansión es la casa de sus sueños. Se supone que nadie debe sufrir ningún daño en ella. Es como el paraíso de la eterna felicidad.

—Yo también. Y aún lo estoy —respondo.

—¿Hay algo que pueda hacer por ti? —pregunta secándose las mejillas, después de llorar un poco.

Asiento con la cabeza, apuntando donde Linden está durmiendo a mi lado.

—Sácalo de aquí por un rato. Estar encerrado en la habitación, preocupado por mí todo el día, no es bueno para él. Proponle algún juego o haced algo divertido juntos.

Se le alegra la cara y asiente con la cabeza. Cecilia es muy buena subiéndole el ánimo a nuestro marido y sabe que puede hacerme este favor. Y de paso puede acaparar toda la atención de Linden para ella.

A última hora de la mañana ha convencido a nuestro esposo de que necesita que le preste atención y de que la ayude a mejorar su nivel de ajedrez, pues si no lo hace se echará a llorar. Linden no quiere que Cecilia llore, porque está seguro de que si lo hace perderá al bebé.

Y yo recibo mi limitada ración de libertad.

Disfruto del silencio durante un rato, entrando y saliendo de mis sueños de verano. Sueño con el ambiente cálido y luminoso de mi hogar. Con las manos de mi madre. Con mi padre tocando el piano. Con la voz de la vecinita de al lado vibrando en el vaso de papel pegado a mi oído.

De pronto oigo otra voz, y abro los ojos tan deprisa que me da vueltas la cabeza.

—¿Rhine?

La voz de Gabriel me llega dondequiera que yo esté. Incluso en medio de un huracán.

Está junto a la puerta, rasguñado y magullado, sosteniendo algo que no logro distinguir. Intento incorporarme, pero no lo consigo y él se apresura a sentarse a mi lado. Abre la boca para hablar, pero yo le tomo la delantera.

—Lo siento.

Deja sobre la cama lo que sea que esté sosteniendo y me toma la mano entre las suyas. La sensación de seguridad que me produce es exactamente como la que sentí al caer en sus brazos.

—¿Te encuentras bien?

Es una simple pregunta. Y a él, que me salvó la vida, sea cual sea el valor que ésta tenga, le digo la verdad.

—No.

Me mira unos instantes, y aunque me imagino la patética cara que debo de estar poniendo, es como si ni siquiera me viera. Como si su mente estuviera muy lejos de aquí.

—¿Qué te pasa? ¿En qué piensas? —le pregunto.

Permanece callado unos instantes.

—Casi te fuiste —responde al fin. No se refiere a que casi logré escapar.

Intento disculparme de nuevo. Pero él, cogiéndome el rostro entre sus manos, pega su frente a la mía. Y está tan cerca de mí que siento su aliento cálido y dulce, y lo único que sé es que cuando aspira el aire, quiero que me absorba a mí también con él.

Nuestros labios se tocan con tanta suavidad que apenas se rozan. Después se unen, vuelven a separarse un poco vacilando y se unen de nuevo. Siento una cálida oleada extendiéndose por mi quebrado cuerpo allí donde debería sentir dolor y le rodeo la nuca con los brazos sin soltarlo. Porque en este lugar nunca sabes cuándo te arrebatarán algo bueno.

Al oír un ruido en el pasillo nos separamos. Gabriel se levanta y se asoma por la puerta de la habitación. Y luego por la ventana. Estamos solos, pero nos sentimos inquietos. En esta mansión toda prudencia es poca.

El corazón me repiquetea en los oídos y es la euforia que siento, y no el dolor o un viento huracanado, lo que hace que me cueste un poco respirar. Gabriel se aclara la voz. Tiene las mejillas encendidas y una mirada soñadora. Nos cuesta mirarnos a la cara.

—Te he traído algo —dice evitando mirarme a los ojos. Coge el objeto que sostenía hace un rato. Es un pesado libro negro con una Tierra roja incrustada en la cubierta.

—¿Me has traído el atlas de Linden? —pregunto incrédula.

—Sí, pero mira —responde abriéndolo por la página de los mapas marrones y beiges con líneas azules. En la cabecera aparece el título *Ríos de Europa*. En el borde hay un símbolo donde se enumeran las montañas y los ríos de Europa. Gabriel señala el tercero empezando por abajo. *Rhine.* Resigue con el dedo la línea azul que discurre por el mapa—. Es un río, el Rin —observa.

Más bien dicho, era un río antes de la destrucción del planeta. Yo lo ignoraba, pero mis padres debían de saberlo. Les encantaba ser científicos misteriosos y había un montón de cosas que no tuvieron la oportunidad de contarnos a mi hermano y a mí.

Yo también resigo con el dedo el cauce de un río el cual ya no existe. Pero creo que aún sigue allí. Creo que se ha desbordado y liberado, fundiéndose con el océano, ha alcanzado la libertad yendo a alguna parte más allá de la flor afilada de la entrada de hierro.

—No tenía idea. No sabía que mi nombre significara algo.

¿Era eso a lo que Rose se refería cuando al decirle yo mi nombre me comentó que era un lugar precioso?

—En el atlas dice que el Rin se utilizaba para el transporte fluvial, pero no pone nada más sobre él —observa Gabriel. Parece decepcionado.

—¡A mí con esto me basta!

Suelto una risita y, rodeándole el cuello con los brazos para estar más cerca de él, le beso en la mejilla agradecida. Gabriel se sonroja y yo también.

No tiene idea de lo mucho que esto significa para mí, pero por la cara que pone veo que sabe que me ha encantado. Me aparta el pelo de la frente y me mira. Rhine. El río que corre por algún lugar de la Tierra se ha liberado.

14

Me paso la noche soñando con ríos y en el fondo del agua hay flores relucientes de hojas puntiagudas.

—Sonreías mientras dormías —dice Linden cuando abro los ojos. Está sentado en la repisa de la ventana con un lápiz en la mano y un dibujo en el regazo. Detrás de él hay un sinnúmero de hojas de papel, y caigo en la cuenta de que lleva ya varios días trabajando. Pienso en lo que Vaughn me dijo de que Linden ha vuelto a dibujar gracias a mí. No entiendo con qué intención me lo dijo, pero es cierto. Últimamente está trabajando mucho y puede que sea yo la que le inspire a hacerlo.

—He soñado que vivíamos en la casa que dibujaste, la del pastel en la ventana y el columpio en el jardín —le digo mintiéndole en todo menos en la felicidad que se trasluce en mi voz. Desde la ventana veo que hace un día precioso.

Linden me sonríe, aliviado pero indeciso. No está acostumbrado a verme tan contenta y quizá piense que se deba a los analgésicos. Intento moverme y no me resulta tan doloroso como antes. Puedo sentarme derecha y apoyarme en las almohadas.

—He oído decir que saliste a buscarme en medio de la tormenta

Linden deja los dibujos sobre la repisa y se sienta a mi lado en la cama. El corte en el labio se le está curando. Parece un niño impecable que se haya peleado en el patio del colegio. Intento imaginarme su cuerpo frágil y delgado en medio del huracán, pero no lo veo llegando demasiado lejos. Sólo lo veo arrastrado por el viento, rescatado, o muriendo.

—Creí que te había perdido —exclama y no sé si está sonriendo o frunciendo los labios.

—Cuando el viento empezó a soplar con fuerza, me perdí. No podía encontrar el camino de vuelta. Lo intenté por todos los medios.

—Lo sé —dice dándome palmaditas en la mano con unos ojos tan tristes que me detesto a mí misma por mentirle. Linden me produce este efecto—. Quiero enseñarte algo —añade.

Me cuenta que he estado inconsciente durante una semana la mayor parte del tiempo. Lo que me golpeó en la parte posterior de la cabeza fue la pala de un molino de viento. Las otras heridas que me hice las causaron los escombros, desde los de las pistas de tenis, los más cercanos, hasta otros tan lejanos como los de los establos, pero me dice que no me preocupe, porque su padre ha contratado a un grupo de personas para que los retiren y son muy eficientes. Afirma que lo peor de todo es que yo me hiciera daño. Me dice que, entre largos espacios de silencio, masculló cosas sobre ratas, barcos zozobrando en el mar y explosiones, siempre hablaba de explosiones, y de intentar dejar de sangrar.

Gracias a Dios, no recuerdo ninguna de esas pesadillas.

Pero él lo oyó todo. Estuvo todo el tiempo a mi lado, y como no podía comunicarse conmigo, intentó dibujar lo que yo veía en sueños. Vacila unos instantes antes de mostrarme el primer dibujo, como si fuera la foto del escenario de un crimen o algo parecido.

Y entonces me lo muestra. Ha dibujado con trazos gruesos casas sombreadas inclinadas o llenas de las ramas de un árbol que crece dentro de ellas. Hay ventanas ensangrentadas y un jardín cubierto de ratas patas arriba. Hace unos nueve meses que estoy casada con este hombre y creía que no sabía nada de mí, pero ha captado mis miedos. El único que falta es Rowan, e incluso es posible que se encuentre en uno de sus dibujos bajo la luna llena. Está en esa casa ensangrentada, mirando la luna, y yo estoy aquí, en esta recargada mansión, mirando la misma luna. Y ambos nos preguntamos si el otro estará bien.

Siento náuseas y me da vueltas la cabeza, como si hubieran vertido todos mis sueños en mis manos. En el último dibujo aparece la glorieta donde nos casamos, cubierta de telarañas, huellas dactilares ensangrentadas y un objeto que parece ser una pieza del molino de viento incrustada en el tejado.

—Este dibujo no tiene que ver contigo. Refleja cómo me sentía cuando estabas inconsciente. Cuando no estaba seguro de si recobrarías el conocimiento.

En el dibujo aparece un matrimonio destruido en los escombros de esa glorieta. La mayor tragedia de Linden fue perder a su primera mujer. La noche antes de que me escapara, él se metió en mi cama y yo sentí su ardiente dolor mientras lloraba por Rose pegado a mi camisón. Aunque mi objetivo fuera ganarme sus favores y convertirme en la primera esposa, no tenía idea de que yo le importara tanto como Rose. ¿Por qué? ¿Por mi parecido físico con ella?

Durante unos instantes guardo silencio, ojeando los dibujos una y otra vez, observándolos detenidamente. Los detalles que ha dibujado tienen sentido. Puedo ver el interior de estas casas: hay una habitación llena de caramelos June Bean, otra está hecha con mapas de carreteras.

—¿Te has enfadado? ¿Quizá no debí enseñarte los dibujos? —pregunta alargando la mano para cogerlos, pero yo los sostengo con firmeza.

—No —afirmo parpadeando al ver una casa llena de peces. Es una reproducción exacta de mi holograma preferido de la piscina, pero en el dibujo los tiburones nadan con miembros humanos en sus bocas: brazos y piernas ensangrentados—. Son... horrendos, no tenía idea de que vieras esta clase de cosas.

—No... no debería —tartamudea Linden empalideciendo y dejando de mirarme—. Mi padre dice que debería dibujar cosas que sean más...

—¡Olvídate de lo que dice tu padre!

Linden me mira tan sorprendido como yo. No era mi intención soltárselo en voz alta, pero ya que lo he hecho, es mejor que le diga mi opinión.

—No deberías guardarte estas cosas para ti. Tienes mucho talento. De acuerdo, a lo mejor nadie quiere vivir en una casa llena de árboles, tiburones o sangre, pero en las otras sí.

—No las dibujé para que alguien viviera en estas casas —comenta señalando la pila de pesadillas que sostengo.

—Desde luego.

—Las dibujé porque a lo mejor alguien vivió en una de ellas alguna vez —observa señalando los minuciosos detalles alrededor de la entrada de la casa llena de tiburones. Incluso se ven una aldaba y unos postigos decrépitos que en el pasado estaban limpios y nuevos. Y la casa con ratas en el jardín tiene un parterre con rosas marchitas que en otra época crecieron con fuerza—. Pero algo fue mal. Tuvieron mala suerte.

Puedo verlo. Puedo ver la preciosa casa donde nació mi madre, la preciosa ciudad que más tarde las sustancias químicas contaminaron hasta el punto de que ni siquiera podían crecer las flores. Puedo ver el mundo que antes estaba lleno de países. Linden me mira para ver si le comprendo, tiene los ojos un poco empañados, y yo asiento con la cabeza, porque así es. Entiendo lo que estos dibujos significan y entiendo por qué le dan ganas de llorar.

—Te entiendo. Te entiendo perfectamente —digo.

A las casas no les fueron bien las cosas, como al mundo.

Linden se pone a dibujar de nuevo. Dibuja unas casas y me pide mi opinión. Dice que intentará vender los planos pronto. Me sorprende que un chico que ha estado viviendo en este lugar toda su vida y que apenas se ha aventurado a salir de él pueda diseñar espacios para vivir tan irreprochables.

Cecilia viene por las tardes a llevarse a Linden, yo se lo agradezco porque quiero estar sola un rato. Pero también creo que es bueno para él no estar todo el tiempo pegado a mi cama. A veces parece como si el incapacitado fuera Linden.

Una tarde Cecilia viene a buscarlo.

—Creía que estaba contigo —digo.

Ni Gabriel ni Jenna saben adónde ha ido, ni tampoco ninguno de los sirvientes. El Amo Vaughn también ha desaparecido, y después de almorzar, Cecilia, inquieta por él, se mete en mi cama y me muestra un libro de tapa dura con la imagen de una ecografía en la portada. ¿Cómo se pronuncia la palabra G-E-S-T-A-C-I-Ó-N?

Se la pronuncio correctamente y ella me explica lo que significa, aunque yo ya lo sabía. Durante un rato me enseña los diagramas y me describe lo que su bebé está haciendo: me cuenta que a su corta edad ya se chupa el dedo y que los fetos incluso tienen hipo. Me pone dos veces la mano sobre su barriga y yo siento al bebé dando patadas. Me recuerda que todo esto es real, como si fuera a olvidarme de ello. Me preocupa el parto de Cecilia. Me preocupa que el bebé nazca muerto, como el primer hijo de Linden, Me preocupa que este niño, tanto si vive como si muere, acabe dentro de un carrito en el sótano de Vaughn.

Mientras Cecilia me explica sobre la expulsión de la placenta, Linden aparece en la puerta. Va trajeado y lleva el pelo engominado y peinado hacia atrás como Vaughn, aunque su aspecto es menos amenazador que el de su padre.

—¿Dónde te habías metido? —le suelta Cecilia con el ceño fruncido.

—Estaba con un contratista interesado en mis diseños —afirma mirándome. Los ojos le brillan—. Hay una compañía que quiere que trabaje para ellos diseñando un nuevo centro comercial que tiene intención de abrir.

—¡Qué buena noticia! —celebro de todo corazón.

Linden se sienta en mi cama y Cecilia se acomoda entre nosotros. Hasta huele como si hubiera estado en el mundo real. A gases de los tubos de escape de los automóviles y a limpiador de suelos de mármol.

—Estaba pensando que dentro de uno o dos meses, cuando te sientas mejor, podríamos ir a una feria de arquitectura. Son un poco aburridas, pero es una gran oportunidad para mostrar mis diseños. Y a mi guapa esposa, claro —añade apartándome el pelo de la cara, y por alguna razón me siento halagada. Y excitada. ¡Voy a salir por fin de la mansión!

—¡Qué idea más absurda! —tercia Cecilia—. ¿A quién le interesa un centro comercial? En el lugar de donde yo vengo no había.

—No son centros comerciales tradicionales —precisa Linden armado de paciencia—, sino más bien almacenes que sólo ofrecen sus productos a las compañías inversoras. Venden principalmente equipos médicos, máquinas de coser y otros artículos muy similares.

Sé exactamente a qué se refiere. He tomado por teléfono pedidos y he acompañado a mi hermano en varias ocasiones cuando iba a entregarlos.

—¿Las ferias de arquitectura salen por la tele? —pregunto.

—No. No son tan interesantes como las ceremonias inaugurales o los bautizos.

—¿Los bautizos? —pregunta Cecilia sin saber en

qué consiste esta celebración, reiterando su presencia entre nosotros.

Linden le explica que en el estado en que está el mundo (se refiere a que todos nos estamos muriendo) hay que celebrar la creación de un nuevo edificio. Tanto si es un hospital como un concesionario de coches. Es un signo de que la gente sigue aportando su contribución a la sociedad y de que no hemos perdido las esperanzas de que las cosas vayan a mejorar. Esta clase de celebración la organiza normalmente el individuo o la compañía que manda construir el edificio, invitando a todos los que han participado en su construcción.

—Es como una fiesta de Año Nuevo, pero dedicada a un edificio nuevo —afirma Linden.

—¿Y no puedo ir yo a un bautizo? —pregunta Cecilia

—Tu lugar está aquí, cariño. ¿No ves el papel tan importante que tienes en esta casa? —le responde Linden poniéndole la mano en el vientre.

—Me refiero a cuando el bebé ya haya nacido —comenta ella.

Linden le sonríe y la besa. Ella se lo permite, es evidente que llevan un tiempo manteniendo esta familiaridad.

—Cuando haya nacido nuestro hijo, tendrás que quedarte en casa para cuidar de él —afirma Linden.

—Elle puede cuidarlo de vez en cuando —sugiere Cecilia empezando a enojarse, y Linden le responde que es mejor hablar del tema más tarde en privado.

—¡No, quiero hablar de ello ahora! —exclama con

lágrimas en los ojos, olvidándose del libro sobre el embarazo que ha dejado en mi regazo.

—Cecilia... —digo.

—¡No es justo! —protesta girándose hacia mí—. Se lo he dado todo y me merezco ir a una fiesta si eso es lo que quiero. ¿Qué has hecho tú? ¿A qué has renunciado?

A muchas cosas, Cecilia. Más de las que crees.

Estoy tan enfurecida que incluso me duelen los huesos. Cecilia me está provocando y me muerdo la lengua para no saltar. Tengo que contenerme, porque si ahora digo lo que pienso, seré una prisionera en esta casa para siempre. Y no quiero que ella vaya a la feria de arquitectura ni a ninguna fiesta, porque Linden me lo ha ofrecido a mí. Son mis únicas oportunidades de hacerle saber a mi hermano que sigo con vida, de escapar de esta casa. Soy yo la que merezco ir y no ella.

Cecilia, con los ojos abiertos de par en par, solloza desconsoladamente, hipeando. Linden coge en brazos su pequeño e hinchado cuerpo y se la lleva. Puedo oírla llorar por el pasillo.

Me siento en la cama, furiosa, mirando los lirios que me trajo hace unos días. Están empezando a deshojarse. Los pétalos han caído alrededor del jarrón adquiriendo la forma de pedacitos de pañuelos de papel. Es como mirar los ojos abiertos de un bonito cadáver.

Las buenas intenciones de Cecilia nunca duran.

Gabriel y yo nos hemos vuelto de lo más prudente en nuestros encuentros. Puedo pasarme una mañana entera pensando en nuestro primer beso, y cuando me trae el almuerzo todo cuanto hacemos es charlar del tiempo. Me dice que está empezando a refrescar y que seguramente pronto nevará.

—¿Le has llevado el almuerzo a Cecilia? —pregunto mientras me deja la bandeja en el regazo. Como me veo obligada a estar en cama, apenas podemos vernos. No puedo seguirle a la cocina ni pasar un rato con él en uno de los jardines.

—Sí. Me ha arrojado la salsera —se queja.

Me río sin querer.

—¡No me lo puedo creer!

—Porque quería las patatas asadas dos veces. Tiene muy buena puntería considerando su estado —añade con sarcasmo. Todos sabemos que no está tan delicada de salud como Linden o Vaughn creen—. ¡Está de un humor de perros!

—Es por mi culpa —admito—. Ayer por la noche Linden me dijo que piensa llevarme a una fiesta para promocionar sus diseños y a Cecilia le dio un ataque de celos porque ella también quería ir.

Gabriel hace una mueca.

—¿Estás interesada en ir a un bautizo? —pregunta sentándose en el borde de la cama.

—Gabriel, puede que sea mi única oportunidad de escapar.

Me mira unos momentos con un rostro inescrutable, y luego clava los ojos en su regazo.

—Supongo que no es el peor plan para escapar que se te ha ocurrido, ¿verdad?

—Es difícil rebatirlo. Estoy en cama con cuatro escayolas.

—¿Tan horrible es este lugar? —exclama—. ¿Te obliga el Patrón a hacer algo que tú no quieres, ya sabes a qué me refiero..., en la cama? —añade horrorizado con las mejillas encendidas.

—¡No! —afirmo poniendo mi mano sobre la suya—. No es por eso, Gabriel, pero no puedo vivir aquí durante el resto de mi vida.

—¿Por qué no? ¿Qué hay en el mundo libre de fuera que no encuentres aquí?

—Para empezar, mi hermano. Mi casa —afirmo apretándole la mano. Se me queda mirando con una expresión rara—. ¿Qué pasa?

—Creo que es peligroso. Deberías quedarte —me aconseja.

No reconozco esta mirada en su rostro. No es fría, ni furiosa como la de aquel día junto a la piscina. Ni amarga. Es otra cosa.

—¿Y si te pidiera que nos escapásemos juntos?

—¿Qué?

—Esa noche, la del huracán, te vi desde lo alto del faro viniendo hacia mí y grité: «¡Escápate conmigo!», pero no me oíste. Vi la valla a lo lejos, iba a intentar llegar hasta ella.

—Justo antes de que la enorme pala del molino de viento te golpeara dejándote inconsciente —afirma cansinamente—. Rhine, es peligroso. Ya sé que no estás hablando de huir cuando se desate otro huracán. Pero ¿cómo esperas hacerlo? ¿Crees que cuando él te lleve a una fiesta dejará que te vayas tranquilamente por la puerta?

—Pues sí, quizá —replico, aunque el plan sonaba mejor en mi cabeza.

Gabriel aparta la bandeja de entre nosotros, me

coge de las manos y se inclina hacia mí. Está arriesgándose mucho, porque la puerta de la habitación está abierta de par en par y todo el mundo se encuentra en casa, pero por el momento no parece importarle.

—Tanto si intentas huir en medio de un huracán o de una fiesta, es lo mismo. Es peligroso —me asegura—. Y el Patrón no va a dejarte ir por las buenas, y el Amo tampoco. Pasaron meses antes de que te dejaran abrir la ventana del dormitorio o salir de la casa. ¿Y sabes qué? El Amo Vaughn está hablando de quitarte estos privilegios.

—¿Cómo lo sabes? —pregunto sorprendida.

—Nos pidió a todos los sirvientes que si tú, Cecilia o Jenna queríais usar la tarjeta electrónica del ascensor, le pusiéramos al corriente.

—¿Cuándo te lo dijo?

—Cuando estabas conectada a cinco aparatos luchando por tu vida —responde.

—No estaba luchando por mi vida —replico apretándole las manos—. Si por mí fuera, no me importaría haber muerto con tal de no seguir aquí. Pero ¿sabes qué es lo que me motiva a seguir luchando cada día? Ese río. El Rin. Creo que mis padres me pusieron su nombre por una razón. Creo que significa que debo ir a alguna parte. Es eso lo que me motiva.

—¿Ir adónde?

—¡No lo sé! —Es muy frustrante, porque lo que digo suena descabellado, hace que mis planes parezcan imposibles. Pero lo que sí sé es que no quiero seguir viviendo en esta casa. Quiero ir a cualquier parte que no sea este lugar—. ¿Quieres escaparte conmigo o no?

—¿Te irías sin mí? —pregunta arqueando una ceja.

—No. Te llevaré conmigo, aunque sea a rastras y chillando —se lo digo sonriendo y él al final se ablanda y me ofrece una de sus inusuales sonrisas.

—Estás como una cabra, ¿lo sabías?

—Es lo único que me mantiene a flote.

Gabriel se inclina hacia mí y yo siento aquella oleada de excitación al ver que está a punto de besarme. Cuando estoy cerrando los ojos y su mano me roza la mejilla, oigo que alguien llama al marco de la puerta, interrumpiéndonos.

—Siento molestarte. El Amo Vaughn me ha pedido que te traiga unas aspirinas —dice Deirdre señalando la bandeja que sostiene.

Gabriel se aparta de mí, pero en sus ojos veo que quiere acariciarme.

—Hasta luego —dice simplemente.

—Hasta luego.

En cuanto se ha ido, Deirdre me da dos pastillas blancas y un vaso de agua.

—No nos has interrumpido —afirmo en cuanto me he tragado las pastillas—. Entre Gabriel y yo no hay nada, quiero decir que...

Las mejillas se me sonrojan mientras intento expresarlo con las palabras adecuadas.

—No te preocupes —responde Deirdre sonriendo—. El Amo Vaughn ni siquiera está aquí. Después de pedirme que te trajera las aspirinas, lo llamaron del hospital.

Se dirige al tocador y vuelve con un lápiz labial. Lo aplica en mis agrietados labios. Después me ahueca la almohada.

—Hoy hace un día precioso. ¿Quieres que abra la ventana?

—No hace falta —contesto. Ella se detiene unos instantes para mirarme, lo suficiente para que me dé cuenta de su mirada inquieta. Mi pequeña y fiel sirvienta—. Estoy bien, no te preocupes —le aseguro.

—¿Qué te dijo el Amo? —me susurra, sobresaltándome.

—¿Qué?

—Mientras estabas dormida, o al menos yo así lo creía, vine para traerte otra almohada, pero el Amo Vaughn estaba en tu habitación y me pidió que me fuera. Me quedé en el pasillo —admite con aire de culpabilidad bajando la vista al suelo—. Lo siento, sé que no debía haberlo hecho. Sólo...

Se le llenan los ojos de lágrimas. Es tan raro verla llorar que al principio creo que la fiebre me está haciendo ver alucinaciones de nuevo.

—Es que creí que iba a hacerte daño.

—¿Por qué pensaste algo así? —pregunto cogiéndole la mano, que le está temblando.

—¡Oh, Rhine! —exclama sollozando—. Si intentaste escapar, no lo intentes de nuevo. Nunca lo conseguirás y él te hará la vida imposible.

—No intentaba escapar.

Ella sacude la cabeza.

—Pero si él cree que lo intentaste, eso es lo que importa. Tú no lo entiendes. No tienes ni idea de cómo se pone cuando no se sale con la suya.

—Deirdre, ¿qué estás intentando decirme? —digo tirando con suavidad de ella para que se acerque más a mí.

Las lágrimas le ruedan por las mejillas.

—Dama Rose no quería tener un bebé, nunca quiso —admite hipando—. Ella y el Amo Vaughn discutían sobre ese asunto todo el tiempo. No creía que su suegro fuera a encontrar un antídoto y no quería dar a luz a un bebé que viviría tan poco. Él la llamaba pronaturalista. Los oía gritarse. En una ocasión tuve que esconderme en el armario mientras recogía la ropa sucia, porque me aterraba estar en medio de sus peleas.

Se sienta en el borde de la cama y se limpia las lágrimas, pero no deja de llorar.

—Y cuando se quedó embarazada, aunque no fuera ésa su intención, estaba entusiasmada. Me pidió que le enseñara a tejer y tejió una manta para la cuna del bebé —al recordarlo sonríe, pero su sonrisa se le borra rápidamente del rostro—. Cuando Dama Rose dio a luz, Linden estaba en una feria de arquitectura. Y el parto fue tan doloroso que el Amo Vaughn le administró altas dosis de sedantes. Cuando volvió en sí al cabo de unas horas, le dijo que su hija no había sobrevivido, pero ella no le creyó. Replicó que había oído a su hija llorar. Él le aseguró que desvariaba, que el bebé había nacido muerto.

El ambiente de la habitación de repente parece sombrío y frío.

—Pero yo estaba cambiando el incienso del pasillo y también la oí llorar —afirma Deirdre—. El Amo Vaughn le dijo a Dama Rose: «Quieres que la raza humana se extinga y por lo visto se han cumplido tus deseos».

Puedo oír la voz de Vaughn pronunciando estas palabras y se me rompe el alma, como si él me las estuviera diciendo a mí. Me imagino a Rose, viva y sin su hijita, tocándose la barriga en la que unas horas antes se movía su bebé. Ojalá me hubiera contado esta historia, porque siento la imperiosa necesidad de abrazar a Rose y decirle que siento mucho lo que le ocurrió. El odio que ella sentía hacia Vaughn es tan fuerte como el mío. Quizá la única razón por la que soportaba a su suegro es porque amaba a Linden. Y a lo mejor esperaba que yo aprendiera a amarle para que también aprendiera a soportar a Vaughn.

—¡Oh, esto la destruyó! Después de este episodio ya nunca volvió a ser la misma de antes —prosigue Deirdre—. Tenía una sirvienta muy jovencita, se llamaba Lidia. Pero Dama Rose no soportaba verla a su alrededor, porque le recordaba a la hija que habría tenido de no haber muerto. Acabó convenciendo al Patrón Linden para que la vendiera. Ni siquiera soportaba vernos a Elle ni a mí.

—¿Lo sabe alguien más? —pregunto.

—No. Todos creyeron que el bebé había nacido muerto. O si no es así, se lo guardan para ellos. No se lo cuentes a nadie, por favor.

—No. No. Será nuestro secreto —respondo ofreciéndole un pañuelo de la mesilla de noche.

Se suena la nariz, dobla el pañuelo y se lo mete en el bolsillo de la falda.

—Es la primera vez que se lo cuento a alguien.

Aunque tenga los ojos empañados de lágrimas, puedo ver que se ha quitado un gran peso de encima. ¡Qué secreto tan horrible para una chica tan joven! En este lugar —no, en este mundo— es imposible que una niña sea tan sólo una niña. La rodeo con el brazo y ella, en un inusual momento de debilidad, se echa a llorar desconsoladamente junto a mi pecho, abrazándome.

—Él siempre se sale con la suya. Sea lo que sea aquello que te pida, hazle caso, por tu propio bien, te lo ruego.

—De acuerdo —respondo. Pero es una mentira. Esta historia no ha hecho más que aumentar mi necesidad de escapar, de ser como el río del atlas de Linden. Porque en esta mansión las cosas son mucho más horribles de lo que podía nunca imaginar. ¡Qué distinta es esta vida de los días en que crecían lirios en el jardín de mi madre y todos mis secretos cabían en un vaso de papel.

15

Cuando Cecilia acaba de tocar su canción y las imágenes del holograma vuelven a quedar almacenadas en
el teclado, estira los brazos por encima de la cabeza y
hace crujir los nudillos.

—¡Qué bien que la has tocado, cielo! —exclama
Linden sentado en el sofá, rodeándome con el brazo.
Jenna está acurrucada sobre el brazo del sofá y él traza
distraídamente con su otra mano figuras en el muslo
de ella.

—Tenemos una pequeña gran concertista de piano
en casa —afirma Jenna enrollando juguetonamente
un rizo de Linden alrededor de su dedo.

—Pues yo no me veo como una *concertista* —observa
Cecilia protegiendo el teclado con una funda.

—Tienes razón, una sala de conciertos es un lugar
demasiado aséptico. ¿No me dijiste que habías escrito
la canción en el jardín de las rosas? —pregunto.

—La compuso en el laberinto verde —tercia Jenna.

—Las dos estáis muy equivocadas. La escribí en el
naranjal —señala Cecilia acomodándose en el regazo
de Linden.

—¿La compusiste tú? —pregunta él asombrado.

Jenna sigue jugueteando con su pelo y Linden ladea distraídamente la cabeza hacia ella.

—Sí, en mi cabeza. Memorizo las notas y luego las escribo. Aunque… —su voz se apaga. Mira hacia otro lado, suspirando tristemente.

—¿Qué te pasa, cariño? —inquiere Linden.

—Bueno, ya ni me acuerdo de cuándo la compuse. Hace mucho tiempo que no salgo de esta casa.

—Ni ninguna de nosotras, Cecilia. No sólo te pasa a ti —intervengo—. Con los huracanes es demasiado peligroso salir al exterior. Ya viste cuántos huesos me rompí por estar en el jardín. Justo ahora me estoy empezando a recuperar.

—Pero hace semanas que no hay ningún huracán —exclama Jenna—. Ahora hace un tiempo muy bonito, ¿no te parece? —añade mirando a Linden. Él se sonroja. Ser objeto de la adoración de sus tres esposas a la vez es demasiado para él.

—Sí, supongo que así es.

—Pero el Amo Vauhgn sólo intenta que no nos pase nada. Por eso solamente nos permite salir al jardín con él —observo.

—¿Os acompaña a todas partes? —pregunta Linden.

—Empieza a ser un poco deprimente —admite Jenna—. Ya sabes que adoramos a nuestro suegro, pero a veces las chicas necesitamos ir un poco a nuestro aire.

—Para canalizar nuestra creatividad —comenta Cecilia.

—Para pensar —añado yo.

—Y para charlar a nuestras anchas —apunta Jenna—. Y Rhine y yo llevamos mucho tiempo sin poder jugar al tenis ni saltar en la cama elástica. Los video-juegos son divertidos, pero si estamos metidas todo el día en casa, no hacemos ejercicio.

—No quería decirlo, pero las dos estáis engordando —asegura Cecilia.

—¡Mira quién habla! —protesta Jenna frunciendo el ceño.

Linden ya se había puesto un poco colorado, pero cuando Cecilia toma su cara entre las manos, le besa y le pregunta si cree que al estar embarazada ya no es atractiva, a él se le cae la baba.

—E... eres muy guapa —le asegura—. Todas lo sois. Si creéis que salir afuera os vendrá bien para animaros, lo hablaré con mi padre. No sabía que os sentíais... esto... tan agobiadas.

—¿De verdad? —pregunta Cecilia.

—¿Lo dices en serio? —intervengo acurrucándome junto a él.

—¡Eres un encanto! —dice Jenna besándole en la coronilla.

Linden se endereza, aparta con dulzura a Cecilia de su regazo y también nos separa a Jenna y a mí.

—En cuanto mi padre vuelva del hospital esta noche, lo hablaré con él.

Mis hermanas esposas y yo esperamos oír las puertas del ascensor cerrándose tras él. Guardamos silencio unos instantes y al comprobar que ya se ha ido, nos echamos a reír a carcajadas apiñándonos en el sofá.

—¡Asombroso! —exclama Jenna.

—Nos ha salido mucho mejor de lo que esperábamos —afirmo.

—¿Lo he hecho bien? —pregunta Cecilia.

—Olvídate de la música. ¡Deberías ser una actriz! —exclama Jenna alborotándole el pelo.

Las tres nos abrazamos celebrando nuestra pequeña victoria. Y yo no puedo evitar disfrutar de esta camaradería. Es lo más cerca que me he sentido de formar parte de un matrimonio.

La noche en que pensábamos asistir a la feria de arquitectura, Cecilia tiene contracciones.

—No son más que las contracciones Braxton Hicks. No son las de verdad —le asegura el Amo Vaughn

Pero Cecilia siente mucho dolor. Está arrodillada junto a la cama, agarrada al colchón. Puedo ver su cara de espanto y sé que no lo hace por fastidiar.

—Deberíamos quedarnos —le sugiero a Linden.

Hace una semana que ya no estoy postrada en cama, el tiempo que ha tardado Deirdre en diseñar y confeccionar el precioso vestido rojo que llevo. Y después de haber aguantado durante una hora que un grupo de sirvientas deseosas de lucirse me peinaran, depilaran y embellecieran, estaba decidida a hacer que esta noche valiera la pena. Linden está de pie junto a mí en la entrada de la habitación de Cecilia con una crispada mueca de preocupación.

El Amo Vaughn y Elle la ayudan a meterse en la cama.

—Podéis iros. Todavía le faltan dos meses para dar a luz —dice Vaughn.

No confío en él. Me lo imagino haciendo llevar a Cecilia gritando de dolor en una camilla al sótano, mientras su bebé nace muerto y Vaughn se dispone a diseccionarlo en busca del antídoto. Es una bestia despiadada y cuando abre en canal el cuerpecito del bebé no hay ni una pizca de humanidad en sus ojos.

Cecilia gimotea y Elle le refresca el rostro con un paño húmedo. Mi hermana esposa abre la boca y a mí me da la sensación de que intenta decirme «quédate».

—Querida, si tu marido consigue algunos compradores esta noche, significa que uno de sus diseños se convertirá en una nueva casa —afirma Vaughn agarrándole la mano—. O tal vez en una tienda. Y te gustaría visitarla, ¿no? ¿A que te encantaría?

Ella titubea. Cecilia y Vaughn mantienen una extraña relación que no acabo de comprender. Es como si Cecilia fuera su preferida o como si ella lo viera como el padre que nunca tuvo. Y hará cualquier cosa que él le pida.

—Debéis ir a la feria de arquitectura. No me pasará nada. Después de todo, es lo que me corresponde hacer. Me alegro de mi papel —asegura ella, lo más extraño es que lo dice sin malicia alguna.

—¡Estoy orgulloso de ti! —exclama Vaughn.

No quiero dejarla a solas con él. En absoluto. Pero ¿cuándo tendré otra oportunidad de demostrarle a Linden que tengo madera para ser la primera esposa, la que asistirá a las fiestas cogida de su brazo?

Mientras Linden se despide de Cecilia, prometiéndole que volverá pronto a casa, encuentro a Jenna en la biblioteca y le pido que no le quite los ojos de encima.

—No me gusta nada que el Amo Vaughn se quede solo con ella —le confieso.

—A mí tampoco. Guardan toda clase de secretos. No sé qué le dice a Cecilia. Pero me pone nerviosa.

—No quiero que se quede a solas con ella.

—No, claro que no —responde Jenna yendo ya un paso por delante de mí. Ha encontrado un tablero de ajedrez en la sala de estar y le pedirá a Cecilia que le enseñe a jugar—. Procura divertirte, ¿vale? Saluda a la libertad de mi parte.

—Si llego a verla, así lo haré.

Linden me conduce a la misma limusina en la que llegué a esta casa. Me abre la puerta y ni siquiera entiende por qué vacilo al entrar.

—¿Podemos abrir las ventanas? —pregunto inquieta.

—Está nevando —responde.

Siempre había creído que en el estado de Florida hacía un tiempo templado, pero hasta el momento sólo ha sido esporádicamente.

—El aire frío es bueno para los pulmones —alego, aunque como se lo he oído decir a Vaughn, puede que no sea cierto.

—Como tú quieras —replica Linden encogiéndose de hombros.

Me subo a la parte trasera de la limusina y pese a la botella de champán esperándonos en el cubilete con hielo, y los asientos de piel con calefacción, sigo creyendo que me ocurrirá algo espantoso. Abro la ventana enseguida para aspirar el aire helado del exterior, y no me importa que Linden me ponga su abrigo sobre los hombros. La limusina aún no ha empezado a moverse y todavía no estoy convencida de que el coche sea un lugar seguro. Conociendo a Vaughn, seguramente ha planeado dejarme inconsciente para que no vea el camino que conduce a la entrada.

En el techo de la limusina hay una ventanilla. Pero

tiene un cristal negro que me impide ver el cielo nocturno.

—¿Se abre esta ventana? —pregunto.

Mi marido se echa a reír y me frota los brazos para hacerme entrar en calor.

—¿Es que quieres convertirte en un carámbano de hielo? Claro que se abre.

Linden la abre y yo me pongo en pie. Casi pierdo el equilibrio cuando la limusina empieza a moverse. Me agarra de la cintura para que no me caiga y no me importa, porque he conseguido que abriera la ventanilla y apoyo los brazos en el techo del coche. La nieve me cae sobre el pelo y se funde en cuanto roza la luz de la limusina. Contemplo los árboles desfilando, el campo de minigolf reparado, el naranjal, la cama elástica de Jenna. Contemplo todas las cosas que han sido mi único mundo en los últimos meses empequeñeciéndose cuando el coche las deja atrás. Parecen estar diciéndome adiós. Adiós, disfruta de tu noche. Sonrío, mirando hacia delante para ver lo que llegará a continuación.

Durante un rato no veo más que árboles. Nunca he llegado tan lejos. Ni siquiera sabía que hubiera un camino en esta dirección. Viajamos durante lo que me parece una eternidad. Miro las estrellas por entre los árboles y la luna gibosa apresurándose para no quedarse atrás.

Por fin llegamos a la entrada, con la flor afilada que se parte por la mitad cuando la puerta se abre para dejarnos pasar. Así de sencillo. Y de pronto estamos fuera de la propiedad. Hay más árboles y de súbito una ciudad. Veo un montón de potentes luces y de forma borrosa gente riendo y charlando. Por su aspecto se ve que es un lugar más rico que el de donde yo vengo y el dinero les ha hecho creer falsamente que les quedan muchos años por delante. A lo mejor están esperando encontrar el antídoto que los salve o tal vez están simplemente contentos por tener una acogedora casa a la que regresar. No hay vestigio alguno de desesperación, ni huérfanos mendigando por la calle. En su lugar veo a una mujer con un vestido rosa partiéndose de risa delante de un cine con una gigantesca marquesina iluminada en la que se anuncian las películas que dan. Huelo a comida rápida y a hormigón fresco, y en algún lugar a lo lejos la fetidez de una cañería.

La escena es impactante. Es como aterrizar en Marte y a la vez como volver a casa.

Pasamos con el coche por el puerto, pero no es como el de Manhattan. En éste hay una playa de arena disolviéndose en el agua y un montón de muelles con veleros amarrados por la noche, balanceándose al ritmo del mar.

Linden me hace volver a sentar diciéndome que voy a pillar una pulmonía. Por un instante me da igual, pero luego pienso que si enfermo no me dejará salir de la mansión nunca más. Puedo considerarme afortunada de que me haya permitido salir de ella, porque mientras se me soldaban los huesos estuvo muy preocupado por mí. Para que me llevara con él esta noche, Vaughn tuvo que convencerle afirmando que estoy fuerte como un toro (como su hijo muerto, pensé al oír la comparación).

Me acomodo en el asiento, dejo que Linden cierre las ventanas y observo la ciudad por el cristal tintado.

Después de todo, esta limusina no está tan mal. Linden me sirve una copa de champán y brindamos. Ya había probado el alcohol en otra ocasión, varios años atrás, cuando me caí del tejado mientras Rowan y yo reparábamos una gotera. Me disloqué el hombro y me dio un trago de una polvorienta botella de vodka del sótano para que no sintiera tanto dolor al ponerme el hombro en su sitio.

Pero el champán es distinto, es una bebida burbujeante y ligera. Me produce un agradable calorcillo en el estómago, en cambio el vodka me ardía.

Dejo que Linden me rodee con su brazo. Es algo que una primera esposa haría. Al principio está tenso, pero poco a poco se va relajando. Me coge un bucle del pelo —tratado con acondicionador y laca para que me dure toda la velada— y lo enrolla alrededor de su dedo. Me pregunto el peinado que llevaba Rose cuando le acompañaba a las fiestas.

Terminamos de beber el delicioso champán y Linden, cogiéndome la copa vacía de la mano, me dice que en la feria de arquitectura habrá más. Me cuenta que se brindará mucho y habrá camareros con bandejas llenas de copas de vino.

—Demasiado alcohol. Rose fingía beberse la copa entera, pero sólo tomaba varios sorbos. Un camarero se la volvía a llenar hasta el borde para que pareciera que se tomaba otra —comenta mirando el tráfico por la ventana y poniendo una cara como si se arrepintiera de lo que acaba de decir.

—¡Qué buena idea! ¿Qué más hacía Rose? —pregunto dulcemente poniendo mi mano sobre su rodilla.

—Se reía de lo que todo el mundo decía y les miraba a los ojos al hablar —responde frunciendo los labios y atreviéndose a lanzarme una mirada—. Y siempre estaba sonriendo. Al final de la velada, cuando nos quedábamos a solas, me decía que le dolían las mejillas de tanto sonreír.

Sonreír. Fingir interés. Pretender beber. Y a la lista le añado además *brillar como una estrella,* porque seguramente Rose también lo hacía. Conforme nos acercamos a nuestro destino, me siento como si estuviera entrando en el mundo de Rose. Como si la reemplazara, que es lo que ella me dijo el día que nos conocimos, aunque yo no quise creerla. Pero ahora, acomodada en los calentitos asientos de piel de la limusina y con el olor a colonia de afeitado de Linden flotando en el interior, ser la sustituta de Rose no parece tan malo después de todo. Aunque sólo sea por una temporada, claro.

No olvido, sin embargo, que la animada ciudad que estoy observando por la ventana no es *mi* ciudad, que estas personas son desconocidos. Que mi hermano no se encuentra aquí. Está solo en alguna parte, esperándome. Mientras tanto, no hay nadie que vigile la casa cuando él duerme. Y este pensamiento me produce una amarga oleada de ansiedad que me revuelve el champán en el estómago. Me obligo a tranquilizarme para no vomitarlo. La única forma de volver con Rowan es triunfar en esta velada por más larga que se me haga.

Llegamos a un alto edificio blanco decorado con un enorme lazo de terciopelo sobre las puertas de doble hoja. Al salir de la limusina, veo que también han adornado las farolas y las fachadas de las tiendas con los mismos lazos. En la calle un hombre disfrazado de Papá Noel toca una campanilla mientras los transeúntes echan dinero al cubo rojo que hay a sus pies.

—Este año se están preparando antes de lo habitual para el solsticio de invierno —observa Linden casualmente.

No he celebrado un solsticio desde los doce años. Rowan creía que no tenía sentido gastar dinero en regalos y perder el tiempo decorando la casa. Cuando éramos niños, nuestros padres la adornaban con lazos rojos y muñecos de nieve de cartón, y en diciembre la cocina siempre olía a algún postre delicioso y dulce horneándose. Mi padre tocaba piezas musicales de un libro de siglos de antigüedad titulado *Canciones populares de Navidad,* aunque antes de nacer él ya nadie llamaba así a esa época del año. Y en el solsticio de invierno, el día más corto del año, nuestros padres nos hacían regalos. Eran sobre todo objetos que habían hecho ellos mismos: mi madre era una costurera excelente y mi padre podía hacer cualquier figura de madera.

Sin ellos, nuestra pequeña tradición desapareció. Pero en lo que respecta a mi hermano y a mí, el invierno no era más que la peor época del año para los mendigos de Manhattan. Protegíamos las ventanas con tablas para que los huérfanos no se metieran en nuestra casa intentando resguardarse del clima frío y borrascoso. En Manhattan hace un frío brutal e intenso. La nieve llegaba hasta el pomo de la puerta y algunas mañanas teníamos que levantarnos al alba para sacar la nieve de la entrada para poder ir a trabajar. Aunque arrastráramos la cama junto al horno encendido de la cocina, seguíamos exhalando una nube blanca al respirar.

—No te enojes si quieren besarte la mano —me susurra Linden al oído cogiéndome del brazo y conduciéndome hacia las escalinatas.

Como me había dicho que las ferias de arquitectura eran sosas y aburridas, yo no esperaba demasiado de ellas. Pero una vez dentro me encuentro con un montón de gente muy bien vestida. Alrededor de la sala hay hologramas suspendidos, con imágenes de casas girando y rotando. Las ventanas están abiertas y te llevan al interior para que vayas viendo las habitaciones. Los arquitectos, plantados junto a los hologramas de las casas que han diseñado, los explican con enorme entusiasmo a cualquier visitante que desee escucharles. Hasta en las paredes y el techo de la sala hay un cielo azul virtual por el que se deslizan algunas nubes. El suelo parece cubierto de hierba llena de flores silvestres meciéndose con la brisa y no puedo evitar detenerme para tocarlo y comprobar si la hierba es real. Me topo con las frías baldosas del suelo, aunque me dé la impresión de estar hundiendo las manos en la tierra. Linden se ríe entre dientes cuando vuelvo a ir junto a él.

—En este tipo de ferias siempre intentan presentar el ambiente idóneo en el que construir una casa —afirma—. Es mejor que el último al que fui, que parecía un desierto. Lo único que consiguió es que todos los asistentes nos sintiéramos muertos de sed. Y el año que lo decoraron con una acera vacía para animar los negocios fue deprimente. Parecía una escena postapocalíptica.

La mesa de los postres está dispuesta como un paisaje urbano. Hay un pastel en forma de biocúpula al que ya le faltan varias porciones. Una piscina llena de gelatina temblorosa con el hormigón hecho de pedacitos de chocolate y una fuente de chocolate. Las flores de azúcar están cortadas y mutiladas, son como las de la película *El mago de Oz* después de haberles pegado varios bocados.

Apenas hemos dado varios pasos cuando alguien ya me coge la mano y me la besa. Se me eriza el pelo de la nuca. Pero sonrío fingiendo estar encantada.

—¿Y quién es esta encantadora jovencita? —pregunta un hombre. Incluso llamarle así es un error, porque seguramente es más joven que yo, aunque lleve un traje que cuesta más que un mes de electricidad en la mansión.

Linden me presenta con orgullo como su esposa y yo sigo sonriendo, pero me bebo la copa de vino que me ofrece un camarero, y la siguiente, porque de este modo se me hace más fácil soportar todos esos besos y saludos. Hay otras esposas en la sala, pero todas parecen estar encantadas con sus maridos. Elogian mis pulseras, me preguntan cuánto tiempo me ha llevado hacerme el peinado, se quejan de que sus sirvientes y empleados domésticos son una nulidad con las cremalleras, las perlas o lo que sea. Al cabo de un rato todo se desdibuja en ruido blanco y no hago más que asentir con la cabeza, sonreír y beber. Una de las mujeres está embarazada y monta una escena gritándole al camarero que le ofrece una copa de vino. Me llaman cariño y cielo y me preguntan si voy a tener un bebé. Yo les digo: «Estamos en ello».

Ninguna menciona los guardas de seguridad plantados junto a la puerta, que seguramente se arrojarían sobre nosotras inmovilizándonos en el suelo si intentáramos salir sin nuestros maridos.

Con todo, los hologramas de las casas girando me encantan, y cuando Linden expone el suyo, el diseño de colores que cobra vida me fascina. No se parece a nada que haya visto antes, es más bien la combinación de muchos diseños. Es una casa victoriana con zarcillos de hiedra creciendo por las paredes, retirándose en algunas partes y trepando por otras. Dentro veo siluetas de personas moviéndose, pero cuando aparece por la ventana la imagen del interior de la casa, sus moradores desaparecen y se ven los suelos de madera y las cortinas hinchadas por la brisa e incluso me da la sensación de oler el popurrí de Rose. Uno de los dormitorios está lleno de jarrones con lirios. También hay una biblioteca repleta exclusivamente de atlas con un tablero de ajedrez en medio de la sala con una partida sin terminar.

Me da vueltas la cabeza por las imágenes del interior de la casa discurriendo. Me agarro al brazo de Linden y él, impidiéndome que pierda el equilibrio, me da un besito en la sien. Y después de todos esos desconocidos besándome, me siento aliviada de que él sea el único que ahora me toca.

—¿Qué te parece? —me pregunta.

—Que si nadie quiere vivir en esta casa, todos están locos.

Sonreímos y bebemos un trago de vino al mismo tiempo.

Al final de la velada, mi boca llena de alcohol y del grasoso glaseado del pastel hace de algún modo que el mundo huela más dulce. Todavía me duran los bucles, aunque tenga la nuca toda sudada. Estoy en las nubes, sonriendo siempre, riendo, poniendo mis manos en los hombros de desconocidos y exclamando: «¡Oh, no es para tanto!» cuando me elogian una y otra vez por mis ojos. La mitad de ellos me preguntan si son naturales y yo les contesto: «¡Claro! Cómo no iban a serlo».

—¿De quién has sacado estos ojos tan bonitos? —me pregunta uno.

—De mis padres —contesto.

Y Linden se queda sorprendido, como si nunca se le hubiera ocurrido que pudiera tener padres y mucho menos haberlos yo conocido.

—Pues eres preciosa —insiste el desconocido, demasiado ebrio como para percatarse del inquieto rostro de Linden—. A ésta cuídala bien. No sé de dónde viene, pero me apuesto lo que sea a que no hay otra igual.

—No, no la hay… —contesta Linden desconcertado y atónito.

Y lo más asombroso es que su sorpresa parece auténtica.

—Vamos, cariño —digo tirándole del brazo, buscando una palabra cariñosa que no pertenezca a Vaughn ni a Cecilia—. Quiero ver esa casa de allí. Discúlpenos —le digo sonriendo al hombre, que se ríe socarronamente, absorto en su embriaguez.

Nos entretenemos por la sala. Halagamos a los arquitectos. Me separo de Linden por un rato porque ha

235

empezado a hablar con uno para presentarle sus diseños. Me encuentra a los pocos minutos mordisqueando una fresa e intentando recuperarme del alboroto.

—¿Estás lista para irnos? —pregunta. Me agarro de su brazo y conseguimos huir sin que nadie lo advierta.

Una vez fuera, veo que la nieve se ha derretido. La tarde soleada que hacía dentro del edificio era una ilusión. Siento el cortante aire frío contra mi rostro. Nos dirigimos a la limusina y pienso: *Podría echar a correr*. Los guardas de seguridad están dentro del edificio. Linden no podría atraparme, pues es tan frágil que sólo con que le diera un empujón me libraría de él. Podría hacerlo. Podría irme. Nunca más volvería a traspasar la puerta de hierro.

Pero cuando Linden abre la puerta de la calentita y cómoda limusina, me subo a ella. Me está ofreciendo llevarme de vuelta a casa. *De vuelta a casa*, me digo, y me suena raro, pero no tanto como antes. Estoy hecha polvo e intento sacarme los atormentadores zapatos negros de tacón. Me cuesta hacerlo más de lo que recordaba. La limusina empieza a moverse y me voy hacia delante por el impulso. Linden me agarra, y por alguna razón me río.

Me saca los zapatos y yo suspiro agradecida.

—¿Qué tal lo he hecho?

—Has estado encantadora —exclama con la nariz y las mejillas coloradas, resiguiéndome la mejilla con el dorso del dedo.

Sonrío. Es mi primera sonrisa auténtica desde que entramos a la feria de arquitectura.

Llegamos a la mansión a altas horas de la noche. La cocina y los pasillos están vacíos. Linden se va a la habitación de Cecilia para ver cómo se encuentra, la luz aún está encendida. Ella debe de estar esperándole. Me pregunto si advertirá que está un poco achispado, supongo que es por mi culpa, porque ha bebido tanto como yo. Me pregunto si Rose le sacaba las copas de la mano y le decía que no bebiera tanto. Me pregunto cómo aguantaba ella la velada y si lo hacía sin llevar unas copas de más.

Me retiro a mi habitación y me quito el sudado vestido rojo. Me pongo el camisón, me cepillo el pelo —los bucles aún me duran— y me lo recojo en una torpe coleta, abro la ventana y aspiro una bocanada de aire fresco. Dejando la ventana abierta, me meto en la cama y me duermo, con los párpados llenos de casas girando, de barrigas embarazadas y de copas de vino flotando hacia mí desde las bandejas.

En un momento dado de la noche el aire se vuelve más cálido. Oigo la ventana cerrándose y unas silenciosas pisadas en la lujosa alfombra.

—¿Estás dormida, cariño? —susurra Linden.

Se acuerda de cómo lo he llamado en la feria. Cariño. Suena bien. Tierno. Dejo que me llame de este modo.

—Mmmm —respondo. La oscuridad está llena de relucientes peces nadando y de hiedra trepando. La habitación también da vueltas un poco.

Creo que me está preguntando si puede meterse en la cama conmigo. Le digo farfullando que sí. Siento el ligero peso de su cuerpo a mi lado y yo soy un planeta orbitando y él el cálido sol. Huele a vino y a fiesta. Se acerca a mí y vuelvo la cabeza hacia la suya.

El ambiente es muy silencioso, oscuro y cálido. Siento los zarcillos de la hiedra llevándome a un maravilloso sueño.

—No te vayas, te lo ruego —dice de pronto Linden.

—¿Mmm? —respondo.

Está respirando junto a mi cuello, besándome.

—No intentes huir de mí, te lo ruego.

Salgo ligeramente de mi sueño. Me levanta la barbilla con el dedo y abro los ojos. En su mirada hay un extraño brillo y cae una lagrimita sobre mi mejilla. Me acaba de decir algo, algo importante, pero estoy tan cansada que no puedo recordarlo. No recuerdo nada, y él está esperando mi respuesta.

—¿A qué te refieres? ¿Qué te pasa?

Y él me besa. No es un beso apasionado. Es dulce, su labio inferior se une con el mío como si me lo lamiera suavemente. Siento el sabor de su boca y por un momento me gusta. Como todo lo demás de esta noche. En mi estado embriagado, alucinógeno. De mi garganta sale un ruidito, como el gorgoteo de un bebé tomando el biberón. Él se aparta un poco de mí y me mira. De pronto me pongo a parpadear, sorprendida.

—Linden...

—Sí, sí, estoy aquí —dice él intentando besarme de nuevo, pero yo me alejo.

Pongo las manos en sus hombros para apartarlo de mí, pero veo aquel extraño dolor en sus ojos que me hace pensar que estaba soñando con Rose un minuto antes de que yo me materializara en Rhine.

—Yo no soy ella. Linden, se ha ido, está muerta —exclamo.

—Lo sé —responde él. Como no intenta seguir besándome, retiro las manos de sus hombros y él se queda tendido a mi lado—. Es que a veces tú...

—Pero yo no soy ella. Y los dos estamos un poco borrachos.

—Ya sé que tú no eres ella. Pero no sé quién eres. No sé de dónde has venido —me confiesa.

—¿No pediste que te trajeran una furgoneta llena de chicas? —pregunto.

—No, fue mi padre. Pero antes de eso, ¿por qué decidiste ser una esposa?

Me atraganto al oírlo. ¿Por qué decidí ser una esposa? Y entonces me viene a la cabeza su cara de sorpresa cuando ese hombre me preguntó de quién había heredado mis ojos.

Él no sabe nada.

Y sé quién lo sabe. Vaughn. ¿Qué le dijo a su hijo? ¿Que hay escuelas de esposas donde mujeres deseosas de casarse dedican su infancia a aprender a complacer a un hombre? ¿Que nos ha rescatado de un miserable orfanato? Tal vez sea el caso de Cecilia, pero incluso ella está peligrosamente poco preparada para lo que le llegará cuando nazca el bebé.

Podría contárselo ahora mismo. Podría decirle que las hermanas de Jenna fueron asesinadas en la furgoneta y que lo último que quería yo era casarme. Pero ¿me creería?

Y si me creyera, ¿me dejaría marchar de aquí?

—¿Qué crees que les pasó a las chicas que no elegiste? A las otras —pregunto.

—Supongo que volvieron a sus orfanatos y a sus hogares —contesta él.

Me quedo mirando el techo, anonadada, sintiendo náuseas.

—¿Qué te pasa? ¿Te encuentras mal? —exclama Linden poniéndome la mano en el hombro.

Sacudo la cabeza.

Vaughn es más poderoso de lo que pensaba. Retiene a su hijo en esta mansión, alejado del mundo, y se inventa una realidad para él. Le da unas cenizas para esparcir mientras que los cuerpos a los que se supone pertenecen están escondidos en el sótano. Claro que quiero largarme de aquí cuanto antes. Cualquiera que haya sido libre entiende lo importante que es volver a serlo. Pero Linden nunca lo ha sido. Si ni siquiera conoce la libertad, ¿cómo iba a desearla?

Y Gabriel lleva encerrado en esta casa durante tanto tiempo que hasta se está olvidando de que es mucho mejor el mundo de fuera que éste.

El de fuera es mucho mejor, ¿no? Cavilo en ello durante un rato, comparando el puerto de Nueva York con el mar inmenso de la piscina. El parque de la ciudad con estos campos de golf y estas canchas de tenis infinitas. El faro de mi Manhattan, con el que se alza junto al hoyo nueve, entre pastillas de goma gigantes. Comparo a Rowan, mi hermano biológico, con Jenna y Cecilia, que se han convertido en mis hermanas. Y en el estado borroso y ebrio en el que estoy casi puedo entender a qué se refería Gabriel cuando me preguntó: *¿Qué hay en el mundo libre de fuera que no encuentres aquí?*

Casi todo.

Le doy un besito a Linden con los labios cerrados, hasta que me aparto de él.

—He estado pensando, cariño, que no he sido una esposa demasiado buena que digamos, ¿verdad? De ahora en adelante intentaré hacerlo mejor.

—¿La noche del huracán no intentabas entonces huir de mí?

—¡Pero qué cosas dices! Claro que no —contesto.

Linden suspira, feliz, me rodea la cintura con el brazo y se duerme.

La libertad. Gabriel. Esto es lo que no puedo tener en este lugar.

16

Al día siguiente no veo a Gabriel por ningún lado. Cuando me despierto, me encuentro con el desayuno esperándome en la mesilla de noche, aunque sean pasadas las doce del mediodía, pero no hay ningún June Bean en la bandeja ni ningún signo de que Gabriel haya estado en la habitación. Llamo a los sirvientes para decirles que deseo usar el ascensor, pero cuando las puertas se abren, no es Gabriel el que está plantado en el interior para llevarme a la planta baja.

Es Vaughn.

—Buenos días, querida —dice con una sonrisa—. Por lo que veo te acabas de levantar, pero estás tan guapa como siempre. Ayer por la noche volvisteis muy tarde, ¿verdad?

Hago gala de mi encantadora sonrisa. Rose tiene razón, las mejillas me duelen al esbozarla. Linden ha intentado convencer a su padre para que nos dé más libertad, pero es Vaughn el que tiene la última palabra en esta casa, aunque a su hijo le haga creer lo contrario.

—Fue una velada increíble. No entiendo por qué Linden dice que las ferias de arquitectura son insípidas y aburridas —comento.

Entro en el ascensor y me quedo a su lado. Las puertas se cierran e intento no atragantarme. Vaughn huele como el sótano y me pregunto a quién habrá estado diseccionando esta mañana.

—¿Adónde te gustaría ir hoy? —me pregunta.

Me he puesto el abrigo porque, aunque la nieve ya se ha derretido, me acuerdo del frío que hacía ayer por la noche. Y no puedo darme el lujo de pillar ahora una pulmonía.

—Como hace hoy un día tan bonito, me apetece dar un paseo.

—¿Has visto las reparaciones hechas en el campo de minigolf? —pregunta Vaughn pulsando el botón de la planta baja—. Deberías verlas. Los empleados han realizado un trabajo magnífico.

La palabra «magnífico» suena horrible en su boca. Pero sonrío. Soy una joven encantadora. No le tengo miedo a nada. Soy la primera esposa de Linden Ashby, la que él visita por la noche, la que él quiere que vaya cogida de su brazo a las fiestas. Y adoro a mi suegro.

—Pues no. Aún me estoy recuperando del accidente. Me temo que todavía no estoy demasiado en forma para ir a verlas.

—¿Qué te parece entonces si jugamos un partido de golf? —sugiere Vaughn enlazando su brazo alrededor del mío de una forma mucho más posesiva que la de Linden.

—El golf no se me da demasiado bien —contesto recatadamente, con timidez.

—¿Una chica tan lista como tú? No me lo puedo creer.

Y por primera vez, pienso que dice la verdad.

Jugamos un partido de golf y Vaughn lleva la cuenta. Elogia mi *swing* cuando emboco un hoyo a la primera y me ayuda pacientemente cuando otro me va fatal. Odio sentir sus apergaminadas manos sobre las mías mientras me enseña a golpear la pelota. Su caliente aliento en mi cuello.

Y odio tenerlo a mi lado cuando llegamos al faro —el último hoyo del campo de golf—, que sigue proyectando sus rayos de libertad. Mientras Vaughn me habla del maravilloso césped artificial que ha hecho poner, busco con la mirada el sendero que lleva a la entrada de hierro. Estoy segura de que la limusina circuló por un camino bordeado de árboles que está por los alrededores.

—¿Qué te pareció la ciudad por la noche? —me pregunta después de que golpeo la pelota.

—Los diseños me impactaron. Muestran el gran talento...

—No te he preguntado por los diseños, querida, sino por la ciudad. ¿Qué te ha parecido tu breve estancia en ella? —apostilla acercándose demasiado a mí.

—Apenas la vi —contesto poniéndome un poco a la defensiva. ¿Qué está insinuando?

—Pero lo harás —afirma esbozando su sonrisa de anciano, dándome con el dedo unos golpecitos en la nariz—. Linden ya está hablando de las fiestas a las que asistiréis. Lo estás haciendo muy bien, querida.

Me soplo las manos para calentármelas y veo que Vaughn emboca un hoyo a la primera.

—¿Qué es lo que he hecho exactamente?

—Has hecho que mi hijo regresara al mundo de los vivos —observa rodeándome con el brazo y besándome la sien en la que Linden me besó la noche pasada. Sus labios estaban calientes, fue un beso tranquilizador, pero los de Vaughn me dan la sensación de millones de insectos correteando por mi espalda. Padre e hijo son igualitos físicamente, sin embargo no puedo imaginarme dos personas más distintas.

Pero como buena esposa que soy, como buena nuera, me sonrojo.

—Sólo quiero que sea feliz —afirmo.

—Deberías. Si haces que sea feliz, te permitirá sostener el mundo en una cuerda.

«En una cuerda» son las palabras clave.

Vaughn gana el partido de golf, pero lo hace por los pelos. No le he dejado ganar.

—Eres mejor jugadora de lo que afirmas —observa riendo mientras nos encaminamos a la mansión—. Eres buena en el golf, pero no lo suficiente como para ganarme.

Echo un vistazo a mi alrededor, buscando el camino que siguió la limusina, aunque no lo veo por ninguna parte.

Como es evidente que Vaughn no me dejará salir de la mansión a no ser que sea con él, al menos hoy, voy a buscar a Jenna. Me la encuentro acurrucada en un mullido sillón de la biblioteca, mi preferido, absorta en un libro de bolsillo. En la portada se ven dos jóvenes amantes semidesnudos. Él está salvando a una chica que se está ahogando.

—No he visto a Gabriel por ningún lado —comenta antes de darme tiempo a abrir la boca.

—¿No te parece raro? —pregunto sentándome en el sillón de al lado.

Hace un mohín y me mira por encima del libro que sostiene. Asiente con la cabeza con una mirada de complicidad. Es una chica muy clara y directa a la que no le gusta fingir.

—¿Nos han traído el almuerzo? —pregunto.

—No…

—Tal vez le veamos entonces. —Gabriel es el único que trae la comida a nuestra planta, a no ser que a Cecilia le dé una pataleta y haga falta más de un sirviente para traerle lo que pide.

Pero no le vemos. Es un sirviente nuevo —de la primera generación— el que nos trae el almuerzo y ni siquiera sabe que estamos en la biblioteca. Tiene que preguntarle a Cecilia dónde puede encontrarnos y oigo que ella le grita al pobre hombre desde el fondo del pasillo, furiosa por haberla despertado de la siesta. Jenna y yo vamos a ver lo que está pasando.

—¡Tranquilízate! —le digo junto a la puerta de su habitación.

El sirviente está aterrado por esta jovencita embarazada que parece una bola de fuego. Pero al mirar a Cecilia, no veo más que sus ojeras, sus tobillos hinchados y amoratados apoyados sobre una pila de almohadas.

—Si te alteras tanto, puedes perder a tu bebé —le advierto.

—¡A mí no me des ningún sermón, dáselo a él por incompetente! —brama señalando con gestos exagerados al sirviente.

—Cecilia…

—No, ella tiene razón. ¡Qué aspecto más horrible tiene la comida! ¿Qué es esta bazofia? —tercia Jenna levantando la tapa de un plato haciendo una mueca de asco.

La miro sin dar crédito a lo que acabo de oír.

—¡Deberías ir a la cocina a quejarte! —me sugiere ella mirándome a los ojos.

—¡Oh!

—Lo siento mucho, Dama Jenna —se excusa el sirviente.

—No te disculpes —le interrumpo—. Tú no tienes la culpa, es la jefa de cocina la encargada de supervisar la comida y a estas alturas sabe perfectamente que las tres detestamos el puré de patatas.

Levanto otra tapa y arrugo la nariz.

—¡Y cerdo! A Jenna le sale urticaria sólo de olerlo —afirmo—. Es mejor que vaya a la cocina para aclarar las cosas.

—Sí, naturalmente —responde el sirviente, y yo juraría que al dirigirse al ascensor empujando el carrito, conmigo a la zaga, le tiemblan las manos.

—No les hagas caso. No te lo tomes como algo personal. De verdad —digo sonriendo para tranquilizarle en cuanto entramos en el ascensor y las puertas se cierran tras nosotros.

Él me devuelve la sonrisa, alzando la vista del suelo por breves instantes y mirándome nerviosamente de refilón.

—Me dijeron que eras la más amable —observa.

En la cocina reina el barullo habitual, significa que Vaughn no anda cerca.

—Disculpen, Dama Rhine ha bajado a la cocina para quejarse —anuncia el sirviente junto a la puerta.

Todos se giran hacia mí.

—¡Si ésta no se queja nunca! —brama la jefa de cocina dándose cuenta enseguida de que hay gato encerrado.

Le doy las gracias al sirviente por acompañarme hasta la cocina y alguien se lleva la bandeja. Me disgusta desperdiciar una comida tan buena, pero he venido aquí por una razón más importante. Me abro camino entre el vapor y la cháchara y me apoyo en la encimera, junto a la jefa de cocina, que está inclinada sobre una olla enorme hirviendo.

—¿Qué le ha pasado a Gabriel? —pregunto sabiendo que será la única que me oirá en medio de todo el bullicio.

—No deberías estar aquí preguntando por él —replica—. Sólo le vas a meter en más problemas. El Amo no le ha quitado los ojos de encima desde que intentaste escapar.

Siento un escalofrío recorriéndome el cuerpo.

—¿Está bien?

—No sé nada de él. Desde la mañana en que el Amo lo llamó para que bajara al sótano —afirma mirándome con mucha tristeza.

17

Durante el resto de la tarde me siento fatal. Me dan náuseas y Jenna me sostiene el pelo mientras voy al váter con la intención de vomitar, pero no logro hacerlo.

—A lo mejor te pasaste un poco con la bebida —sugiere ella dulcemente.

Pero no tengo el estómago revuelto por eso. Lo sé. Me alejo del váter y me siento en el suelo, dejando caer desesperanzada las manos en el regazo. Se me llenan los ojos de lágrimas, pero no dejo que me rueden por las mejillas. No le daré a Vaughn este placer.

—He de contarte algo —digo.

Se lo cuento todo. Lo del cuerpo de Rose en el sótano y lo del beso con Gabriel. Que Linden no tiene idea de dónde vengo y del control absoluto que Vaughn tiene sobre nuestras vidas. Incluso le cuento lo del bebé muerto de Rose y Linden.

Jenna se arrodilla a mi lado, refrescándome la frente y la nuca con un paño húmedo. Esto me hace sentir un poco mejor, y apoyando la cabeza en su hombro, cierro los ojos.

—Este lugar es una pesadilla. Justo cuando empezaba a pensar que no estaba tan mal, se vuelve peor. Se vuelve peor de lo que creía y no puedo despertar de esta horrible pesadilla. El Amo Vaughn es un monstruo —exclamo.

—Yo no creo que matara a su nieta —observa Jenna—. Si lo que me acabas de contar es cierto y está usando el cuerpo de Rose para encontrar un antídoto, ¿cómo no iba a desear que su nieta viviera?

Mantengo mi promesa y no le cuento lo que Deirdre me confesó: que el bebé no nació muerto. Pero no puedo sacármelo de la cabeza. ¿Por qué Vaughn querría asesinar a su nieta? Es cierto que siempre tuvo sólo hijos varones —quizá los prefiera a las niñas—, pero una nieta le serviría al menos como procreadora. Las hijas de las familias pudientes pueden elegir a veces incluso con quién desean casarse y se convierten en primeras esposas. Y Vaughn siempre intenta encontrarle utilidad a todo —a las personas, a los cuerpos—, no desperdicia nada.

Pero de algún modo sé que Deirdre y Rose tenían razón cuando oyeron llorar a la niña. Y no creo que fuera por casualidad que Linden no estuviera en casa durante el parto. El pensamiento me produce arcadas. Y cuando Jenna me pregunta si me encuentro bien, porque estoy blanca como la cera, apenas la oigo, es como si su voz sonara muy lejana.

—Si a Cecilia o a su bebé les llega a pasar algo malo, yo no podría soportarlo —comento.

—No les pasará nada —me asegura Jenna frotándome el brazo para tranquilizarme.

Durante un rato guardamos silencio y pienso en todas las cosas horribles que le podrían haber ocurrido a Gabriel en el sótano. Me lo imagino magullado, golpeado, anestesiado. No me permito pensar que esté muerto. Pienso en el ruido que oímos en el pasillo mientras nos besábamos, en lo nerviosos que nos sentimos al dejar la puerta de la habitación abierta y en el atlas que robó de la biblioteca, que aún sigue encima del tocador. Y sé que es por mi culpa. Yo le he metido en esto. Antes de mi llegada, era un sirviente felizmente ajeno a lo que le rodeaba, que se había olvidado del mundo exterior. Es una manera horrible de vivir, pero al menos es mejor que estar muerto. Y que vivir en el sótano de los horrores sin ventanas de Vaughn.

Pienso en el libro que Linden me leyó mientras me recuperaba. *Frankenstein.* Trata de un loco que crea un ser humano con partes de distintos cadáveres. Pienso en la mano fría de Rose con las uñas pintadas de rosa, en los ojos azules de Gabriel, en el corazón del tamaño de un guijarro de la hija muerta de Rose, y no puedo evitar ir corriendo al váter a vomitar. Jenna me sostiene el pelo hacia atrás y el mundo gira como un torbellino a mi alrededor. Pero no es el mundo real. Es el mundo de Vaughn.

Cecilia aparece en la puerta, pálida y con cara de sueño.

—¿Qué te pasa? ¿Te encuentras mal? —pregunta.

—No le pasa nada. Es que ayer bebió más de la cuenta —tercia Jenna alisándome el pelo hacia atrás.

No es verdad, pero no digo nada. Tiro de la cadena. Cecilia coge el vaso con el que me enjuago la boca y lo llena de agua. Me lo ofrece. Se sienta en el borde de la bañera, quejándose al doblar las rodillas.

—Por lo que veo, te lo pasaste en grande en la fiesta —comenta.

—No era una fiesta —observo enjuagándome la boca y arrojando el agua a la pileta—. No había más que un puñado de arquitectos mostrando sus diseños.

—¡Cuéntamelo todo! —dice Cecilia, excitada y con los ojos centelleantes.

—No hay nada que contar, de verdad —respondo. No quiero hablarle de los asombrosos hologramas, la selección de postres deliciosos o la ciudad llena de gente donde consideré por unos instantes huir. Es mejor que no sepa lo que se está perdiendo.

—Vosotras dos ya no me contáis nada —me suelta a punto de enojarse de nuevo. Es como si a cada trimestre del embarazo que pasa, esté más susceptible—. ¡No es justo! Estoy metida en la cama todo el día —sigue quejándose.

—La fiesta fue de lo más aburrida —insisto—. No había más que arquitectos de la primera generación mostrándome sus diseños y yo tenía que fingir estar interesada en ellos. Y uno me dio un largo sermón sobre la importancia de los centros comerciales. Y además tuvimos que sentarnos en unas incómodas sillas plegables durante más de una hora. Bebí más de la cuenta de puro aburrimiento.

Cecilia me mira unos instantes como si no supiera si creerme o no, pero al final decide hacerlo, porque la expresión de descontento le desaparece del rostro.

—Vale, pero entonces cuéntame una historia. ¿Qué se hizo de aquellos mellizos que conocías?

Jenna se asombra al oírlo. Nunca le he hablado de Rowan, pero como es más intuitiva que Cecilia, seguramente ahora ya se ha imaginado que se trata de mi hermano mellizo.

Le cuento la historia del día en que cuando los mellizos volvían a su casa al salir del colegio, hubo una explosión tan fuerte que el suelo vibró bajo sus pies. Los de las primeras generaciones pusieron una bomba en un centro de investigación genética y lo hicieron volar por los aires, como protesta por los experimentos realizados para prolongar la vida a los niños de las generaciones futuras. Las calles se llenaron de gritos de «¡Ya basta!» y «¡La especie humana no puede salvarse!» Docenas de científicos, genetistas y profesionales de la salud murieron a causa de la explosión.

Fue el día en que los mellizos se quedaron huérfanos.

Me despierta el ruido de alguien dejando la bandeja de la cena en la mesilla de noche. Cecilia está acurrucada a mi lado, roncando de la forma que ha adoptado en el tercer trimestre de embarazo. Echo esperanzada una mirada al portador de la bandeja, esperando ver a Gabriel, pero me encuentro con el nervioso sirviente de esta mañana. Mi decepción debe de ser evidente, porque intenta sonreírme mientras se gira para irse.

—Gracias —digo, pero incluso en mi voz se trasluce mi desconsuelo.

—Mira en la servilleta —apostilla antes de irse.

Me incorporo lentamente para no despertar a Cecilia. Ella farfulla algo, dejando en la almohada un charquito de babas, y luego lanza un suspiro.

Despliego la servilleta que envuelve los cubiertos de plata y me cae en la mano un June Bean azul.

No veo a Gabriel al día siguiente, ni al otro.

Afuera la nieve se está convirtiendo en hielo. Le hago compañía a Cecilia mientras ella, haciendo un mohín, se queja de que no la dejan salir al jardín ni hacer muñecos de nieve. En el orfanato tampoco la dejaban salir cuando nevaba, porque los niños podían enfermar con el frío y los empleados no disponían de las medicinas necesarias para hacer frente a una epidemia.

Está enfurruñada durante un rato, y poco después se queda dormida. Estoy deseando que culmine el embarazo. Ahora me da más miedo lo que le está pasando a Cecilia que la suerte que pueda correr su hijito al nacer. Ella siempre está jadeando, o llorando, y el dedo en el que lleva la alianza parece una salchicha de lo hinchado que está.

Mientras Cecilia duerme, me siento en la repisa de la ventana y hojeo el atlas que Gabriel me trajo. Descubro que además de llamarme como un río europeo, «Rowan» es el nombre de una pequeña baya silvestre roja que crece en el Himalaya y en Asia. No estoy segura de lo que significa o de si siquiera significa algo. Pero lo último que necesito es otro rompecabezas que resolver, y al cabo de un rato decido contemplar la nieve cayendo. Por la ventana de la habitación de Cecilia se ve una vista preciosa. Sobre todo árboles, incluso parece un bosque como cualquier otro. Podría ser el de cualquier lugar.

Pero de repente veo la limusina negra circulando por un camino cubierto de nieve y me acuerdo de dónde estoy. La observo rodeando un arbusto y luego yendo directa a los árboles.

¡Directa a los árboles! Pero en lugar de chocar contra ellos, los atraviesa como si no existieran.

Y entonces lo entiendo todo. Los árboles *no* son reales. Por eso no podía encontrar el camino que lleva a la entrada de la propiedad desde ninguno de los jardines ni desde el naranjal. El camino lo oculta alguna clase de ilusión óptica. Un holograma. Claro. ¡Qué sencillo es! ¡Cómo no se me había ocurrido antes! Ahora me explico por qué Vaughn apenas me ha dejado salir de la casa sola.

Durante el resto del día intento maquinar un plan para salir e inspeccionar el holograma de los árboles, pero todas las ideas que se me ocurren me llevan de nuevo a Gabriel. Si encuentro el modo de escapar, no puedo dejarle aquí. Le dije que no me iría sin él, pero sé que la idea de escapar no le gusta para nada. Si se ha metido en problemas por mi culpa, ¿renunciará a la idea de escapar conmigo?

Necesito saber que se encuentra bien. No puedo pensar en irme sin saber al menos esto.

Me traen la cena, pero no como nada. Me siento ante la mesa de la biblioteca dándole vueltas con la mano en el bolsillo al June Bean una y otra vez. Jenna intenta distraerme contándome hechos interesantes que ha leído en los libros de la biblioteca, y sé que lo hace por mí, normalmente prefiere leer novelas románticas, pero no logro prestarle atención. Me convence para que pruebe la crema de chocolate casera, pero no me sabe a nada.

Por la noche no consigo dormir. Deirdre me prepara un baño caliente con jaboncitos de manzanilla que dejan en el agua una capa verde de espuma. Tienen efectos relajantes y desprenden un aroma delicioso, pero no logro relajarme. Deirdre me hace mientras tanto una trenza y me dice que ha mandado pedir unas telas de Los Ángeles para hacerme unas preciosas faldas de volantes para el verano. Pero la idea de que el próximo verano seguiré estando aquí para ponérmelas sólo me hace sentir peor. Y cuanto menos receptiva estoy a sus esfuerzos para animarme, más desesperada suena su voz. No entiende la causa de mi desdicha. Yo. La mimada esposa del Patrón de voz suave que me entregará el mundo en una cuerda. Deirdre es mi eterna pequeña optimista, siempre me está preguntando si estoy bien o si necesito algo, e intenta alegrarme el día. Pero ahora se me ocurre que nunca habla de ella misma.

—Me dijiste que tu padre era pintor. ¿Qué pintaba? —pregunto mientras echa más jaboncitos y agua caliente a la bañera.

Con la mano apoyada en el grifo, guarda silencio unos instantes.

—Sobre todo retratos —responde con una sonrisa triste y nostálgica.

—¿Le echas de menos?

Me doy cuenta de que este tema le resulta doloroso, pero hace gala de una fortaleza y serenidad que me recuerdan las de Rose, y sé que no perderá el control ni se echará a llorar.

—Cada día —afirma uniendo las manos en un gesto que es una mezcla entre dar una palmada y rezar—. Pero ahora vivo en esta casa, puedo hacer lo que me gusta y soy muy afortunada.

—Si pudieras escaparte, ¿adónde irías?

—¿Escaparme? —repite. Busca algo en el armario del baño, entre los frascos de aceites aromáticos—. ¿Por qué iba a escaparme?

—No es más que una pregunta, Deirdre. Si pudieras viajar a cualquier lugar del mundo, ¿adónde te gustaría ir?

Se ríe un poco, echando unas gotitas de aceite de vainilla en el agua. Las relucientes pompas de jabón estallan.

—¡Pero si yo soy feliz aquí! —me asegura—. Bueno, había una pintura de mi padre, era de una playa con estrellas de mar en la arena. Nunca he sostenido en la mano una estrella de mar de verdad. Me habría gustado ir a esa playa o a una parecida —confiesa absorta en el recuerdo, contemplando los azulejos del baño con la mirada perdida—. ¿Cómo está el agua? ¿Estás lista para salir de la bañera? —dice volviendo a la realidad.

—Sí —respondo. Me pongo el camisón y Deirdre me frota los pies y las pantorrillas con una loción, y hay que reconocer que su masaje me relaja un poco. Enciende varias velas diciéndome que su aroma me ayudará a dormir. Huelen a lavanda y a madera de sándalo y mientras me voy durmiendo me transportan a una playa cálida y soleada y a un lienzo recién pintado.

A la mañana siguiente me despierto antes del amanecer. He soñado que Gabriel me dejaba en la habitación la bandeja del desayuno con un atlas. No ha sido un sueño horrible, como una pesadilla, pero la soledad que siento al despertar es apabullante.

Me aventuro a salir al pasillo, tenuamente iluminado. Las barritas de incienso han dejado de arder y huelo un distante aroma a quemado. Sé que Jenna y Cecilia están durmiendo a esta hora, sobre todo Cecilia, que en su tercer trimestre duerme hasta el mediodía la mayoría de mañanas. Pero estoy segura de que una de las dos me dejará meterme en su cama. Quizá sea mejor que dormir sola.

Cuando llamo a la puerta de Jenna, oigo unas ligeras risitas en alguna parte de la habitación. Y el frufrú de las sábanas.

—¿Quién es? —dice ella.

—Soy yo.

Otras risitas.

—Entra —responde.

Abro la puerta, el dormitorio está cálidamente iluminado por la luz de las velas. Jenna, sentada en la cama, se pasa los dedos a modo de peine por su alborotado pelo y Linden se está atando el cordón de los pantalones del pijama. Me fijo en su pálido torso desnudo y sus mejillas coloradas. Se pone la parte de arriba del pijama apresuradamente, y cuando se levanta y se dirige a la puerta, aún la lleva desabrochada.

—Buenos días, cariño —dice sin apenas mirarme a los ojos.

No hay nada malo en ello. Es perfectamente normal. Jenna es su mujer. Él es nuestro marido. Yo tendría que estar acostumbrada a la idea. Era inevitable que un día acabara entreviendo lo que pasaba detrás de esas puertas. Pero no puedo evitar sonrojarme dolida y veo que Linden también se siente incómodo por la situación.

—Buenos… —respondo sorprendida.

—Es muy temprano, deberías volver a la cama

258

—dice plantándome un breve beso en los labios y saliendo apresuradamente al pasillo.

Cuando vuelvo a fijarme en Jenna, está caminando por la habitación, apagando las velas. El cuerpo le brilla con una capa de sudor. Su pelo echado atrás está húmedo. Se ha abrochado el camisón con los botones desparejos. Nunca la había visto así, tan salvaje y bella. Linden debe de ser el único que la ve con este aspecto. Ahuyento de mi mente la oleada de celos que siento, es absurda. No tengo ninguna razón para estar celosa. Jenna me está haciendo un gran favor al acostarse con Linden, porque así me libro de él.

—Estas velas huelen horrible, ¿no te parece? —me pregunta—. Huelen como el interior de un bolso de piel. El Patrón Linden cree que ayudan a crear ambiente.

—¿Cuánto tiempo estuvo contigo? —le pregunto en un tono comedido.

—¡Uf, toda la noche! —exclama desplomándose en la cama—. Creí que no iba a irse nunca. Piensa que si lo hacemos en un montón de posturas distintas me quedaré embarazada.

Hago todo lo posible por no sonrojarme. El libro del *Kama sutra*, uno de los preferidos de Cecilia, está abierto en el suelo con las páginas hacia abajo.

—¿Es eso lo que tú quieres?

Ella da un resoplido.

—¿Hincharme como un pez globo como Cecilia? No creo. Pero ¿qué iba a hacer yo? Y de todos modos no sé por qué no puede hacerme un hijo. Supongo que tengo suerte —añade dando unas palmaditas en el colchón invitándome a sentarme a su lado—. ¿Qué me cuentas?

Sin la luz de las velas la habitación está mucho más oscura. Apenas puedo ver sus facciones. Hace unos momentos había venido a su habitación con la intención de dormir, pero ahora me parece imposible.

—Estoy preocupada por Gabriel —le confieso sentándome en el borde de la cama, en el mismo lugar donde Linden estaba atándose los pantalones del pijama hace unos momentos, y de algún modo se me hace extraño meterme ahora en esta cama.

Jenna se sienta y me rodea con el brazo.

—Gabriel estará bien —me promete.

Clavo deprimida los ojos en mi regazo.

—¡Levántate, sé lo que necesitas! —exclama Jenna tirando de mí para que me levante y la acompañe.

A los pocos minutos estamos acurrucadas bajo una manta en el sofá de la sala de estar, compartiendo una tarrina grande de helado de vainilla que ha pedido en la cocina y mirando la reposición del culebrón de ayer que emiten al amanecer. Además de las novelas románticas, es otro de sus inconfesables placeres. Los actores son todos ellos adolescentes maquillados para parecer mucho más mayores. Jenna me cuenta que cambian constantemente de actores, porque hace más de una década que emiten el culebrón y los del principio a estas alturas ya se han muerto. Los únicos que no son nuevos son los de las primeras generaciones. Y mientras me explica, bañadas ambas por la luz del televisor, quién está en coma y quién sin saberlo se ha casado con el mellizo malvado, empiezo a relajarme un poco.

—¡Qué ruidosas sois! —nos suelta Cecilia desde la puerta, frotándose los ojos. Su estómago parece un globo a punto de estallar. No se ha preocupado de abrocharse los últimos botones del camisón y la piel de alrededor del ombligo está tan tirante que le brilla—. ¿Qué hacéis levantadas ya a estas horas de la madrugada?

—Estamos viendo *El mundo enloquecido* —dice Jenna haciéndole un hueco en el sofá. Cecilia se sienta entre nosotras y coge la cuchara que he clavado en la montaña de helado—. Matt, ese chico de ahí, se rompió el brazo aposta porque está enamorado de la enfermera. Pero ella está a punto de decirle que la radiografía que le han sacado revela que tiene un tumor.

—¿Qué es un tumor? —pregunta Cecilia lamiendo la cuchara y hundiéndola en la tarrina para zamparse otra cucharada.

—Es lo que antes producía cáncer. Este culebrón está ambientado en el siglo veinte.

—¿Van a practicar el sexo en la mesa de operaciones? —pregunta Cecilia incrédula.

—¡Qué asco! —opino.

—Pues a mí me parece romántico —afirma Jenna encantada.

—Es peligroso. Hay una bandeja llena de agujas, justo ahí —señala Cecilia haciendo aspavientos con la cuchara.

—Acaban de decirle que se va a morir —apunta Jenna—. ¿Acaso hay un momento mejor para hacer el amor con la persona que amas?

La pareja de la tele lo hace en la mesa de operaciones. Censuran la imagen de sus cuerpos tapándola estratégicamente con varios objetos y tomando primeros planos de los rostros de los actores, pero de todos modos miro para otro lado. Hundo la cuchara en el helado y espero a que la música romántica cese.

—¡Eres una puritana! —me espeta Cecilia al ver que no estoy mirando la escena.

—No lo soy.

—Aún no lo has hecho con Linden. ¿A qué estás esperando? ¿A cumplir vuestras bodas de oro? —insiste ella. Es la única que cree que Vaughn descubrirá el milagroso antídoto y que llegaremos a viejas.

—Lo que hago en mi dormitorio no es asunto tuyo, Cecilia —le suelto.

—¡No es más que sexo! No hay para tanto. Linden y yo lo hacemos prácticamente una vez al día. A veces dos —dice.

—No es verdad —tercia Jenna—. Linden piensa que puedes perder al bebé incluso si te mira de manera rara.

Cecilia se irrita.

—Pues lo haremos en cuanto termine este estúpido embarazo. Y si creéis que yo soy la que le va a dar todos los hijos, estáis muy equivocadas —añade agitando la cuchara entre Jenna y yo—. Una de vosotras es la siguiente. No tienes excusa, Jenna. Ya me he dado cuenta de lo a menudo que las dos cerráis la puerta de vuestra habitación.

Cecilia tal vez no sea la más observadora de nosotras, pero siempre sabe lo que ocurre en nuestros dormitorios, o en mi caso, lo que no ocurre.

Jenna, inquieta, se mete una cucharada de helado en la boca.

—Lo hemos intentado. Pero no me he quedado embarazada —admite.

—Pues inténtalo con más ganas —le espeta Cecilia.

—Déjalo correr, ¿vale?

Siguen peleándose, pero yo prefiero mirar la tele. Al menos ahora no sale una tórrida escena, sino dos personas hablando en un jardín. No quiero participar en esta conversación. Me siento más como la hermana esposa de Cecilia y Jenna que como la mujer de Linden. Yo, a diferencia de ellas, no puedo ni pensar en hacerlo con él. A decir verdad, no puedo pensar en hacerlo con nadie.

Vuelvo a pensar en Gabriel. El beso que nos dimos después del huracán, la excitante oleada de calor que sentí en mi cuerpo, disipando mi dolor. Si logramos algún día escapar de esta mansión, ¿se transformará nuestra relación en algo más? No lo sé, pero escaparme con Gabriel será algo tan maravilloso que tendré la libertad de decidirlo por mí misma.

Siento una cálida oleada subiéndome entre los muslos. El helado me sabe el doble de dulce. Suspiro sin motivo alguno.

18

—Jenna y tú os lleváis muy bien, ¿no? —comenta Linden.

Caminamos cogidos de la mano por el aletargado paraíso invernal en que el naranjal se ha convertido. Todo a nuestro alrededor es blanco y níveo y las paredes del camino que han abierto para nosotros en la nieve acumulada durante la ventisca son tan altas que me llegan a la cabeza. No sabía que el invierno pudiera ser tan crudo en este lejano sur.

—Jenna es mi hermana —digo asintiendo con la cabeza, exhalando una nube blanca al hablar. Linden mira nuestras manos unidas, las mías cubiertas con los guantes trenzados que me ha tejido Deirdre. Se lleva mi mano a los labios y la besa—. Jenna no habla demasiado, ¿verdad? —añado mientras seguimos andando.

Durante los diez meses que llevamos aquí, Jenna ha seguido guardándole rencor por su cautiverio y por el asesinato de sus hermanas. Y yo no la culpo. Y si Cecilia ha advertido la tensión que flota entre Jenna y nuestro marido, seguramente se alegra de ello, porque así no tiene que competir con ella. Si Jenna quisiera, podría ser fácilmente mi rival en cuanto a convertirse en la primera esposa. Es guapa, elegante y muy compasiva y leal si no has tenido nada que ver con el asesinato de su familia.

—En circunstancias normales, no —afirma él—. Ayer por la noche me pidió que fuera a su habitación y pasamos un rato juntos, como ya sabes —añade sonrojándose un poco—. Y hablamos.

—¿Hablasteis? ¿De qué? —pregunto frunciendo el ceño.

—De ti. Está preocupada por ti. Por el estrés del bebé que está a punto de venir al mundo y todo lo demás.

—Linden, ni siquiera es mi bebé —digo.

—No, pero Jenna afirma que mi padre os tiene a las tres encerradas en casa y que, como tú no puedes estar nunca a solas, te está costando mucho intentar congeniar con Cecilia, dado su carácter —me cuenta él.

—Reconozco que al vivir las tres en la misma planta, apenas tengo privacidad —admito, pero estoy confundida. ¿Qué es lo que Jenna está intentando hacer?

Linden me sonríe. Parece un niño pequeño, con la nariz y las mejillas coloradas y los rizos negros saliéndole en marañas del gorro de lana. Es el niño que sale en la fotografía de Rose.

—En este caso habrá que cambiar las normas —señala—. He hablado con mi padre y... bueno, aquí tienes.

Nos detenemos, se mete la mano en el bolsillo del abrigo de lana y saca una cajita envuelta en un vistoso papel de colores.

—Aún falta una semana para el solsticio de invierno, pero creo que te mereces que te la dé ahora.

Me quito los guantes para deshacer el bonito lazo de la cajita y me apresuro a abrirla, porque se me empiezan a aterir los dedos. Abro la cajita, esperando encontrarme con algo poco práctico como una joya de diamantes o de oro, pero contiene otra cosa. Un collar de plata del que cuelga una tarjeta de plástico. Las he visto en el cuello de todos los sirvientes.

Es la tarjeta electrónica para los ascensores.

Está ocurriendo. ¡Me estoy convirtiendo en la primera esposa! Y acabo de recibir el voto de confianza que conlleva. Pego un chillido sin querer. Me cubro la boca, con los ojos llenos de excitación. La libertad. Acaba de ofrecérmela en una cajita.

—¡Linden!

—Ten en cuenta que no te llevará a *todas* las plantas, sólo a la planta baja para salir al exterior y...

Me arrojo en sus brazos. Linden deja de hablar y respira hondo junto a mi pelo.

—Gracias —digo a pesar de que él no tenga ni idea de lo que esto significa para mí, ni nunca pueda tenerla.

—¿Te gusta? —susurra un poco asombrado.

—¡Claro! —exclamo apartándome un poco de él. Me sonríe con ese aire aniñado suyo que hace que sea tan distinto de su padre. Sus labios están más rojos por el frío y se me ocurre que tiene un rostro como los que el padre de Deirdre habría pintado. Suave, encantador y tierno. Me toma la cara entre sus manos y por segunda vez en nuestros diez meses de matrimonio nos besamos. Y por primera vez no lo rechazo.

En cuanto vuelvo a la planta de las esposas, cruzo corriendo el pasillo llamando a gritos a Jenna, con la tarjeta electrónica colgando en mi cuello. El aroma a incienso que flota en el pasillo desentona con el sabor del beso de Linden que aún perdura en la punta de mi lengua, como si volviera a casa después de haber estado en el espacio sideral.

No encuentro a Jenna por ninguna parte y Cecilia está durmiendo. La oigo roncar al otro lado de la puerta cerrada de su habitación. Llamo a Deirdre con el botón y me dice que Adair tampoco sabe nada de Jenna, pero que no me preocupe porque debe de andar cerca. Y es verdad, no ha podido ir demasiado lejos. Decido esperarla en la biblioteca, buscando más información sobre el río Rin o las bayas rojas del serbal llamadas «rowan», pero no encuentro nada sobre estos temas y me dedico a leer sobre el ciclo vital de los colibríes hasta que Linden me llama para cenar.

Cecilia, hinchada y agobiada en su octavo mes de embarazo, se apoya pesadamente en mí en el ascensor, quejándose del dolor de espalda. El sirviente le ofrece llevarle la cena a la cama.

—¡No digas sandeces! Pienso comer con mi marido, como todo el mundo —le espeta ella.

Cuando entramos en el comedor, veo a Jenna sentada a la mesa con Vaughn. Está pálida y apenas alza la vista cuando Cecilia y yo ocupamos nuestros respectivos lugares a su lado, por orden de edades. Jenna cumplió silenciosamente los diecinueve el mes pasado. Fue ella quien me lo dijo. Le queda aún un año de vida. Le pedí que se escapara conmigo cuando se me ocurriera un plan, pero declinó mi ofrecimiento. Me dijo que, aunque Vaughn experimente con su cuerpo, le da lo mismo. A esas alturas ya se encontrará lejos, muy lejos de aquí. Se habrá reunido con su familia.

Me siento a su lado, preguntándome de quién serán las cenizas que le darán a Linden cuando Jenna se haya ido. Me he prometido que no estaré aquí para su funeral.

Linden se une a nosotras y la cena transcurre en un ambiente apagado. Cecilia no se encuentra bien, y debe de estar muy pachucha, porque ni siquiera se ha quejado por la tarjeta electrónica que me cuelga del cuello. Se retuerce incómoda en la silla hasta que le pide a un sirviente un cojín para la espalda y ni siquiera le grita cuando él se lo pone detrás.

Sigo esperando ver a Gabriel, pero no se encuentra entre los sirvientes que nos traen la cena. Todavía llevo el June Bean en el bolsillo y conservo su pañuelo en la funda de la almohada, esperando que esté bien, esperando tener noticias suyas pronto. Mi preocupación debe de ser evidente, porque Vaughn me pregunta: «¿Va todo bien, querida?», y yo le respondo que simplemente estoy un poco cansada, y Cecilia tercia que apuesta lo que sea a que ella lo está más, pero Jenna guarda silencio, lo cual me inquieta incluso más aún.

Intento mantener una conversación agradable con Linden, es lo mínimo que puedo hacer. Cecilia mete cuchara de vez en cuando y Jenna le da con el tenedor golpecitos a las zanahorias hervidas del plato. Vaughn le dice que coma algo y su voz es tan espeluznante, pese a su sonrisa, que ella le hace caso.

Después de los postres nos acompañan de vuelta a nuestra planta. Cecilia se va a la cama y Jenna y yo, sin mediar palabra, nos retiramos a un apartado pasillo de la biblioteca.

—Tienes una tarjeta electrónica —exclama ella.

—Gracias a ti —contesto pensando en la madrugada, cuando me encontré a Linden en su habitación—. ¿Cómo le has convencido?

—No lo he hecho —afirma resiguiendo ociosamente con el dedo el lomo de algunos libros—. Por lo visto ya quería dártela, sólo necesitaba un empujoncito. Es evidente que yo no quiero ser la primera esposa y de todos modos voy a morir dentro de un año —añade de un modo que me rompe el corazón—, y Cecilia, aunque sea a la que más años le quedan, no podría nunca asumir esta responsabilidad. Tú eres la única que queda, por eso le dije, Rhine, que debías ser tú. Le has convencido de que le adoras. Lo estás haciendo tan bien que casi me convences a mí.

—Gracias —respondo simplemente.

Mi cariño por Linden no es totalmente fingido, pero no sé cómo explicarle lo que siento por él cuando no lo sé ni yo.

—Pero escucha, ten cuidado —me advierte inclinándose hacia mí con la resolución que la caracteriza—. Esta tarde, mientras estabas en el jardín, convencí a un sirviente para que me dijera dónde está Gabriel.

—¿Qué? ¿Dónde está? ¿Se encuentra bien? ¿Has hablado con él? —exclamo.

—Lo intenté. Cuando el sirviente me trajo el almuerzo, volví a quejarme por la comida, y mientras estábamos en el ascensor, pulsé el botón de alarma, el que lleva al sótano.

—¿Al sótano? —exclamo tragando saliva—. ¿Por qué fuiste allí?

—Porque es donde han enviado a Gabriel indefinidamente. Lo siento, intenté dar con él —me asegura con una expresión de pena—. Pero en cuanto llegué al pasillo, me topé con el Amo Vaughn.

Me siento como si me hubieran dado una patada en el pecho. Doblo el cuerpo para recuperar la respiración y caigo sentada al suelo.

—Está encerrado allí por mi culpa.

—No es cierto —dice Jenna arrodillándose junto a mí—. Y además ahí abajo hay también un montón de habitaciones. El refugio para las tormentas, la enfermería de urgencias y los armarios llenos de trajes de protección contra agentes biológicos peligrosos, medicamentos y telas para los sirvientes. Quizá no signifique nada malo. Vaughn siempre está reorganizando las tareas del personal.

—No. Sé que es por mi culpa —le aseguro.

Fui demasiado imprudente. Me besó estando la puerta abierta de par en par. *¡De par en par!* ¡Cómo he podido ser tan estúpida! El ruido que oímos provenía seguramente de Vaughn y luego se escabulló como la serpiente que es antes de que le descubriésemos.

—Escucha —dice Jenna cogiéndome el puño después de golpear yo el suelo—, le dije a Vaughn que me había perdido, pero no creo que se lo tragara. Seguramente no me dejará salir nunca más.

—Lo siento, Jenna…

—Pero intentaré distraerlo por ti. Haré… no sé. Fingiré que me da un ataque, o lo hará Cecilia, montaremos una escena. Será tu oportunidad para bajar al sótano y encontrar a Gabriel. ¿De acuerdo? —dice apartándome el pelo de la frente—. Darás con él y verás que está bien.

—¿Harás esto por mí? —pregunto asombrada.

Sonríe y por primera vez pone la misma cara que Rose sonriendo en su lecho de muerte.

—Claro, ¿tengo algo que perder?

Nos quedamos sentadas la una al lado de la otra en silencio durante un rato y mientras tanto su pregunta me da vueltas en la cabeza. *¿Tiene algo que perder?* ¿Y dónde estuvo metida toda la tarde después de toparse con Vaughn en el pasillo? Aquel día en la cama elástica, me insinuó tener miedo, pero no fui lo bastante valiente como para preguntarle a qué se refería.

—Jenna, ¿qué te hizo? —le pregunto.

—¿Quién?

—Ya sabes a quién me refiero. Al Amo Vaughn.

—Nada —responde con excesiva rapidez—. No pasó más que lo que te he contado. Me pilló en el sótano y me mandó arriba.

—Estuviste fuera toda la tarde.

Tiene la vista clavada en el suelo y yo le levanto la barbilla con el dedo para verle los ojos.

—Jenna —insisto.

Ella me sostiene la mirada un segundo. Un horrible segundo en el que veo el dolor en sus ojos. Veo que algo en su interior se ha roto. Y luego me rehúye y se pone en pie.

—¿Y cómo sabes lo que hay en el sótano? —pregunto siguiéndola hasta la puerta—. Sólo has estado en el refugio para tormentas. ¿Cómo sabes lo de los trajes de protección y lo de la enfermería de urgencias?

Jenna y yo tenemos el tácito acuerdo de no decírselo todo a Cecilia. Vigilamos que no le pase nada, pero como está tan unida con Linden y Vaughn, no se lo decimos todo. Nunca se me ocurrió que Jenna también pudiera tener algún secreto que no compartiera conmigo. Pero ahora creo que los ha estado manteniendo durante un tiempo. Se detiene antes de llegar a la puerta, clava los ojos en el suelo y se mordisquea el labio inferior. Oigo la voz de mi hermano en mi cabeza. *Tu problema es que eres demasiado emotiva.*

Pero ¿cómo no voy a ser emotiva, Rowan? ¿Cómo no me va a importar?

—Por favor —digo.

—No importa —me contesta en voz baja.

—Dime lo que te hizo —grito olvidándome de haber estado hablando en voz baja—. ¿Qué te hizo?

—¡Nada! Lo que me preocupa es lo que te va a hacer a *ti* —grita—. Sabe que intentaste escapar y espera que yo te convenza para que te quedes, pero estoy intentando ayudarte, ¡así que cierra el pico y deja que lo haga!

Me he quedado tan pasmada que no la sigo cuando sale furiosa de la biblioteca cerrando de un portazo la puerta tras ella.

El holograma de la chimenea se estremece.

19

Durante el resto de la noche estoy preocupada. Deirdre intenta darme un masaje en los hombros para animarme un poco, pero se queda desolada al ver que sus esfuerzos son en vano.

—¿Hay algo que pueda hacer por ti? —pregunta.

Lo pienso unos instantes.

—¿Puedes mandarme a alguien para que me pinte las uñas? ¿Y me depile también las cejas? A lo mejor me sentiré mejor si cambio un poco de aspecto.

Deirdre me asegura que estoy guapísima, pero hace lo que le pido encantada, y a los pocos minutos estoy tomando un baño caliente mientras las mujeres de la primera generación, charlando por los codos, me aplican acondicionador en el pelo, me depilan las cejas y me exfolian la piel. Son las mismas mujeres que me prepararon el día de mi boda y es un alivio que estén tan enfrascadas en sus cotilleos que no adviertan mi desazón. Me permite llevar a cabo más fácilmente lo que estoy a punto de hacer.

—El día que nos conocimos me preguntasteis si mis ojos eran naturales. ¿Sabéis si puedo teñirme el iris?

—pregunto. Suena doloroso y absurdo, pero en el tiempo que llevo aquí he visto cosas más raras.

Se echan a reír.

—¡Claro que no! —dice una—. Sólo se puede teñir el pelo. Si quieres cambiarte el color de los ojos, ponte lentes de contacto.

—Son unas piezas pequeñas de plástico que se ponen directamente sobre los ojos —señala otra.

—¿Duelen al ponértelas? —pregunto, aunque sepa que la pregunta es tan absurda como la de teñirte el iris.

—¡Oh, no!

—¡Para nada!

—¿Hay en esta casa lentillas? Me encantaría comprobar si los ojos verdes me favorecen. O quizá los de un bonito color castaño oscuro —les sugiero.

Las sirvientas están más que encantadas de concederme este deseo. Una desaparece y vuelve con varias cajitas redondas que contienen lentillas. Al mirarlas descubro que tienen un aspecto horrible, son como iris arrancados de los globos oculares, y me entran ganas de vomitar la cena. Pero consigo serenarme, porque si fui capaz de sobrevivir a aquella furgoneta llena de chicas, también puedo con esto.

Tras varios intentos fallidos, consigo aplicarme las lentillas. Pero como no puedo evitar que los ojos me parpadeen o me lloren, las lentillas se me salen. Una de las sirvientas incluso se da por vencida.

—Tienes unos ojos preciosos, cariño, estoy segura de que tu marido no querrá que te los cambies de color —me sugiere.

Pero otra no se amilana y gracias a su ayuda consigo

al fin ponérmelas sin que se me salgan. Me miro en el espejo para ver mis nuevos ojos verdes.

Es impresionante, tengo que decir.

Las sirvientas dan gritos de alegría por su éxito. Antes de irse, me dejan un frasquito con una solución para lentillas y varias lentes de contacto azules y marrones con las que practicar. Me advierten que no me duerma con las lentillas puestas, porque se me pegarían al iris y luego me costaría mucho quitármelas.

En cuanto se han ido, me pongo y me quito varias veces las lentes de contacto para acostumbrarme. Pienso en lo que Rose me dijo la tarde en que me pilló junto al ascensor intentando escapar. Me dijo que Vaughn seguramente había pagado un dinero extra por mis ojos. Y esta tarde Jenna me ha confesado que estaba preocupada por lo que mi suegro pudiera hacerme. No lo estaba por ella, ni por Cecilia. Lo estaba por mí. ¿Están las dos cosas relacionadas? Y si es así, ¿qué significa? ¿Que me sacará los ojos para hacer algún experimento sobre la heterocromía? ¿Que usará la heterocromía para descubrir el antídoto? Puedo imaginarme la fiesta que daría si lo consiguiera. Linden podría organizarla.

Dejo las lentillas en remojo en la solución y duermo profundamente sin sueños.

Por la mañana Jenna y yo conspiramos durante el desayuno. Sentadas en mi cama, hablamos en voz baja, y cuando creemos tener un plan para distraer a Vaughn para que yo pueda bajar al sótano, oímos chillar a Cecilia. Vamos a toda prisa a su habitación y la encontramos arrodillada en el suelo, sobre un charco de sangre

275

acuosa, con la cara apoyada contra el colchón. Su espalda se convulsiona en jadeos y sollozos.

El corazón me retumba en los oídos y Jenna y yo intentamos ayudarla a levantarse. Nos cuesta meterla en la cama, tiene el cuerpo muy tenso y extrañamente pesado, y ella chilla histéricamente de dolor.

—Está pasando. Está pasando y es demasiado pronto. No pude evitarlo —grita.

Logramos tenderla en la cama. Cecilia respira entrecortadamente y está blanca como la cera. Las sábanas de entre sus piernas están manchadas de sangre de color rojo vivo.

—Voy a buscar al Patrón Linden —exclama Jenna, y cuando yo hago el ademán de seguirla, Cecilia me agarra del brazo con tanta fuerza que sus uñas se clavan en mi piel.

—¡Quédate! ¡No me dejes!

Su estado empeora por minutos. Le susurro cosas al oído intentando tranquilizarla, pero no me oye. Se le ponen los ojos en blanco agitándose descontroladamente y de su boca salen unos horribles gemidos.

—¡Cecilia! —grito zarandeándola por los hombros para hacerla volver en sí. No sé qué más hacer. Es ella la que se leyó todos esos libros sobre el parto. La experta. Y ahora yo soy la inútil. La inútil y además aterrorizada.

Tiene razón. Es demasiado pronto. Le faltaba aún un mes para dar a luz y no tendría que estar perdiendo tanta sangre. Cecilia sacude las piernas abrumada por el dolor y hay sangre por todas partes. En su camisón. En sus calcetines blancos de encaje.

—¡Cecilia! —grito cogiéndole la cara. Se me queda mirando fijamente con estupor. Sus pupilas están dilatadas y ausentes—. ¡Cecilia, no te vayas!

Me toca la mejilla con su fría y pequeña mano.

—No me dejes sola —exclama.

Hay algo extraño en su forma de decírmelo. En su delirio se trasluce un significado más profundo o algo más urgente. Y en sus ojos castaños hay un miedo que nunca había visto.

Vaughn llega corriendo a la habitación con un puñado de sirvientes y un Linden jadeante a la zaga, y se hacen cargo de la situación. Yo me aparto para que Linden pueda sentarse a su lado, como marido suyo que es, cogiéndole la mano. Los sirvientes han traído unos carritos con equipo médico y Vaughn la ayuda a sentarse.

—¡Muy bien, cariño! —susurra, y luego le inserta una aguja enorme en la columna. Sólo de verla me da vueltas la cabeza, pero por alguna razón cuando le inyecta el líquido, el rostro de Cecilia adquiere una extraña calma. Voy retrocediendo y retrocediendo de espaldas, hasta llegar a la puerta.

—Ahora es tu oportunidad —me susurra Jenna al oído. Tiene razón. En medio de este frenesí podría prenderle fuego a la casa sin que nadie me viera. Es el momento perfecto para ir al sótano y encontrar a Gabriel.

Pero Cecilia se ve muy pequeña en medio de un mar de tubos, aparatos y guantes blancos de goma ensangrentados. Está jadeando y gimiendo, y de pronto me aterra la idea de que se pueda morir.

—No puedo —exclamo en voz baja.

—Yo cuidaré de ella. Me aseguraré de que no le pasa nada —afirma Jenna.

Sé que lo hará. Confío en ella. Pero no conoce la historia del bebé de Rose, cómo dio a luz estando sola con Vaughn y la canallada que su suegro le hizo cuando ella estaba demasiado sedada como para impedírselo. Después del huracán a mí también me hizo algo parecido. Cuando las mujeres de Linden están indefensas es cuando se vuelve más peligroso. Y no me iré de esta habitación mientras sus manos enguantadas están levantándole el camisón a Cecilia.

Algo más hace que me quede paralizada. Cecilia se ha convertido en una hermana para mí y siento que tengo el deber de protegerla, igual como mi hermano y yo nos protegíamos el uno al otro.

La escena se me hace eterna. Cecilia chilla y sacude las piernas algunas veces, y otras entra y sale de un estado de sueño o mastica pedacitos de hielo que Elle le ofrece de un vaso de papel. Me pide que le cuente una historia sobre los mellizos. Pero como no quiero compartir las historias de mi vida en una habitación repleta de sirvientes en la que también están Linden y Vaughn, le cuento una de las historias de mi madre y la adorno inventándome detalles que ignoro. Le cuento que había un vecindario donde todos hacían volar cometas. También se lanzaban en ala delta, unas cometas gigantescas con las que la gente se deslizaba por el aire. Se colocaban en algún lugar elevado, como un puente o la punta de un edificio muy alto, y saltaban al vacío con el ala delta, dejándose arrastrar por el viento. Volando por el cielo.

—Parece mágico —exclama Cecilia tras suspirar en tono soñador.

—Lo era —afirmo.

Y encima ahora echo de menos a mi madre. Ella sabría qué hacer en este momento, porque había ayudado a muchas mujeres a dar a luz. Madres jóvenes y primerizas donaban sus bebés a los laboratorios de investigación a cambio de recibir cuidados prenatales para no pasar frío y evitar vivir en la calle varios meses. Y mi madre siempre era muy cuidadosa con los recién nacidos. Lo único que quería era encontrar un antídoto para que las generaciones futuras pudieran llevar una vida completa y normal. De pequeña yo creía que ella y mi padre lo conseguirían, pero cuando murieron en la explosión, Rowan dijo que sus investigaciones no servían para nada. Afirmaba que este miserable mundo no se podía salvar y yo le creí. Y ahora estoy a punto de presenciar con mis propios ojos el nacimiento del bebé de una nueva generación y no sé qué creer. Lo único que sé es que quiero seguir viviendo.

Cecilia tiene otra contracción y arquea la espalda en el colchón. Le sostengo una mano y Linden la otra, y durante un extraño momento siento casi como si fuera nuestra hija. Mientras le contaba la historia de la cometa he advertido que Linden me miraba agradeciéndomelo. Ahora Cecilia lanza un chillido y un gemido terribles. Los labios le tiemblan. Linden intenta tranquilizarla, pero ella sacude la cabeza rechazando sus besos, barboteando y gritando en respuesta a nuestros intentos por calmarla. Los ojos se me empañan al ver las lágrimas rodar por sus mejillas.

—¿No puedes hacer algo más para aliviarle el dolor? —le espeto a Vaughn como genio que es, experto en el cuerpo humano y aspirante a descubrir el antídoto que salvará al mundo.

Sus indiferentes ojos se encuentran con los míos.

—No es necesario.

Los sirvientes le levantan las piernas a Cecilia para colocárselas en dos extrañas plataformas que parecen pedales de bicicleta. Creo que los llaman estribos.

—Ya falta poco, querida. Lo estás haciendo muy bien —dice Vaughn inclinándose y dándole un beso en la frente cubierta de sudor. Cecilia sonríe totalmente agotada.

Jenna se sienta en el sofá del rincón, también está pálida. Hace un rato le recogió a Cecilia su sudado pelo en una trenza, pero desde entonces apenas ha hablado. Quiero ir a sentarme a su lado para consolarla y para que me consuele a mí, pero Cecilia se aferra con todas sus fuerzas a mi mano. Y pronto, demasiado pronto, Vaughn le dice que empuje.

Hay que decir a su favor que ha dejado de quejarse del dolor. Se incorpora y se apoya en la cabecera de la cama con determinación. Está lista. Tiene la situación bajo control.

Cuando empuja las venas del cuello se le hinchan. Tiene el rostro encendido. Aprieta los dientes y se aferra con todas sus fuerzas a la mano de Linden y a la mía. De la garganta le sale un gemido largo y crispado que se troca en un grito ahogado. Lo lanza una vez, y otra, y otra, con unos segundos de silencio entre medio para recobrar el aliento. Se siente frustrada y Vaughn le dice que la próxima vez ya será la última.

Y tiene razón. Cecilia empuja, y cuando el bebé sale, ella lanza un grito horrendo y desgarrador. Pero lo peor de todo es el silencio que le sigue.

20

Esperamos y esperamos. Cuando un sirviente sostiene en alto a este blanco bebé, ensangrentado e inmóvil, quiero mirar hacia otro lado y creo que Linden también, pero nos hemos quedado paralizados. Todos lo estamos. Jenna en el sofá. Cecilia aferrada a nuestras manos. Los sirvientes como ganado adormilado.

En cuanto se me ocurre que Vaughn podría dejar morir a este bebé como hizo con su última nieta, él lo coge en brazos y le introduce en la boca un cuentagotas como los de rociar los alimentos con su jugo, y al cabo de un segundo se escucha en la habitación un agudo chillido y el bebé agita sus miembros. Cecilia se relaja de golpe.

—¡Enhorabuena! —exclama Vaughn sosteniendo al bebé retorciéndose en sus manos enguantadas—. Tienes un hijo varón.

La habitación se llena de gritos de alegría y alivio. Se llevan al bebé, llorando aún, para limpiarlo y examinarlo. Linden sostiene el rostro de Cecilia junto al suyo y se hablan excitados, por lo bajito, besándose entre las palabras.

Me desplomo al lado de Jenna en el sofá, la rodeo con el brazo y ella hace lo mismo conmigo.

—Gracias a Dios que ya ha pasado todo —susurro.

—Quizá no —responde ella.

Observamos a los sirvientes ocupándose de Cecilia, que ha expulsado la placenta y aún está sangrando, demasiado pálida como para sentirse reconfortada. La colocan en una camilla y voy enseguida a su lado. Esta vez soy yo la que la agarro de la mano.

—Iré con ella —digo.

—¿Ir? —pregunta Vaughn riendo—. No, no va a ir a ninguna parte. Sólo la hemos sacado de la cama para limpiarla.

Los sirvientes ya están cambiando las sábanas ensangrentadas.

—No, no basta. También hay que cambiar el colchón, está todo manchado —ordena Vaughn.

—¿Dónde está mi hijo? —susurra Cecilia. Tiene una mirada vidriosa y distante. Por su cara se deslizan lágrimas y gotitas de sudor. Resuella al respirar.

—Te lo devolverán pronto, amor mío —dice Linden y luego la besa. Parece una niña. Si no conociera a ninguno de los dos, casi creería que son una madre y un padre normales en un hospital normal en circunstancias normales.

Pero ya no existe nada que sea normal. Hace mucho que cualquier oportunidad para algo normal se destruyó, como un laboratorio de investigación con mis padres dentro.

Cecilia se ve débil y exhausta, está blanca como la cera y empiezo a preocuparme por otras cosas. ¿Y si pierde demasiada sangre? ¿Y si coge una infección? ¿Y si el parto fue demasiado traumático para su pequeña constitución y hay alguna complicación? Ojalá Vaughn la llevara a un hospital de la ciudad, aunque fuera el suyo. A algún sitio bien iluminado, lleno de otros médicos.

No expreso ninguno de mis pensamientos en voz alta. Sé que sería inútil. Vaughn nunca nos deja salir de la propiedad y sugerirlo podría incluso asustar a Cecilia.

—¡Ahora deberías descansar, te lo has ganado! —le digo en su lugar apartándole el pelo de su sudorosa cara.

—Te lo has ganado, amor mío —repite Linden, y luego le besa la mano y se la lleva a su mejilla en un gesto de cariño. Cecilia casi esboza una sonrisa mientras se hunde en la inconsciencia.

Esa noche duerme profundamente y sin roncar. Pensando en mi encuentro con Vaughn después del huracán, cuando estaba demasiado débil para defenderme, voy a verla periódicamente para comprobar que todo va bien. Ella apenas se mueve y siento un gran alivio al ver que Linden no se separa de su lado.

Jenna se va a la cama incluso antes de que nos sirvan la cena. Pero Vaughn acude constantemente a nuestra planta con la excusa de asegurarse de que la madre de su nieto esté bien. Y es evidente que no podré bajar al sótano durante un tiempo. Es demasiado arriesgado y además Linden me acaba de dar la tarjeta electrónica. No quiero que me la confisquen. Intento consolarme pensando que Gabriel está bien. Después de todo, no olvido que fue capaz de darme aquel June Bean. A lo mejor Vaughn no nos vio besándonos. Tal vez lo ha enviado al sótano para limpiar simplemente el equipo médico o fregar los suelos. Pero, con todo, nada más pensar que está solo en ese sótano sin ventanas se me revuelve el estómago. Y encima no he visto al bebé desde que se lo llevaron con el carrito. Y cada vez que oigo la insípida voz de Vaughn desde mi dormitorio, creo que va a decir que no ha sobrevivido.

Gabriel, por favor, no dejes que le pase nada al bebé si lo ves ahí abajo, ¿vale?

Pasada la medianoche, mientras contemplo caer la nieve por la ventana con una taza de Earl Grey entre las manos, Linden viene a mi habitación con una gran sonrisa. Le centellean los ojos y tiene las mejillas encendidas.

—Acabo de ver a mi hijo. Es precioso. Está fuerte y sano.

—Me alegro mucho por ti, Linden —digo de corazón.

—¿Cómo te encuentras? —pregunta arrastrando la otomana cerca de donde estoy y sentándose en ella—. ¿Te han traído suficiente comida? ¿Necesitas algo, lo que sea?

Ahora está en las nubes y admito que me hace sentir un poco mejor. Como si todo fuera a ir bien.

Sonrío y sacudo la cabeza.

—Hay luna llena —observo mirando por la ventana.

—Debe de ser un signo de buena suerte —afirma tocando un bucle de mi pelo. Se sienta en el borde de la cama y yo me llevo las rodillas al pecho para hacerle un hueco. Me sonríe y siento que desea acariciarme.

Me baja dulcemente las piernas y mis pies tocan el suelo. Levantándome la barbilla, me besa.

Dejo que lo haga porque soy la primera esposa —la tarjeta electrónica al menos así lo proclama oficialmente—, y como le prometí mejorar como esposa, desconfiaría de mí si ahora lo rechazara. Y, además, besar a Linden Ashby no está tan mal después de todo.

Me besa durante unos instantes y luego siento sus dedos desabrochándome el camisón. Me aparto.

—¿Qué te pasa? —me pregunta con una voz tan confusa como su mirada.

—Linden —digo poniéndome como la grana y abrochándome el botón que ha logrado desabrochar. Como no se me ocurre ninguna buena explicación, contemplo la luna.

—¿Es porque la puerta está abierta? Si es por eso, la cerraré.

—No. No es por la puerta.

—Entonces, ¿qué te pasa? —pregunta levantándome de nuevo la barbilla, y yo le miro vacilante—. Te amo. Quiero tener un hijo contigo —añade.

—¿Ahora?

—Uno de estos días. Pronto. No nos queda demasiado tiempo para estar juntos —observa él.

Nos queda menos del que piensas, Linden.

—Hay muchas otras cosas que quiero hacer contigo —opto por decirle simplemente—. Quiero visitar lugares. Quiero ver tus casas haciéndose realidad. Quiero... quiero ir a una fiesta para celebrar el solsticio de invierno. Seguro que se celebrará alguna pronto.

La expresión romántica de Linden se esfuma de repente de su rostro, trocándose en otra de confusión o de decepción, no sabría decir cuál de las dos es exactamente.

—Bueno, seguramente habrá una pronto. El solsticio es dentro de una semana...

—¿Podemos ir? Deirdre ha encargado unas telas preciosas y apenas hay ocasiones para que me haga un nuevo vestido —exclamo.

—Si esto te hace feliz.

—Claro que sí —digo besándole—. Ya lo verás. Salir de esta casa nos sentará bien a los dos.

Como se queda desconsolado, me siento cerca de él y dejo que me rodee con el brazo. Dice que me ama, pero ¿cómo puede amarme si sabemos tan pocas cosas el uno del otro? Admito que es fácil sucumbir a la ilusión. Admito que estar sentada aquí ante una luna tan hermosa, con este cálido abrazo, parece amor. Un poco. Tal vez.

—Lo que pasa es que estás muy excitado —le aseguro—. Acabas de tener un hijo precioso y con él te bastará para ser feliz. Ya lo verás.

—Tal vez tengas razón —responde besándome en el pelo.

Pero aunque intente coincidir conmigo, sé que me equivoco. Sé que dentro de unos días no podré rechazar sus insistentes proposiciones sin que sospeche de mí. Tendré que adelantar mi plan de escapar.

El nervioso sirviente de la primera generación que ha reemplazado a Gabriel nos trae la comida. Jenna y yo comemos juntas en la biblioteca, pero ella es prácticamente invisible, si se tiene en cuenta la atención que yo recibo.

—Espero que te guste —dice el sirviente levantando la tapa de la bandeja—. Ensalada César con pollo a la parrilla. Si no te gusta, la jefa de cocina te preparará lo que le pidas.

—Tiene un aspecto delicioso. No soy una chica demasiado exigente —le aseguro.

—No he querido insinuar esto, Dama Rhine. En absoluto. ¡Que aproveche!

Jenna sonríe burlonamente frente al plato.

—¿Te has fijado? —le comento en cuanto el sirviente se ha ido—. Y no es más que una pequeña muestra. Esta mañana una sirvienta me ha preguntado si quería que me cepillara el pelo. Aquí está pasando algo raro.

—A mí me parece de lo más normal. Recuerda que ahora eres la primera esposa —observa Jenna comiéndose la lechuga que acaba de pinchar con el tenedor.

—¿Lo saben por la tarjeta electrónica?

—Por eso y por otras cosas. Enhorabuena, hermana esposa —exclama alzando el vaso y entrechocándolo con el mío.

—Gracias —respondo en un tono agridulce.

Mientras los sirvientes se dedican a atender todos mis deseos, me preocupa lo que la tarjeta electrónica significa. Al principio creí que me daría más libertad, pero ahora me pregunto si no es más que un plan diabólico maquinado por Vaughn, porque con toda esta atención extra que recibo, me cuesta más tener un minuto para mí. Ahora me dejan salir de la mansión cuando yo quiera, pero los sirvientes me interrumpen los paseos trayéndome una taza de chocolate o de té. Entran en mi habitación dos, tres, cuatro veces por la noche preguntándome si necesito otra almohada o si quiero que me cierren la ventana por las corrientes de aire.

No puedo evitar pensar que Vaughn me ha dado la tarjeta para que sus empleados me controlen con su amabilidad. Tal vez incluso escondió a Gabriel para burlarse de mí.

Y ninguno de los lugares a los que me permiten ir me conduce a Gabriel. Sé que debería haberle buscado en el sótano cuando todos estaban distraídos con el parto de Cecilia. Jenna me lo ha estado diciendo desde que ocurrió. Pero no fui capaz de dejarla en ese momento.

Todavía estoy preocupada por ella. Cecilia y su hijo sobrevivieron al parto, pero desde entonces ella está muy débil. Su habitación está a oscuras, con la calefacción encendida, para que descanse. Huele a medicamentos y un poco al sótano de Vaughn. En sueños, Cecilia murmura cosas sobre música, cometas y huracanes. Ha perdido demasiada sangre. Es el diagnóstico de Vaughn y yo pienso lo mismo, pero sigo preocupada cuando recibe una transfusión. Suelo echarme a su lado mientras se recupera en la cama y el color le vuelve a las mejillas. Me pregunto de quién es la sangre que corre ahora por sus venas. Quizá sea de Rose. O de algún sirviente poco dispuesto a ello. Me pregunto si Vaughn, a quien creo capaz de semejante perversidad y destrucción, utiliza realmente su capacidad sanadora. Pero conforme pasan los días, Cecilia mejora.

Cuando el bebé llora, Linden lo lleva a la cama de

Cecilia. Ella, medio dormida, se desabrocha los botones del camisón y sostiene a su hijito pegado a su seno. Desde el pasillo, veo por la puerta a Linden ayudando a Cecilia a permanecer despierta. Le habla en voz baja, apartándole la cabellera pelirroja de la cara y sus palabras hacen que ella sonría. Creo que son perfectos el uno para el otro, tan inocentes y protegidos, tan satisfechos con la pequeña vida que se han creado. Tal vez deba dejar de contarle a Cecilia mis historias de mellizos, quizás es mejor que los dos se olviden de que hay cosas mejores al otro lado de los muros de esta mansión. Cosas que no se desvanecen, cosas más tangibles que los tiburones y los delfines de la piscina, que las casas giratorias de la feria de arquitectura. Y es mejor que su hijo no sepa nunca que fuera hay un mundo, porque jamás podrá verlo.

Cecilia se gira y me ve plantada junto a la puerta. Me hace señas para que entre, pero yo desaparezco por el pasillo, fingiendo poder ser de utilidad en otra parte, no quiero inmiscuirme en su matrimonio. Compartir un marido con otras dos esposas no es complicado, porque estar casada con Linden significa algo distinto para cada una. Para Jenna, la mansión no es más que un lugar lujoso en el que morir. Para Cecilia, su matrimonio es una combinación de «te quieros» y de niños. Y para mí, es una mentira. Y mientras pueda seguir diferenciando los tres matrimonios y manteniendo mis planes, me resultará más fácil largarme de aquí. Decirme que estarán bien, aunque me haya ido.

Me alegro de que Cecilia ya pueda levantarse de la cama. La sigo a la sala de estar y la observo mientras inserta una tarjeta en el teclado y empieza a tocarlo.

Su música hace que el holograma cobre vida, como una pantalla de televisor flotante. Aparece una pradera salpicada de amapolas y un cielo azul grisáceo con nubes blancas deslizándose por él. Estoy segura de que es la reproducción de una pintura que he visto en un libro de la biblioteca. Un cuadro impresionista pintado por el artista cuando empezaba su lento descenso a la locura.

El bebé, tendido en el suelo boca arriba, mira asombrado las luces de las imágenes virtuales parpadeando sobre su rostro. El viento agita la hierba, las amapolas y las lejanas matas desperdigadas por la pradera, hasta que el paisaje se transforma en una amalgama de grises. En un delirio. En manchas de pintura fresca.

Cecilia está absorta en la música. Tiene los ojos cerrados. La música brota de sus dedos. Me concentro en su joven rostro, en su boquita ligeramente abierta, en sus finas pestañas. Los colores de la música que toca no llegan hasta el lugar donde está sentada, inclinada sobre el teclado, y no creo que las imágenes ilusorias le importen. Ella es lo más real que hay en la habitación.

Su hijo, desconcertado, se retuerce en el suelo sin saber qué hacer con todo ese esplendor. A medida que crezca verá muchas imágenes virtuales. Contemplará pinturas cobrando vida mientras su madre interpreta piezas musicales para él, verá las casas de su padre girando, y buceará en la piscina entre bancos de lebistes y grandes tiburones blancos. Pero no creo que pueda nunca sentir el mar lamiéndole los tobillos, lanzar el sedal de una caña de pescar o tener una casa propia.

La música cesa, el viento amaina, las imágenes virtuales vuelven a quedar almacenadas en el teclado y se desvanecen.

—¡Ojalá tuviera un piano de verdad! Incluso en aquel decrépito orfanato había uno —exclama Cecilia.

—«De verdad» es una expresión tabú en esta mansión —tercia Jenna de pie junto a la puerta, con la boca llena de un puñado de pistachos pelados.

21

Por la mañana, en el solsticio de invierno, Jenna se las ingenia para quitarle a un sirviente el mechero después de que él enciende las barritas de incienso del pasillo. Finge flirtear con él y, simulando que se le caen las ardientes novelas románticas al suelo, Jenna se lo quita cuando él se apresura a recogérselas. El sirviente, embelesado con su sonrisa, no advierte que el mechero se ha esfumado.

—Adiós, adiós —dice ella sonriendo, y al sirviente casi se le engancha la corbata en las puertas del ascensor. Pero en cuanto él se va, la seductora mirada de Jenna desaparece de sus bonitos ojos grises y vuelve a ser una chica de nuevo. Yo la aplaudo desde la puerta de mi habitación y ella me hace una reverencia agachándose y tirando de su falda.

Está sudando un poco, el esfuerzo la ha dejado agotada. Pero sostiene en alto el encendedor como un trofeo.

—¿Qué vas a hacer con él?

—Dame una de tus velas, voy a prenderle fuego a la casa —dice como si fuera lo más natural del mundo.

—¿Qué has dicho?

—Cuando el Patrón Linden, el Amo y los sirvientes oigan la alarma, vendrán corriendo para ver qué pasa. Y en medio de todo ese jaleo, podrás bajar al sótano —sugiere ella.

Al menos el plan no es tan descabellado, me recuerda Jenna, como el mío del campo de minigolf que casi me cuesta la vida. Pero le pido que no lo lleve a cabo hasta que me haya puesto las lentillas verdes.

—A lo mejor así no me reconocen —digo.

Incluso los sirvientes que no me conocen han oído hablar de mí. Rhine. La chica amable que no se queja, la de los ojos poco comunes.

A Jenna le encanta mi astuto plan.

—Ponte un traje protector para que nadie te reconozca. Deben de estar en uno de los laboratorios —me sugiere.

No le confieso que la idea de entrar en una de esas oscuras estancias me aterra. Asiento y le doy una vela de lavanda de las que se supone que me ayudan a dormir por la noche.

—Tú quédate aquí, y cuando la alarma suene, intenta que nadie te vea —dice ella sonriendo, y luego se aleja dando saltitos. Creo que deseaba desde hace mucho prenderle fuego a esta casa.

A los pocos segundos suena el estruendo de la alarma. Las luces del techo empiezan a parpadear. Al fondo del pasillo se oye al bebé llorando asustado y Cecilia sale corriendo a ver qué pasa cubriéndose los oídos. Las puertas del ascensor se abren y sale un grupo de sirvientes corriendo, pero Linden y Vaughn no aparecen hasta que las puertas del ascensor se abren por segunda vez. Y a estas alturas ya está saliendo una humareda de la sala de estar. No hay ninguna escalera que lleve a la planta de las esposas y siempre me he preguntado qué pasaría si hubiera un incendio. Pero conociendo a Vaughn, seguro que dejaría que muriésemos abrasadas y nos reemplazaría más tarde con otras chicas.

Me escabullo con facilidad sin que nadie me vea. Como la tarjeta electrónica no me sirve para bajar al sótano, tengo que pulsar el botón de alarma del ascensor. Pero en medio del estruendo de las alarmas, ni se oye. Las puertas se abren y salgo al sótano sin ventanas. El silencio que reina aquí abajo te pone los pelos de punta. No se oye ninguna alarma y las luces del techo parpadean perezosamente.

Con los ojos verdes y sin que nadie me conozca en este lugar, me topo con la pared mientras susurro el nombre de Gabriel y busco un traje de protección para pasar desapercibida. Descubro un armario con un montón de ellos y me pongo uno rápidamente sobre la ropa. El interior del traje huele a plástico y en él me siento como si me faltara el aire. Al respirar, el plástico de la cara se cubre de vaho. Es como una pesadilla. Como si me hubieran enterrado viva.

—¡Gabriel! —murmuro en un tono cada vez más desesperado. Estoy deseando toparme con él o que al girar una esquina me lo encuentre fregando el suelo u ordenando material. Y mientras pienso en que ojalá no tenga que abrir una puerta, oigo su voz. Al menos creo que es la suya. Con este traje apenas oigo otra cosa que no sea mi respiración retumbando en mis oídos.

Algo me toca el hombro, sobresaltándome.

—¿Rhine? —susurra alguien haciéndome dar media vuelta y ahí está. Es Gabriel. De una pieza. No me lo encuentro anestesiado en una mesa de operaciones. Ni magullado. Ni muerto. Muerto. La palabra me hace estremecer como las alarmas que se disparan cuando ocurre un incendio o un huracán, y me doy cuenta de que en el fondo era lo que más miedo me daba. Le abrazo con fuerza y con el casco interponiéndose entre los dos, me resulta raro, pero me da igual. Cuando siento que me rodea con sus fuertes brazos, todo lo demás ya no me importa.

Gabriel me quita el casco y por fin puedo oír el ruido del exterior y no sólo mi respiración. Suelta unas risitas. El casco cae al suelo. Me estrecha entre sus brazos.

—¿Qué haces aquí?

—Creí que habías muerto —exclamo aliviada pegando el rostro a su camisa.

Qué bien me siento después de decirlo. Después de haber soltado estas palabras. De saber que no son ciertas. Gabriel intuye el miedo que he pasado. Y sus manos se deslizan por mi espalda, por mi pelo, y se detienen en mi nuca. Me estrecha entre sus fuertes brazos. Nos abrazamos durante un rato.

Al separarnos, me aparta el pelo de los ojos y se me queda mirando.

—¿Qué te ha pasado? —me dice.

—Estoy bien.

—Me refiero a tus ojos.

—Son lentillas. No quería que me reconocieran, por si me topaba con alguien. ¿Y tú cómo estás? —pregunto recordando la situación—. Llevo muchos días sin verte.

Pega su dedo a mis labios para que guarde silencio y me lleva a una de las horrendas habitaciones a oscuras. A uno de los sitios que más miedo me dan. Pero Gabriel está conmigo y sé que con él estoy a salvo. No enciende la luz y huelo a metal frío, oigo el gotear del agua contra una superficie dura. En esta perfecta oscuridad le agarro de las manos e intento distinguir su perfil.

—Escucha —musita—. No puedes estar aquí. El Amo se entera de todo. Sabe lo del beso. Sabe que intentaste escapar. Si nos pilla juntos, me hará desaparecer del mapa.

—¿Te echará de esta casa?

—No lo sé. Pero me da la sensación de que saldré en una de esas bolsas para transportar cadáveres.

Claro. ¡Qué estúpida soy! Nadie se va de esta mansión con vida. Ni siquiera estoy segura de que alguien salga de ella después de morir. La mayoría de cuerpos se los queda Vaughn para diseccionarlos. ¿Es eso lo que Jenna intentaba decirme? Me imagino mis ojos flotando dentro de uno de los tarros del laboratorio de Vaughn y hago una mueca de horror. Se me revuelve el estómago sólo de pensarlo. Lo más probable es que entregarme la tarjeta electrónica, encerrar a Gabriel en el sótano sabiendo que yo iría a verle, no sean más que tretas. Vaughn podría estar acechándonos en un rincón para encerrarme en una de estas habitaciones. Siento mi corazón martilleándome las sienes sólo de pensarlo, pero la presencia de Gabriel me tranquiliza. Si no hubiera intentado encontrarle, yo nunca me lo habría perdonado.

—¿Cómo? ¿Cómo lo sabe? —exclamo perpleja.

—No lo sé, pero es mejor que no nos vea juntos, Rhine. Es peligroso.

—¡Escápate conmigo!

—Rhine, escúchame, no podemos…

—Encontraremos el modo —respondo cogiéndole la mano y llevándola a la tarjeta electrónica que pende de mi cuello—. Linden me ha dado permiso para usar el ascensor. Y he descubierto el camino que conduce a la entrada. Los árboles de la propiedad tienen truco, algunos no son reales. Son un holograma.

Se queda callado en medio de la oscuridad, como si se hubiera esfumado.

—¿Sigues ahí? —digo agarrándole de la camiseta.

—Sí —contesta. Vuelve a enmudecer y le oigo respirar. Oigo sus labios entreabriéndose y pronuncia la fracción de una sílaba. Y sé, porque es evidente, que rebatirá mi plan con un razonamiento lógico. Y como sé que, si quiero salir viva de este lugar, siguiendo por este camino no lo conseguiré nunca, le beso.

La puerta está cerrada y, aislados en la oscuridad, es casi como si no nos halláramos en el sótano. Estamos en medio de un mar infinito sin continentes a la vista ni nadie que pueda pillarnos. Somos libres. Su mano se desliza por mi pelo, por mi nuca. El traje de protección me cruje, registrando todos sus movimientos.

Gabriel intenta separar de vez en cuando sus labios de los míos exclamando «Pero…», «Escúchame…» o «Rhine…». Le hago callar cada vez y él lo acepta. Quiero que este momento dure para siempre. Sacarme la alianza. Que seamos libres.

Hasta que nos separamos y siento su frente pegándose a la mía.

—Rhine, es demasiado peligroso. El Amo hará todo lo posible por proteger a su hijo. Si te pilla intentando escapar, te asesinará y hará que parezca un accidente.

—Te estás pasando. No creo que ni siquiera él fuera capaz de algo semejante —admito.

—Yo no estaría tan seguro, su hijo es lo único que tiene —afirma Gabriel—. Os trajo a las tres a esta casa para que lo consolarais mientras Dama Rose se estaba muriendo. Te destruirá antes de dejar que le rompas el corazón, no lo dudes.

Si aprecias tu vida, no intentes escapar de nuevo. Es lo que Vaughn me dijo después de frustrar mi intento de escapar. Pero también me dijo que yo era más especial de lo que creía, que a Linden se le rompería el corazón si me perdía. Y pese a todas las cosas horribles que pienso de Vaughn, estoy segura de que quiere a su hijo con locura. Aunque pretendiera que he muerto accidentalmente, Linden nunca lo aceptaría. Si me llega a pasar algo estando bajo el cuidado de mi suegro, él no se le perdonaría nunca.

Siento una oleada de culpa y me esfuerzo en ahuyentarla. No pertenezco a Linden. No quiero hacerle daño, pero no me queda más remedio que hacérselo.

—Todo saldrá bien. No nos pillarán. Seguro.

Gabriel se echa a reír con incredulidad.

—Sí, seguro —repite.

—Dije que te llevaría conmigo a rastras, aunque patearas y chillaras, y eso es lo que haré —afirmo con energía—. ¿Es que no lo ves? Llevas encerrado en esta casa tanto tiempo que ni siquiera te das cuenta de que quieres ser libre. Y no estoy diciendo que aquí se esté tan mal. No me preguntes qué hay en el mundo de fuera que no pueda tener aquí, porque sólo puedo responderte mostrándotelo. Tienes que confiar en mí. Te lo ruego. Debes hacerlo.

Puedo oírle vacilando. Enrolla un bucle de mi pelo alrededor de su dedo.

—Creí que no volvería a verte nunca más —admite al cabo de un rato.

—Ahora tampoco puedes verme —le suelto, y los dos nos echamos a reír en voz baja.

—Estás loca —exclama.

—No eres el primero que me lo dice. ¿Significa eso que al menos intentarás seguir mi plan?

—¿Y si no funciona?

—Supongo que en ese caso moriremos los dos —admito hablando en serio.

Hay una larga pausa. Me toca las mejillas.

—De acuerdo —dice con voz serena y clara.

Planeamos los detalles en voz baja, pegados el uno al otro en medio de la oscuridad. El último viernes de cada mes, a eso de las diez de la noche, Gabriel saca los residuos biológicos por la puerta trasera para arrojarlos al camión que el Amo manda llamar. Esperará a que el camión se aleje y después seguirá el camino que cruza el holograma de los árboles y me esperará en la entrada. Creo que es un buen plan, pero Gabriel no cesa de preguntarme si conseguiremos llegar a la entrada y qué pasará si está vigilada por guardas de seguridad.

—Ya lo resolveremos cuando llegue el momento —contesto diciéndole adiós con la mano.

Esta noche Linden me llevará a una fiesta que dan en la ciudad para celebrar el solsticio de invierno.

—Mientras circulemos por la ciudad, iré tomando nota de las calles. Buscaré algún lugar al que podamos ir.

—Es la última semana de diciembre, supongo que te veré el año que viene —dice él mientras nos despedimos.

Nos besamos por última vez y luego las puertas del ascensor se cierran entre nosotros.

En la planta de las esposas ya han apagado el fuego, aunque ahora no quedan más que los restos chamuscados de las cortinas rosas más feas que he visto en toda mi vida. Entro en la sala de estar justo cuando Jenna le está contando al Amo Vaughn lo ocurrido.

—... y entonces vi las cortinas encendiéndose con la llama de la vela. Intenté apagar el fuego, pero se propagó muy deprisa, sin que pudiera evitarlo.

—Tú no tienes la culpa —afirma Linden dándole unas palmaditas en el hombro para consolarla.

—Pondremos otras nuevas, pero es mejor que no dejes velas encendidas por ahí —observa Vaughn. Por alguna razón me mira a mí al decirlo.

—¿Qué les ha pasado a tus ojos? —pregunta Cecilia sosteniendo a su asustado bebé contra el hombro.

—¿A mis ojos?

Jenna se señala el contorno del ojo y comprendo lo que intenta decirme. Aún llevo puestas las lentillas verdes.

—Mmm... quise probar algo distinto —afirmo—. Quería darle a Linden una sorpresa. Para la fiesta de esta noche. Mientras me las probaba sonó la alarma y me olvidé de ellas.

No sé si Vaughn se traga la historia, pero por suerte el bebé se pone a llorar y todo el mundo se centra en él. Cuando Cecilia no logra calmarlo, Vaughn se lo quita de los brazos.

—Vale, vale, Bowen, mi niño —dice tranquilizando a su nieto. Cecilia, de pie bajo la sombra de Vaughn, parece como si quisiera decir alguna cosa, tiene la mano extendida hacia su hijo, pero por alguna razón no se mueve.

—Creo que tiene hambre —observa él.

—Voy a darle de mamar —dice Cecilia.

—No te preocupes, cariño. La nodriza se encargará de ello —responde dándole unos golpecitos en la nariz con el dedo como si fuera una niña pequeña. Se va de la habitación llevándose a Bowen en brazos antes de que ella pueda decir nada. La camisa de Cecilia está manchada con la leche que rezuma de sus pequeños e hinchados pechos.

Las sirvientas tardan una hora en prepararme para la fiesta del solsticio. Me siento tan aliviada por haber encontrado a Gabriel y tan excitada por nuestro plan de escapar que no me importa que me tiren del pelo y me lo rocíen con tanta laca que casi me ahogo envuelta en una nube perfumada. Me aconsejan que me saque las lentillas, pero yo finjo que me gustan.

—Tus ojos causarán furor, créeme —dice una.

—Sobre todo si en la fiesta hay cámaras —tercia otra en tono soñador.

Cámaras. Perfecto. No sé si mi hermano verá la fiesta del solsticio por la tele. Y seguramente en las noticias de la noche emitirán docenas de ellas. Rowan no suele mirar esta clase de eventos, pero ¿me ha estado buscando? ¿Tengo alguna posibilidad después del tiempo que ha pasado? Sólo necesito un mes más, y entonces podré volver a mi hogar. Pero me preocupa encontrarme con la casa vacía. Descubrir que mi hermano ha salido en mi busca o que, abrumado por el dolor, se ha mudado a otra parte incapaz de soportar los recuerdos que le traía nuestra casa. He visto muchas veces esta escena. Familias trasladándose a otro lugar tras el secuestro de sus hermanas o de sus hijas. Y Rowan no es de los que se quedan de brazos cruzados.

Espérame, intento transmitirle mentalmente, de mellizo a mellizo. *Volveré pronto a casa.*

Como siempre, no recibo ninguna respuesta.

Cuando Deirdre me dijo que me haría un vestido rosa, no me hizo demasiada gracia, pero al mostrármelo me quedo maravillada como siempre de su destreza como costurera. Es de color rosa pálido brillante, con el bajo imitando las ondulaciones de la nieve en una ventisca. El chal con perlas centellea. Deirdre me maquilla a juego con el vestido.

—Seguro que las otras esposas van de azul o de blanco. Porque es invierno. Pero he pensado que te gustaría destacar un poco —apostilla ella.

—¡Qué vestido más bonito! —exclamo asombrada. Y Deirdre, con una gran sonrisa, me seca el pintalabios con un pañuelo de papel doblado.

Linden se alegra de mi decisión de sacarme las lentillas.

—Te daban un aspecto raro —observa Cecilia en la puerta con los brazos cruzados. Va despeinada y debajo de los ojos se le ven unas bolsas ligeramente amoratadas. Tiene la tez pálida y llena de venitas—. Creí que te había dado un ictus. No te las vuelvas a poner, ¿vale? —añade encogiéndose de hombros al recordar las lentillas y girándose para volver a su habitación.

En cuanto se va, frunzo el ceño. Apenas parece la adolescente risueña y llena de vida de hace menos de un año. Poco antes de nacer su hijo, cumplió catorce años, y a diferencia de Jenna, que envejece en silencio, Cecilia lo celebró a bombo y platillo. Le hicieron un pastel decorado con unicornios de azúcar brincando, los sirvientes tuvieron que cantarle «cumpleaños feliz» y Linden le regaló un precioso collar de brillantes, pero nunca se le ha presentado la ocasión para lucirlo. Lo llevó durante un tiempo por casa, pero no se lo ha vuelto a poner desde el nacimiento de Bowen.

—Se la ve muy cansada. ¿Le has estado echando una mano con el bebé? —le recuerdo a Linden.

—A la menor ocasión que tengo —asegura él arrugando un poco la frente. Decidimos hablar más bajo—. Mi padre está tan contento por tener por fin un nieto, que no siempre es fácil quitárselo de los brazos —se queja mirándome, y por un instante creo que va a confesarme lo que ya sé, que tuvo una hija que nació muerta. Una parte de la vida de Rose que debería guardarse para él—. Estás deslumbrante —exclama simplemente cogiéndome del brazo.

Afuera hace un frío espantoso, pero el chal de Deirdre me protege los hombros de las inclemencias del tiempo. Linden me pregunta bromeando si quiero que abra la ventanilla del techo, pero yo me acurruco junto a él en la limusina, respondiendo que es mejor dejarla cerrada. Las ventanillas tintadas y la oscura noche me impiden de todos modos ver dónde está el holograma de los árboles. Pero en cuanto lleguemos a la ciudad, me fijaré en las calles. Me pegaré al cristal de la ventanilla y buscaré los puntos de referencia que nos guiarán a Gabriel y a mí cuando nos larguemos de la mansión.

Linden esboza una gran sonrisa.

—¿Por qué sonríes?

—Por ti. Estás tan entusiasmada. ¡Me encanta verte así! —observa metiéndome detrás del oído un bucle rociado hasta más no poder con laca.

Su comentario me coge por sorpresa. Linden me está admirando mientras yo no pienso más que en largarme de su lado sin mirar atrás. Me siento tan culpable que cuando me besa en la mejilla le recompenso con una sonrisa. Y sigo memorizando todo cuanto veo por la ventanilla.

El cine es lo primero que buscaremos. Será fácil encontrarlo desde cualquier parte: la reluciente marquesina y el rótulo iluminado con luces de neón de la puerta anuncian que está abierto las veinticuatro horas del día. También hay un establecimiento que parece una marisquería, con mesas de color grosella y farolillos de papel. Y de pronto me acuerdo de que estamos al lado del mar. Lo veo perfectamente al doblar una esquina con el coche y divisar a lo lejos varios yates llenos de luces. Oigo su música retumbando incluso con las ventanillas del coche cerradas.

—¿Celebran fiestas en el agua?

—Supongo que los clubes náuticos lo hacen —precisa él mirando el puerto por encima de mi hombro.

—¿Has ido alguna vez a una?

—En una ocasión, de niño —responde—. Pero era demasiado pequeño como para acordarme. Mi padre me dijo que durante días estuve mareado. Se ve que tengo algún problema físico que lo causa. Desde entonces he evitado el agua.

—¿Por eso nunca te metes en la piscina ni sabes nadar?

Linden asiente con la cabeza. ¡Qué horror!, pienso para mis adentros. Vaughn controla hasta tal punto a su hijo que ni siquiera le permite disfrutar de un mar virtual en la piscina. Tengo mis dudas de que sus mareos sean reales. A decir verdad, los mareos sufridos de pequeño y su supuesta fragilidad parecen una treta de Vaughn para impedirle a su hijo aventurarse demasiado lejos.

—Cuando haga calor, te enseñaré a nadar. Es muy fácil. Y cuando sepas, no te hundirás en el agua, aunque lo intentes —le aseguro poniéndole la mano sobre la rodilla.

—¡Qué bien! —exclama él ilusionado.

Y de repente me acuerdo de que cuando haga calor ya estaré muy lejos de este lugar. Le echo un último vistazo al mar antes de que desaparezca detrás de algunos edificios. Las olas se deslizan más allá de los yates, y las luces, hacia la oscura noche, hacia la eternidad. Es el único lugar al que Linden no podrá seguirme nunca. Y Gabriel dice que le encantan los barcos. Me pregunto si sabe lo bastante de ellos como para huir en uno.

La fiesta se celebra en la planta quince de un imponente rascacielos. La pista de baile está decorada con huellas de zapatos de luces de neón que se encienden y apagan cada varios segundos. Los carámbanos que cuelgan en medio del aire reflejan las luces multicolores. El suelo parece estar cubierto de nieve por medio de un holograma y Deirdre tenía razón, todas las esposas van de azul o blanco.

Mientras nos entretenemos junto a la puerta, advierto que Linden está un poco tenso.

—¿Conoces a alguien en esta fiesta?

—A algunos colegas de mi padre.

Las luces estroboscópicas hacen que la sombra de Linden salte en un arco iris de colores. Pienso en lo que Rose me contó, en lo fuera de lugar que Linden se siente en las fiestas, pese a ser un excelente bailarín. En este instante parece como si estuviera un poco mareado. Y decido esperar a que suene una música lenta para pedirle que baile conmigo, así le resultará más fácil.

Nos quedamos junto a la mesa del bufé, probando el solomillo de ternera, las sopas y el mayor surtido de pastelitos que he visto desde que pasaba por delante de una panadería de Manhattan camino del trabajo. Le sugiero que nos llevemos a casa algunos palos de nata para Cecilia, que siente debilidad por cualquier dulce recubierto de chocolate.

Cuando suena una canción lenta, tiro del brazo de Linden para sacarlo a bailar a la pista y, aunque al principio está un poco desconcertado, se olvida enseguida de la gente de nuestro alrededor. Es la primera vez que bailo en mi vida, pero él me guía perfectamente en los pasos, aunque yo lleve esos tacones tan altos. Y mientras giramos y flotamos en medio de la pista, justo después de haberme yo dejado caer sobre su brazo y de incorporarme al ritmo de la música, nos filman con una cámara. Intento que me saquen un plano lo más corto posible de mis ojos.

Charlamos un rato con los invitados y unos pocos me besan la mano, porque en esta ocasión van con sus esposas colgadas del brazo. Ellas también son más soportables que las de la feria de arquitectura. Varias esposas de la primera generación están charlando con otras más jóvenes y me uno a una conversación sobre aves poco comunes del este de California. No tengo mucho que decir al respecto, pero al menos es mucho más agradable que la de las esposas preguntándome cuándo mi marido me hará un hijo.

Veo a Linden uniéndose a la conversación de un grupito de hombres al fondo de la sala. Me mira de vez en cuando, alzando ligeramente la mano para saludarme. Creo que me está imitando.

—Eres la mujer de Linden Ashby, ¿verdad? —pregunta una de las esposas jóvenes inclinándose ligeramente hacia mí.

—Sí —contesto. Ahora me resulta más natural admitirlo.

—La noticia de la muerte de Rose me entristeció mucho —afirma poniéndose la mano en el corazón—. Era amiga mía.

—Rose también era mi amiga —preciso. En la otra punta de la sala Linden se ríe de algo que acaba de oír.

—Parece que él ya lo ha superado —observa la joven esposa y su juvenil sonrisa me recuerda la de Cecilia antes de ser madre—. Me alegro de que vuelva a relacionarse con la gente. Todos nos enteramos de lo de la enfermedad de Rose (mi marido trabaja en el hospital del padre de Linden), y desde entonces no lo hemos vuelto a ver en ninguna fiesta.

—Lo pasó muy mal, pero ahora ya está mucho mejor —replico.

—Debes de tener un toque mágico —afirma ella.

Linden me ofrece su brazo para que me agarre a él y, riendo aún de algún chiste secreto, me presenta a los amigos de su padre y sus esposas, e incluso a algunas personas que acaba de conocer. Nunca lo he visto así. Tan feliz. Tan… libre.

Volvemos a casa al filo del amanecer. Como se ha tomado varias copas de vino, se apoya en mí cuando subimos en el ascensor a la planta de las esposas para ir a ver a Bowen durmiendo en la cuna, en la habitación de Cecilia. Vaughn quiere acondicionar una habitación para su nieto en otra planta, y este tema ha creado mucha tensión entre Cecilia y él. Ella se niega a separarse de su hijo y él piensa que es una lástima desperdiciar todas esas infinitas habitaciones. La puerta del dormitorio de Rose, al fondo del pasillo, está cerrada con llave, y ni siquiera Cecilia se ha atrevido a sugerir convertirla en la habitación de su hijo.

Le entrego a Linden la cajita con los palos de nata para ella.

—¡Qué detalle más bonito! —exclama él mirándome por unos instantes y dándome un breve beso antes de girarse para entrar en la habitación de Cecilia.

En cuanto llego a mi dormitorio, me desmaquillo, me enjuago el pelo en la pileta y me pongo el camisón. Pero me doy cuenta de que no puedo conciliar el sueño. Quiero seguir moviendo el esqueleto y mi cabeza aún está llena de luces, de música y de la preciosa vista del mar. Si fuera una huérfana como Linden cree, si hubiera pasado mi infancia en un colegio para esposas, esta clase de vida ahora me encantaría. Entiendo perfectamente que a una chica le pueda gustar.

Me entran ganas de llamar a Deirdre para que me dé un masaje en mis doloridos tobillos y me prepare un baño de manzanilla (no consigo prepararlo tan bien como ella), pero de pronto me acuerdo de lo tarde que es y cambio de idea. En su lugar, llamo a la puerta de Jenna. Está medio dormida y le pregunto si puedo meterme en su cama. En la oscuridad la entreveo asintiendo con la cabeza.

—¿Has saludado a la libertad de mi parte? —pregunta mientras yo me abrazo a la almohada y ella me cubre con las mantas.

Le cuento que en la fiesta había carámbanos colgando en medio del aire, un holograma simulando nieve en el suelo y un montón de comida deliciosa.

—Las fresas bañadas con chocolate estaban para chuparse los dedos —exclamo—. La boca se me hace agua sólo de pensar en ellas. Y también había una gran fuente de chocolate borboteando. Ojalá hubieras podido ir a la fiesta.

—Por lo que veo, te lo has pasado en grande —dice con voz un poco cansada, y luego se pone a toser. Ayer también tosió y ya hace varios días que está un poco pálida. Me acerco a ella y le toco la frente, pero Linden no es el único que lleva unas copas de más, y no puedo notar si tiene fiebre.

—¿Te encuentras bien?

—Sólo estoy cansada. Y un poco congestionada. Es por el tiempo —me asegura tosiendo de nuevo, y de pronto siento algo caliente aterrizando en mi mejilla. Me quedo helada.

—Jenna —exclamo horrorizada.

—¿Qué pasa?

Quiero quedarme aquí, tendida en la oscuridad, para no tener que enfrentarme a este nuevo miedo. Quiero dormirme y despertar por la mañana descubriendo que todo va bien.

Pero no lo hago. Alargando la mano, enciendo la luz. Jenna vuelve a toser y veo que sus labios están salpicados de sangre.

22

El bebé no deja de llorar. Tiene la carita colorada como un tomate y Cecilia camina de arriba abajo con él pegado al hombro, susurrándole palabras dulces para calmarlo, aunque le rueden lagrimones por las mejillas. Pero ni siquiera intenta secárselos.

Y Vaughn está palpando a Jenna, sosteniéndole la lengua bajo su cruel y apergaminado dedo para examinarle la garganta. Y puedo ver que ella detesta tenerlo tan cerca. Se ve muy demacrada.

Linden coge en brazos a su hijo y éste hace algunos gorgoritos, pero después vuelve a echarse a llorar.

—¿Puedes sacarlo de aquí, por favor? —le pido, llevándome los pulpejos de la mano a las sienes.

Vaughn le pregunta a Jenna por tercera vez la edad. Y ella le responde por tercera vez que tiene diecinueve años. Y sí, está segura.

Linden saca al bebé berreando de la habitación, pero seguimos oyéndole por el pasillo.

—¿Qué le pasa? ¿Qué tiene? —pregunta Cecilia angustiada.

—Es el virus —admite Vaughn.

Supongo que finge sentirse mal por no haber descubierto aún el antídoto, pero yo lo veo como una serpiente gigantesca de dibujos animados agitando su lengua bífida. La vida de Jenna le importa un bledo.

—¡No! —exclama una voz.

Y me doy cuenta de que es la mía. Cecilia me toca el brazo y me aparto de ella con fuerza.

—¡No tiene sentido! ¡Es imposible! —grito.

A Jenna se le cierran los ojos. Apenas es capaz de seguir consciente lo suficiente para oír que se está muriendo. ¿Cómo es posible que haya enfermado tan deprisa?

—Pero tú puedes curarla, ¿verdad? Has estado trabajando para descubrir un antídoto —le suplica Cecilia con el cuello de la camisa empapado en lágrimas.

—Me temo que aún no —reconoce Vaughn—. Pero a lo mejor puedo lograr que viva hasta que descubra el antídoto —añade dándole unos golpecitos en la nariz, pero a ella ya no le gustan esos gestos de favoritismo y da un paso hacia atrás. Sacude la cabeza.

—Entonces, ¿en qué demonios has estado trabajando todo este tiempo? —le espeta—. ¡Todo este tiempo que has estado metido en el sótano! —Los labios le tiemblan y le falta el aire.

Cecilia cree que Vaughn se ha pasado todas esas largas horas intentando encontrar un antídoto en el sótano y que pronto nos salvará a todas. Ojalá yo también lo creyera.

—Un momento, querida…

—No. ¡No, quiero que hagas algo, en este mismo instante!

Discuten, aunque en voz baja. Y los sollozos de Cecilia me salpican como olas y no puedo soportarlo más. Quiero que los dos se larguen: Vaughn y su mascotita. Me meto en la cama con Jenna y le limpio la sangre de los labios. Está empezando a perder el conocimiento.

—¡Por favor! —le susurro al oído. No sé qué le estoy pidiendo. Ni lo que espero que ella haga.

Vaughn se va de la habitación, gracias a Dios, y Cecilia se mete en la cama con nosotras. Llora con tanto desconsuelo que incluso sacude el colchón.

—Jenna está durmiendo. ¡No la despiertes!

—Lo siento —susurra apoyando la cabeza en mi hombro. Después de mi advertencia procura no hacer el menor ruido.

Jenna se hunde en un profundo sueño, mientras Cecilia y yo nos sumergimos en nuestras propias pesadillas. Oigo a Cecilia mascullar algo moviéndose a mi lado, pero no puedo conectar con ninguna de las dos. Sueño una y otra vez que corro entre los árboles sin poder ver la puerta de hierro de la entrada. A veces me estoy ahogando. Las olas me hacen dar tumbos y más tumbos hasta desorientarme tanto que no sé dónde está la superficie.

Me despierto jadeando. Noto mi cuello húmedo y descubro a Cecilia apoyada en mí, sudando, llorando y babeando. Sus labios se mueven, intentando pronunciar palabras. Tiene el ceño fruncido.

Al fondo del pasillo el bebé llora y llora, y aunque la camisa de Cecilia está manchada de la leche que rezuman sus pechos, nunca le dejan amamantar a su hijo. Vaughn se lo lleva. Ha contratado a una nodriza y afirma que es más saludable para Cecilia, pero a ella le duelen los senos. Mis hermanas esposas se están marchitando como los lirios de mi madre y no sé cómo reavivarlas. No sé qué hacer.

Jenna abre los ojos y me mira.

—¡Qué mala cara tienes! —exclama con voz quebrada—. ¿A qué huele?

—A leche materna.

Cecilia se mueve al oír mi tono de voz. Se atraganta con su propia saliva y se queja de que no le gusta la música. Después abre los ojos, vuelve en sí y se sienta.

—¿Qué pasa? ¿Te encuentras mejor? —pregunta expectante.

El bebé sigue llorando y Cecilia se asoma al pasillo.

—Voy a darle de comer —dice tambaleándose y tropezando con el marco de la puerta al salir.

—A Cecilia le pasa algo —afirma Jenna.

—¿Justo ahora te das cuenta? —respondo, y las dos soltamos unas risitas.

Jenna se las apaña para sentarse en la cama. Le ofrezco un vaso de agua y se lo bebe sólo para complacerme. Está pálida y tiene los labios ligeramente azulados. Intento compararla con Rose, que fingía estar sana cuando tenía un buen día. Pienso en los June Bean tiñéndole la boca de ridículos colores y me pregunto si formaba parte de su engaño. Pienso en el colorete que se aplicaba en las mejillas. En las medicinas que tanto odiaba y en sus súplicas para que la dejaran morir de una vez.

—¿Te duele mucho? —le pregunto.

—En realidad, no me siento las piernas ni los brazos —admite Jenna soltando unas risitas—. Supongo que me iré de aquí antes que tú.

—¡No digas estas cosas! —exclamo apartándole el pelo de la frente.

—He soñado que estaba en la furgoneta junto a mis hermanas —me cuenta—. Pero de pronto alguien abría la puerta y yo al mirarlas descubría que en su lugar estabais tú y Cecilia. Rhine, creo que estoy empezando a olvidarme de sus caras. De sus voces.

—Pues yo me estoy olvidando de la voz de mi hermano —le confieso dándome cuenta de ello en cuanto se lo digo.

—Pero no puedes olvidarte de su cara, porque sois mellizos —apostilla.

—¡Vaya, lo has descubierto! ¿Eh?

—Tu historia sobre los mellizos era demasiado vívida como para no ser real —afirma.

—Pero mi hermano y yo no somos idénticos. Ya sabes que los chicos son distintos de las chicas, aunque sean mellizos. Y un poco sí que me he olvidado de su cara —admito.

—Volverás a verle —me asegura ella convencida—. Nunca me contaste si lograste bajar al sótano.

Asiento con la cabeza sorbiéndome la nariz, pero finjo que no ha sido más que tos.

—Tenemos un plan. Nos largaremos el próximo mes. Pero quizá puedo quedarme un poco más si quieres.

—No les prendí fuego a esas cortinas para nada. Te largarás de aquí y será maravilloso.

—Vente con nosotros.

—Rhine...

—Detestas este lugar. ¿De verdad quieres pasarte lo que te queda de vida en esta cama?

No sé lo que creo que la libertad puede ofrecerle. Jenna verá el mar. Contemplará el amanecer como un ser libre. Podremos arrojar sus restos al océano.

—Rhine, antes de que te vayas yo ya me habré ido —admite.

—¡No digas eso!

Apoyo la frente en su hombro y ella desliza el dedo por mi pelo. Los ojos se me empañan de lágrimas, pero las obligo a desaparecer. Los labios me tiemblan por el esfuerzo. He intentado no echarme a llorar para no preocuparla, pero ella capta mi desconsuelo.

—No te preocupes, estoy bien —me asegura.

—¡Cómo puedes decir eso!

—Te lo digo de verdad —afirma apartándose un poco para que yo levante la cabeza y la mire—. Piensa en lo cerca que estás de conseguir por fin lo que quieres.

—¿Y tú qué? —exclamo en un tono más alto de lo que pretendía. Ahora el temblor se ha propagado a mis manos y me agarro a la manta.

Jenna me sonríe. Es una sonrisa serena y hermosa.

—Yo también conseguiré lo que quiero —señala.

•

A partir del día siguiente Linden decide estar más tiempo con Jenna. Pero no son como los ratos que pasó conmigo después de mi intento de escapar o con Cecilia durante el parto. Jenna nunca ha representado el papel de esposa en ningún aspecto emocional. Linden se sienta en una silla o en el sillón, nunca en la cama con ella. No la toca. No sé de lo que hablan un marido y una mujer tan distanciados que nunca llegaron siquiera a conocerse, pero me da la impresión de que sus conversaciones son las discusiones inevitables sobre la muerte que se espera oír en un hospital. Como si él estuviera concediéndole sus últimos deseos. Como si intentara zanjar algún asunto pendiente antes de que ella se fuera.

—¿Sabías que Jenna tenía hermanas? —me pregunta Linden mientras cenamos.

Nos encontramos solamente los dos en el comedor. Cecilia aprovecha cualquier preciado momento libre que le queda para dormir y Vaughn se supone que está en el sótano intentando descubrir el antídoto milagroso.

—Sí —contesto.

—Me contó que murieron. En alguna clase de accidente —observa.

Intento comer, pero me cuesta masticar. La comida me pasa por la garganta como si cayera a un pozo sin fondo. No me sabe a nada. Me pregunto, con lo resentida que está Jenna, por qué no le ha dicho la verdad sobre sus hermanas. A lo mejor no ha creído que valiese la pena. Tal vez le guarda tanto rencor que no quiere contárselo ni en el último momento. Se morirá sin que él la haya conocido en absoluto.

—Nunca he entendido a esta chica —admite Linden limpiándose la boca con la servilleta—. Pero sé el cariño que le tenías.

—¿Que le «tenía»? —exclamo irritada—. Yo aún estoy aquí, y Jenna también.

—¡Claro! Lo siento.

No hablamos durante el resto de la cena, pero hasta el sonido que hace con el tenedor y el cuchillo al comer me irrita. ¡Qué desagradable es ver lo ciego que está! Cuando me escape, me apuesto lo que sea a que Vaughn le dirá que he muerto y le dará unas cenizas falsas para esparcir. Y Linden se quedará sólo con Cecilia, que desde el principio ha estado encantada con esta clase de vida y que le dará seguramente media docena más de hijos para llenar los espacios vacíos de la vida de ambos. Y luego los dos morirán y Vaughn los reemplazará fácilmente, porque es un tipo de la primera generación y sabe cuánto tiempo vivirá. Después que muramos, cuando nos hayamos ido, otras chicas ocuparán nuestros dormitorios.

Linden y Cecilia. Los dos han estado viviendo tan aislados que ni siquiera saben lo que se están perdiendo. Y es mejor que sea así. Se despedirán de Jenna y de mí, nos enterrarán en algún oscuro rincón de su corazón y seguirán haciendo lo mismo de siempre durante el resto de sus cortas vidas. Encontrarán la felicidad en los hologramas y en las imágenes virtuales.

Me pregunto quiénes habrían sido de haber vivido en otros tiempos, en otro lugar.

Los sirvientes llegan para retirar los platos de la mesa y Linden frunce el ceño al ver lo poco que he comido.

—Si no comes, enfermarás —dice.

—Sólo estoy cansada. Creo que me iré a la cama —respondo.

En la planta de arriba la puerta de la habitación de Cecilia está abierta y puedo oír a Bowen haciendo gorgoritos en voz baja, respirando de esa manera cadenciosa y enronquecida propia de los bebés. La luz está apagada y quizás está despierto en la cuna mientras Cecilia duerme. Conozco la rutina. Cuando se despierte, al no ver a nadie, se echará a llorar. Y cuando se echa a llorar, no hay quien lo pare.

Había pensado dormir un poco, pero decido sacar a Bowen de la cuna antes de que despierte a mi hermana esposa. Pero cuando entro en la habitación, me encuentro con Jenna sentada en el borde de la cama, iluminada por una franja de luz que entra del pasillo. El pelo le cae en cascada sobre los hombros y está con la cara inclinada hacia el bebé que sostiene en brazos. Cecilia duerme bajo las mantas a su espalda en silencio.

—¿Jenna? —susurro. Me sonríe sin alzar la cabeza.

—Es igualito que nuestro esposo —observa hablando en voz baja—. Pero por su genio veo que será como Cecilia. Qué lástima que ninguna de las dos lleguemos a verlo.

Con el bebé en brazos, está guapísima. La oscuridad oculta su tez blanquecina, sus amoratados labios. Su camisón tiene hileras e hileras de encajes, su pelo es una cortina negra perfecta. Y súbitamente me doy cuenta horrorizada de que podría muy bien ser la madre de alguien. La cuidadora, eficiente y tierna, de dedos largos y diestros resiguiendo la carita de media luna de Bowen. Me pregunto si a sus hermanas también las quería tanto antes de que las asesinaran. Tanto como quiere a Cecilia. Tanto como me quiere a mí.

Juraría que acabo de ver una lágrima deslizándose por el rabillo del ojo de Jenna, pero se la seca antes de que llegue lejos.

—¿Cómo estás?

—Estoy bien —responde. Me obligo a creérmela. En este instante parece tan fuerte, tan joven—. ¿Puedes sostenerlo un minuto? —me pide poniéndose en pie, y cuando se dirige a la puerta me doy cuenta de que le tiemblan las rodillas.

Al acercarse a mí, la luz que penetra del pasillo me revela su rostro cubierto de sudor, sus azuladas ojeras.

Dejo que me entregue al bebé y ella pasa junto a mí como un fantasma, deslizándose por el mismo lugar donde flirteó con el desconcertado sirviente, por el mismo lugar por el que pasó cientos de veces enfrascada en una novela romántica camino de la habitación.

Con la mano va resiguiendo la pared mientras se dirige a su dormitorio. Cierra la puerta tras de sí. Al poco tiempo oigo el quebrado sonido de su tos.

Bowen, sin inmutarse por su ausencia, se duerme. Envidio su autocomplacencia. Envidio los veinticinco años que le quedan por delante.

Más tarde, cierro la puerta de mi habitación. Apago las luces. Sepulto la cara en la almohada y chillo y chillo hasta estar tan embotada que no siento los brazos ni las piernas, como Jenna. Y el silencio es ensordecedor. Pienso en Rowan, en mis padres, en Rose, en Manhattan. En las cosas que echo de menos. En las cosas que amo. En las cosas que he dejado atrás o que se me han escurrido de las manos. Quiero que mi madre venga y me dé el beso de buenas noches. Quiero que mi padre toque el piano. Quiero que mi hermano vele por mí mientras duermo, que me dé un trago de vodka cuando el dolor es insoportable. Le echo de menos. Hace mucho que no me permito hacerlo, pero ahora no puedo evitarlo. Se han abierto las compuertas. ¡Qué cansada y perdida me siento! Y no sé si lograré escapar. No sé si conseguiré abrir la puerta de hierro con la flor afilada de la entrada. Me seco las lágrimas con el pañuelo de Gabriel que he escondido en la funda de la almohada todo este tiempo. En la oscuridad, siento el bordado y lloro hasta sentir mi garganta en carne viva. Y espero, espero con toda mi alma, con toda mi alma, lograr volver a casa.

Sueño que me arrojan al mar. Sueño que me ahogo, pero esta vez no me revuelvo ni forcejeo. Sucumbo. Y al cabo de un rato, en el silencioso fondo del mar, oigo la música de mi padre, y este lugar no es tan horrible después de todo.

Por la mañana Cecilia me despierta llorando como una Magdalena.

—Jenna ya no abre los ojos. Está ardiendo —la oigo decir.

Cecilia tiende a ser dramática, pero cuando me dirijo a trompicones, medio dormida, a la habitación de Jenna, descubro que la escena es incluso peor de la que me ha descrito. La piel de nuestra hermana esposa ha empalidecido adquiriendo un cruel tono amarillento. Tiene el cuello y los brazos llenos de cardenales. No, no son cardenales, más bien son llagas purulentas. Le toco la frente y emite un gemido lastimero.

—¿Jenna? —susurro.

Cecilia camina preocupada de un lado a otro de la habitación cerrando y abriendo los puños.

—Voy a buscar al Amo Vaughn —propone.

—No. Ve al baño y tráeme un paño húmedo —respondo subiéndome a la cama y apoyando la cabeza de Jenna en mi regazo.

—Pero...

—Él no puede hacer nada por ella que nosotras no podamos hacer —comento intentando decirlo con voz calmada.

Cecilia me obedece y la oigo sollozar mientras abre el grifo, pero cuando vuelve con el paño húmedo ya ha recuperado la compostura. Aparta las mantas y le desabrocha los botones de arriba del camisón para que le baje un poco la fiebre, esforzándose por contener el pánico de sus ojos. ¿Reflejan los míos lo mismo? Sentada en la cama, deslizo mis dedos por el pelo de Jenna a modo de peine, pero el corazón me martillea el pecho y tengo el estómago revuelto. Jenna lo está pasando mucho peor que Rose. Mucho, muchísimo peor.

Transcurren las horas y creo que éste va a ser el final de mi hermana esposa. No volverá a abrir los ojos nunca más. Ni siquiera yo esperaba que ocurriera tan deprisa.

Cecilia rodeándome con los brazos, sepulta el rostro en mi cuello. Pero no tengo palabras para consolarla. Apenas me quedan fuerzas para respirar.

—Deberíamos llamar al Amo Vaughn —repite por tercera o cuarta vez.

Sacudo la cabeza.

—Ella le odia —respondo.

Y de repente, Jenna se echa a reír.

—Sí —exclama. Es un sonido débil e incomprensible, pero al mirarla Cecilia y yo sorprendidas, esboza una sonrisa con sus azulados labios. Sus pestañas se agitan y abre los ojos. Pero no son los ojos vivaces de siempre. Éstos son inquietantes y distantes. Aunque todavía hay vida en ellos. Jenna aún sigue con nosotras.

—Hola —exclama Cecilia con voz cantarina, arrodillándose junto a la cama y tomando la mano de Jenna entre las suyas—. ¿Cómo te sientes?

—De maravilla —responde ella poniendo los ojos en blanco antes de cerrarlos de nuevo.

—¿Quieres que te traigamos algo? —le pregunto.

—Un túnel de luz —responde ella y creo que intenta esbozar una sonrisa de complicidad.

—¡No digas esas cosas! —grita Cecilia—. Te lo ruego. Si quieres, puedo leerte un libro. Ahora ya sé leer mucho mejor.

Jenna abre los ojos lo suficiente como para ver a Cecilia hojeando las páginas de uno de los muchos libros apilados en la mesilla de noche y se ríe de nuevo. Y a mí oírla me resulta más doloroso que antes.

—Éste no es el libro más indicado para una moribunda, Cecilia —observa burlonamente Jenna.

No puedo soportarlo. La miro y lo único que veo es esa cosa matándola. Ni siquiera su voz suena ya como la suya.

—Me da igual —responde Cecilia—. Pienso leértelo de todos modos. Empezaré por la página de en medio, donde está el señalador. Al menos así sabrás cómo termina.

—Entonces ve a la última página —contesta Jenna—. No me queda tiempo —y de pronto su pecho se agita y le sale un chorro de vómito y sangre por la boca. Le giro la cabeza a un lado y le froto la espalda mientras intenta expulsarlo todo. Cecilia se encoge, tiene los ojos llenos de lágrimas. No sé de dónde saca la energía para llorar tanto. A mí apenas me quedan fuerzas para moverme. Seguir viva me exige tanto esfuerzo que lo único que quiero es meterme bajo las mantas y dormir. Ahora me parece imposible que antes tuviera energía incluso para caminar.

Cuando mis padres murieron, me pasé días durmiendo. Semanas. Hasta que mi hermano no pudo soportarlo más. *Levántate*. Me dijo. *Están muertos. Pero nosotros estamos vivos. Tenemos muchas cosas que hacer.*

Jenna se atraganta y jadea. Veo las vértebras de su espalda marcándosele a través del camisón. ¿Cuándo ha adelgazado tanto? Al terminar de toser y vomitar, apenas le queda un soplo de vida. Se tiende boca arriba, con los ojos cerrados, inerte, salvo por su irregular respiración. Ni siquiera se mueve cuando Cecilia y yo le sacamos las sábanas ensangrentadas.

Se pasa la mañana durmiendo, mascullando apenas cuando Cecilia y yo le quitamos el camisón manchado y le ponemos ropa limpia. Su piel, cubierta de llagas, está tan traslúcida y llena de venitas que hasta me da cosa tocarla. Algunas han empezado a sangrar. Es como si el cuerpo se le estuviera pudriendo por dentro. El pelo se le ha vuelto muy fino y se le cae a mechones. Lo barro del suelo. Cecilia le lee en voz alta una novela romántica que va de dos amantes jóvenes y sanos y de besos de verano. De vez en cuando hace una pausa para no echarse a llorar a lágrima viva.

Hacemos salir a los sirvientes que le traen los medicamentos porque Jenna está demasiado débil para tomar pastillas o tragar cualquier otra cosa que intenten darle. Ha empeorado tanto que, confusa e incapaz de hablar, sepulta su rostro en mi camisón o en el de Cecilia cada vez que oye las pisadas de alguien acercándose. Sé lo que intenta decirnos. Es lo mismo que Rose nos suplicaba. No quiere que le prolonguemos este calvario.

Pero no rechaza a Adair y le dejamos entrar en la habitación. Su sirviente es sigiloso y delicado. Le frota el pecho con un ungüento para que respire mejor. Y se queda justo el tiempo necesario. Siempre anda diciendo lo guapa que Jenna es y ahora sabe que ella no quiere que nadie la vea morir de un modo tan espantoso.

A últimas horas de la tarde Linden está lo bastante preocupado como para venir a vernos. En cuanto cruza la puerta, se le ensombrece la cara. Puede oler el hedor a deterioro, sudor y sangre. Veo en sus ojos que la escena le resulta familiar. Se pasó los últimos días de Rose a su lado. Pero no se acerca a esta esposa. Sé que Jenna siempre se ha mantenido distante emocionalmente de él, que su matrimonio era puramente sexual, pero me pregunto si Linden también tiene parte de culpa en ello. Después de perder a Rose, no quiso amar a otra mujer que muriera antes que él. A mí me quedan los mismos años que a él y Cecilia es la que nos sobrevivirá a todos. Pero Jenna…

Linden se queda plantado en la puerta apenado y contrito. Sus tres esposas están apiñadas en el colchón desnudo, una se está muriendo. Cuando estamos juntas, formamos una alianza a la que él no puede unirse. Le da miedo hasta intentarlo.

—Me he olvidado de darle el pecho a Bowen, ¿verdad? —dice Cecilia al ver a su hijo en brazos de Linden.

—No pasa nada, cariño. Para eso está la nodriza. La que me preocupa eres tú —responde él.

No me puedo imaginar por qué ha traído a su hijo a esta habitación, a no ser que se sienta solo y espere engatusar a Cecilia para que pase un rato con él. Pero la treta no le funciona. Cecilia sepulta el rostro en el brazo de Jenna y cierra los ojos. Yo también cierro los míos. Volvemos a estar en la furgoneta de los Recolectores, retrocediendo en la oscuridad, intentando refugiarnos las unas en las otras.

—Los sirvientes me han dicho que les habéis hecho salir de la habitación. Dejad al menos que os envíe a alguien con sábanas limpias —sugiere él.

—No —susurra Cecilia—. No nos envíes a nadie. Diles que nos dejen en paz.

—¿Puedo hacer algo por vosotras?

—No —atajo yo.

—No —repite Cecilia.

Nuestro marido continúa plantado en la puerta. Le aterra lo unidas que están sus esposas, como si la muerte de una fuera la muerte de las tres.

Al final se va sin decir una palabra más.

Jenna masculla algo ininteligible. Creo que es un nombre. Creo que está buscando a sus hermanas.

—¡No os fiéis de este lugar! —exclama. No sé si se lo dice a sus hermanas o a nosotras.

23

Jenna tenía razón. Ella se va antes que yo. Nos deja el 1 de enero, a primeras horas del día, antes del alba. Cecilia y yo permanecemos a su lado, y después de estar viviendo durante días en su cama todo cuanto podemos hacer es hablarle durante un rato mientras sus ojos se abren y se cierran agitándose. Queremos que sepa que no está sola. Después de convivir con ella durante meses, debería tener algo importante que decirle, pero al final cuando se está muriendo lo único de lo que consigo hablarle es del tiempo.

Y ahora ya se ha ido. Sigue con los ojos abiertos, pero han adquirido un color gris más oscuro. Están apagados. Como un aparato desenchufado. Le cierro los párpados con el pulgar y el índice y le beso la frente. Aún está caliente. Su cuerpo todavía parece como si fuera a respirar en cualquier momento.

Cecilia se levanta y se pone a caminar de un lado a otro de la habitación. Le toca la frente, el pecho.

—No lo entiendo. ¡Qué deprisa ha ocurrido! —exclama.

Pienso en lo contenta que estaba cuando Rose murió, en lo deprisa que se erigió como esposa dispuesta a tener un hijo de Linden. Ya han hablado de tener más.

—El Amo Vaughn debería de haber sido capaz de prolongarle…

—¡No menciones su nombre! —le espeto con violencia, pero no sé por qué me estoy enojando con ella. No he podido verla ni en pintura desde que Jenna enfermó y no estoy segura de cuál es la razón. Pero ahora no es el momento de pensar en ello.

Le recojo a Jenna el pelo detrás de las orejas e intento comprender su quietud. Ahora es como una figura de cera cuando no hace más que un minuto era un ser humano. Cecilia se mete en la cama con ella y, ocultando la cara en su cuello, dice su nombre. Jenna, Jenna, Jenna. Una y otra vez, como si le fuera a hacer algún bien.

Al poco tiempo Vaughn llega para consultar las constantes vitales de Jenna. Ni siquiera se acerca a la cama. Puede ver que nuestra hermana esposa nos ha dejado en las lágrimas de Cecilia, en mi mirada perdida a través de la ventana. Afirma que lo de Jenna es una verdadera pena, pero cuando la examinó la noche pasada sabía perfectamente que se iría pronto de este mundo.

Cuando los sirvientes llegan con la camilla para llevarse su cuerpo, Cecilia sigue aferrada a él. Pero cuando lo retiran de la cama y no le queda más remedio que soltar la mano de Jenna, está demasiado destrozada como para protestar.

—Sé valiente —es todo cuanto Cecilia dice.

La escucho al poco rato. Está en la sala de estar, tocando una airada sonata de Bach en re menor. Las notas son como las pisadas de la muerte deambulando enfurecida por el corredor.

Escucho la sonata tendida en el suelo de mi habitación, demasiado desconsolada como para subirme a la cama. Me imagino esta imponente música manando del cuerpecito de Cecilia, con las notas rojas y negras revoloteando a su alrededor como un siniestro genio al que han despertado de su profundo sueño.

Espero a que la música cese. Espero a que Cecilia aparezca ante mi puerta con los ojos llenos de lágrimas para pedirme si puede echarse a mi lado un rato como hace siempre que está disgustada.

Pero no viene. En su lugar, mi puerta se llena de su música enfurecida y audaz.

Sé valiente, parece decir.

Quiero estar muy lejos de aquí. Quiero escaparme ahora. No aguanto más vivir en esta mansión, con Vaughn haciendo quién sabe qué con el cuerpo de mi hermana esposa, mientras se espera que el resto de nosotras cenemos y tomemos el té como si nada. Cecilia lleva a Bowen por la casa como si fuera su muñequito de trapo y los dos tienen la cara encendida de llorar. Es el bebé más infeliz del mundo. Seguramente significa que es intuitivo.

A las pocas horas Vaughn nos da las cenizas de Jenna para que las esparzamos y Cecilia se aferra a la urna. Me pregunta si me importa que las conserve en el estante de su habitación. Le ayudarán a sentirse mejor. Le respondo que por mí se las puede quedar, pero por dentro me revienta que esté tan ciega.

Esa noche cuando estoy en la cama alguien llama con suavidad a mi puerta, pero no respondo. En parte porque no quiero ver a nadie, pero sobre todo porque estoy a millones de kilómetros de distancia de la Tierra. He estado tendida en la oscuridad durante lo que me parece una eternidad, escuchando los lejanos sollozos de la chica que vivía en mi piel. Estoy flotando en el espacio.

Cuando consigo salir de este estado, emergen de mi garganta unos gemidos horrendos e inhumanos.

La puerta se abre, llenando la habitación de luz, y me hago un ovillo para protegerme de ella, como en la furgoneta. De súbito siento cuánto me pesa el cuerpo, cuánto me duele la garganta de gritar. Lo veo todo borroso y empañado.

—¿Rhine? —susurra Linden. Su voz apenas me resulta familiar. No quiero verle e intento decirle que se vaya, pero cuando abro la boca, sólo me salen unos sonidos ininteligibles. Se sienta en el borde de la cama y me frota la espalda. Intento echarlo, pero me fallan las fuerzas.

—Mi vida, me estás asustando. Nunca te he visto tan afectada —exclama.

No pasa nada. Soy Rhine, la chica huérfana a la que él formó para ser su esposa, que se alegra de estar aquí. Tal vez en su cabeza hasta debería alegrarme, porque la muerte de mi hermana esposa significa que él tendrá más tiempo para mí. Pero yo siempre he sido más una hermana esposa que la mujer de Linden. No me imagino siendo su única esposa.

—¿Qué puedo hacer por ti? —pregunta arrodillándose junto a mi cama y apartándome el pelo de la cara.

Le miro con los ojos llenos de lágrimas. *Libérame*. Pienso. *Haz que vuelva al año pasado. Devuélvele sus hermanas a Jenna.*

Sacudo simplemente la cabeza. Me cubro el rostro con los puños, aunque él me los aparta y yo no me resisto.

—Ahora es un nuevo año —observa en voz baja—. Mañana por la noche dan una fiesta. ¿Te gustaría ir?

—No.

—Sí, sí que irás. Deirdre está trabajando a toda prisa para confeccionarte un vestido y hasta Adair le está echando una mano.

Adair. ¿Qué será de él ahora que Jenna se ha ido? Trabajaba exclusivamente para ella. Aunque no tuviera demasiado trabajo que hacer, ya que Jenna se las apañaba sola y raras veces tenía la ocasión de lucir un vestido nuevo. Quizás ahora se siente útil ayudando a Deirdre. No puedo rechazar el vestido arrojándoselo a la cara. Me trago el nudo que siento en la garganta y asiento con la cabeza.

—Así me gusta —exclama Linden. Pero en sus ojos veo que sabe que estoy sufriendo. Quizá tanto como cuando él perdió a Rose. Cuando ella murió, Linden, fuera de sí, empezó a lanzar objetos, a gritarnos que le dejásemos solo. ¿Por qué no entiende ahora que yo también quiero que me deje en paz?

Pero no es así.

—Hazme sitio —susurra apartando las mantas y metiéndose en la cama conmigo. Cuando me atrae a su pecho, no sé si lo hace para consolarme a mí o a él. Pero me acurruco entre sus brazos y sucumbo de nuevo a las lágrimas. Intento flotar en medio del espacio sideral, desaparecer de este miserable mundo un rato, pero me retiene toda la noche junto a él con sus frágiles huesos. Aunque yo entre y salga de mi agitado sueño, le siento a mi lado, sosteniéndome con más fuerza de la que creí que tuviera.

A la mañana siguiente, Deirdre y Adair se presentan, como era de esperar, en mi habitación para mostrarme el precioso vestido que me han hecho. En Manhattan no hay demasiadas razones para asistir a una fiesta de Año Nuevo. Es una ocasión reservada sobre todo a los de las primeras generaciones que disponen de dinero y longevidad para celebrar. También es una oportunidad para los huérfanos de colarse en las casas vacías de los barrios más adinerados. Rowan y yo nos pasábamos las primeras noches del Año Nuevo aumentando los dispositivos de seguridad de nuestra casa y cerciorándonos de que la pistola estuviera cargada. En estas fechas los Recolectores también se ponen las botas a costa de todas esas preciosas chicas huérfanas bailando borrachas y vendiendo luces de bengala en el parque. Rowan ni siquiera me dejaba salir de casa para ir a trabajar de lo peligroso que es.

Rowan. Me preocupa cómo se las apañará, en esa casa vacía, con sólo las ratas para ayudarlo a vigilarla.

Las sirvientas de la primera generación me depilan hasta dejarme guapísima y Deirdre se ocupa del maquillaje mientras Adair me hace bucles con las tenacillas. Siempre bucles.

—Te agrandan los ojos —observa Adair en tono soñador. Deirdre me pinta los labios de carmín y me dice que me los seque con un pañuelo de papel.

Cecilia me viene a ver a la habitación y se sienta en

el sillón durante un rato para ver cómo me acicalan. Vaughn se ha llevado a Bowen a alguna parte para sacarle sangre o analizar su ADN. A saber lo que le estará haciendo al pobre con la excusa de buscar un antídoto y Cecilia parece no saber qué hacer sin un bebé al que cuidar. La adolescente risueña que conocí se transformó a los pocos meses en una esposa con una gran barriga, y nunca me la imaginé ejerciendo de madre. Y ahora, de repente, parece que ya no sepa hacer otra cosa.

—Maquilla a Cecilia —le sugiero a Adair mientras él inspecciona mi vestido, que ya está perfecto—. Lo que más la favorece son los tonos violetas, ¿no crees? —afirmo, no tengo idea de lo que estoy hablando. Pero no soporto verla tan triste.

—Los terracota —tercia Deirdre sujetándome con una horquilla un ramito de florecitas blancas artificiales en el pelo—. Con ese cabello y esos ojos, lo que mejor le quedan son los tonos marrones y verdes —declara guiñándome el ojo en el espejo.

Le hago un hueco a Cecilia en la otomana y nos sentamos, espalda contra espalda, mientras los sirvientes nos dejan guapísimas. Cecilia le advierte a Adair que le hará una cara nueva si le clava el bastoncito del rímel en el ojo, pero se relaja un poco al advertir que el muchacho es todo un experto. La escena tiene su encanto. Parecemos dos hermanas reales sin la proximidad de la muerte pendiendo sobre nuestras cabezas como la espada de Damocles.

—¿Cómo crees que será la fiesta? —pregunta Cecilia secándose el pintalabios con el pañuelo de papel que Adair le ha ofrecido.

—No creo que sea nada del otro mundo —observo para que no se ilusione con algo que no podrá ver.

A lo mejor, en cuanto yo me haya ido, Linden la llevará a las fiestas. A Cecilia le encantarán las fuentes de chocolate y me huelo que le gustará la atención de los Patrones y los arquitectos besándole la mano y diciéndole lo guapa que está.

—No son más que una panda de borrachos forrados de dinero y bien trajeados, hablando de negocios —digo.

—¿Me traerás algunos palos de nata?

—Si hay, claro que te traeré.

Me coge de la mano. La suya es pequeña y cálida. La mano de una niña. Qué ansiosa estaba por dejar de serlo, en este mundo que le ha arrebatado el lujo de disponer de tiempo, y me pregunto quién habría sido de haber podido vivir más años. Cuando me haya ido, ¿asumirá el papel de primera esposa? ¿Se convertirá en toda una mujer? Me siento como si le hubiera fallado de algún modo. Fue horrible ver a Jenna irse al otro mundo y ahora encima estoy planeando dejar a la única hermana esposa que me queda. Me preocupa cómo se tomará mi desaparición.

Pero si no es ahora, ocurrirá de todos modos más tarde. En menos de cuatro años estará junto a mi cama, viéndome morir.

Le aprieto la mano.

—¿Va todo bien? —le pregunto.

—Sí. Gracias —puedo oírla sonreír a mi espalda.

El vestido es un elegante modelito sin tirantes de color aguamarina brillante, con perlas negras engarzadas creando vagamente formas de fuegos artificiales florales a un lado. Como complemento llevo una gargantilla de perlas, medias negras y guantes que me protegerán del frío glacial de enero. Como nota final Deirdre me adorna el pelo con una cinta negra que va por encima del ramillete de florecitas blancas, y un poco de purpurina que me recuerda la del traje de novia de Cecilia. ¡Qué feliz se veía dirigiéndose a la glorieta dando saltitos delante de mí con su vaporoso vestido!

Cecilia, dando un paso hacia atrás, admira mi vestido y los complementos a juego. Qué madura se ve de pronto, con el rostro delicadamente maquillado con tonos terracota. Lleva el pelo ondulado en bucles como los míos y está guapísima incluso en su arrugado camisón.

No le digo que, con vestido o sin él, no me apetece en absoluto ir a la fiesta. Preferiría meterme en la cama, taparme la cara con las mantas y llorar a mis anchas. Pero la primera esposa no puede darse este lujo. Y como Deirdre, Adair y Cecilia me están mirando, les sonrío de aquel modo que mi madre reservaba para mi padre.

Me asusta la facilidad con la que puedo fingir que esta vida, con marido incluido, me encanta.

Linden aparece con un sencillo esmoquin negro, el atuendo de rigor de los Patrones, aunque advierto que las solapas aguamarina hacen juego con mi vestido. Al ir a tomar el ascensor, veo nuestra imagen reflejada en las puertas metálicas, cogidos del brazo, haciendo una pareja perfecta. Las puertas se abren. Entramos.

—¡Que os divirtáis! —grita Cecilia.

—¿No la encuentras un poco rara últimamente? —observa Linden en cuanto las puertas se cierran.

No estoy segura de qué responderle, porque he advertido un cambio en Cecilia. Incluso antes de que Jenna muriera ya manifestaba una extraña tristeza. Pero creo que tiene que ver con Vaughn llevándose constantemente a Bowen de sus brazos. Y quién sabe lo que está haciendo con él. Todo el mundo sabe que los Patrones adinerados experimentan con recién nacidos para encontrar el milagroso antídoto. No tenemos ni idea de lo que Vaughn está haciendo en el sótano, pero Bowen parece estar bien. Tampoco se me ocurre cómo decirle a Linden sin ofenderle que creo que fue muy egoísta y desacertado por su parte dejar embarazada a una chica tan joven. Y quizá me preocupa que vuelva a insistir en lo de hacerme un hijo. Pese a mis dieciséis años, soy ya prácticamente una vieja.

—Sólo está cansada. Deberías ayudarla más con el bebé —contesto.

—Me encantará. Como siempre está con Cecilia o con mi padre, apenas recuerdo el aspecto de mi hijo.

—Linden, ¿qué crees que tu padre está haciendo con Bowen todo el tiempo? —me atrevo a preguntarle.

—Supongo que controlándole el ritmo cardíaco, sacándole sangre para asegurarse de que está sano —responde encogiéndose de hombros.

—¿Y a ti te parece normal?

—¿Qué es normal en este mundo? Los de las primeras generaciones ni siquiera sabían que sus hijos se morirían hasta que empezó a suceder al cabo de veinte años. ¡Quién sabe lo que les pasará a nuestros hijos!

Hasta cierto punto tiene razón. Me quedo mirando mis relucientes tacones. Aquí estoy yo, luciendo un bonito vestido, mientras el mundo se derrumba. Puedo oír la voz de Jenna diciéndome: *No te olvides de cómo llegaste aquí. No te olvides.*

Linden me coge de la mano. En esta clase de momentos me doy cuenta de que está tan asustado como yo. Le sonrío un poco y él me da un golpecito con su hombro en el mío. Le sonrío con un poco más de entusiasmo.

—¡Eso está mejor! —exclama.

En la limusina llena nuestras copas de champán, pero no me acabo la mía ni tampoco dejo que él lo haga.

—En la fiesta beberemos aún muchas más —le advierto.

—Acabas de hablar como una auténtica primera esposa —me asegura riendo y luego me besa la sien. Me sonrojo a mi pesar. Es la primera vez que dice estas palabras en voz alta. Primera esposa. Sólo lo seré por unos días más, pero finjo, por su bien, lo contrario.

—¿Crees que habrán cámaras? —pregunto.

—Las habrá a montones —responde un poco preocupado—. Quizá tendría que haberte pedido que te pusieras esas lentillas. No quiero que el mundo entero sepa lo extraordinaria que eres.

Le enderezo la corbata.

—¿Son mis ojos lo que más te gusta de mí?

—No. No son más que una onda en la superficie —responde con voz dulce y soñadora, apartándome los bucles de la cara.

Sonrío. Por un momento pienso que mi padre sentía lo mismo por mi madre y casi habría jurado que este matrimonio era real. Un desconocido que pasara por nuestro lado creería que llevamos años casados y que pensamos seguir juntos el resto de nuestra vida. Sabía que era buena mintiendo, pero ignoraba que fuera capaz de engañarme hasta a mí misma.

Entramos en la fiesta cogidos del brazo y con la música sonando a todo volumen nos resulta fácil pasar desapercibidos. La fiesta se celebra en un lujoso bar con plataformas y escaleras de caracol. Las dos plataformas de la parte de arriba están hechas de alguna clase de cristal por el que se ve los que están bailando abajo, pero no los que están encima. ¡Uf, qué alivio! Significa que nadie verá mi ropa interior. Aunque me da la impresión de que a algunos de esos Patrones les chiflaría.

A los dos minutos un colega de Vaughn ya se ha acercado a saludarnos con dos morenazas riendo colgadas de sus brazos y sosteniendo copas fosforescentes. Son casi de la misma edad que Cecilia. Llevan un vestido fucsia del mismo modelo, parece como si les hubieran envuelto sus angulosos cuerpos con film adherente. Nos las presenta como sus esposas —son mellizas, ambas embarazadas— y al besarme él la mano las dos me miran con desdén.

—Están celosas de tu belleza —me susurra Linden en cuanto se van—. Estás deslumbrante, cariño. A propósito, no te separes de mí para que nadie te secuestre.

Tiene razón. Con un secuestro en mi vida me basta y me sobra.

No me separo de él. No confío en ninguno de esos

hombres y además la mayoría de las esposas de mi edad ya llevan unas copas de más. Es una fiesta de Año Nuevo, aunque ya haya transcurrido, y Linden me explica que a medianoche volverán a repetir lo de las campanadas.

—¡Quién sabe por qué lo hacen! —observa él—. Pero con los pocos años nuevos que nos quedan por delante, ¿qué hay de malo en añadir algunos más?

—¡Tienes toda la razón! —exclamo, y Linden tira de mí para sacarme a bailar a la pista.

Los bailes lentos me van mejor, porque apenas requieren moverse, pero al ver las luces estroboscópicas parpadeando, me huelo que la música de esta noche va a ser de lo más movida. Intento seguirle los pasos a Linden, que me guía pacientemente, pero no dejo de pensar en Jenna. En cuando nos enseñó a Cecilia y a mí a bailar una tarde antes del huracán. Esta fiesta le encantaría, aunque Linden no le cayera bien. Se hartaría de romper corazones y aplastarlos con los tacones mientras giraba bailando por la plataforma. Me dan ganas de hablarle de la fiesta al volver a casa, pero de repente me acuerdo de que se ha ido de este mundo.

Linden me sostiene mientras me inclino en su brazo siguiendo los pasos del baile. Está de lo más animado, considerando lo poco que ha bebido. Cuando me enderezo, me planta un breve beso en los labios.

—¿Te importa si me la llevo? —le pregunta un hombre, aunque «hombre» no sea la palabra correcta, ya que apenas es mayor que yo. Es bajito y regordete y en su pelo de color zanahoria se reflejan las luces multicolores. Su pálida tez es tan desvaída que apenas distingo sus facciones. Le acompaña cogida del brazo una chica rubia alta con los labios carmín a juego con el vestido. Cuando repasa a Linden de arriba abajo con la mirada, da la impresión de estar perfectamente sobria.

Linden mirándome, titubea.

—Venga, sólo es por un baile. Intercambiaremos esposas —insiste el tipo.

—De acuerdo —responde Linden cogiendo de la mano a la rubia de rojo y entregándome al pelo de zanahoria—. Pero quiero mucho a Rhine. No te encariñes demasiado con ella.

Me dan náuseas. El hombre huele a salchichas y coles de Bruselas y está ebrio. Me pisotea sin querer los zapatos negros, ensuciándomelos con sus mugrientas huellas. Es tan bajo que ni siquiera me tapa la visión con la cabeza y contemplo a Linden bailando con su esposa. Ella parece estar pasándoselo en grande. Seguramente se alegra de bailar con un marido que sabe lo que se hace. Pero no es su marido. Es el mío.

El pensamiento hace que me pare de golpe. El tipo regordete de pelo de zanahoria choca contra mi pecho y se ríe.

—¡Qué patosa eres, nena! —exclama.

Pero apenas le oigo. ¿Mío? No. Linden no es mío. Sólo finjo ser su esposa. Las fiestas, la tarjeta electrónica, el papel de primera esposa… no son nada para mí. Dentro de unos días Gabriel y yo nos habremos largado y esta vida no será más que un lejano recuerdo. ¿Cómo he podido pensar eso?

Me obligo a despegar los ojos de Linden y de la rubia, encantada de bailar con un hombre de su misma altura. Y cuando el baile termina, me escabullo hacia la solitaria mesa de los postres y me sirvo varios palos de nata y pastelillos de chocolate para Cecilia antes de que los mejores desaparezcan. Un camarero se ofrece a conservarlos en la nevera hasta que me vaya.

Me uno a la fiesta de nuevo y contemplo los cuerpos bailando bajo las caóticas luces. Rojas, verdes, azules, blancas, anaranjadas. Alrededor de las paredes giran reflejadas imágenes de estrellas de vivos colores. Estoy flotando en esta plataforma de cristal. Debajo de mí, repiquetean en la pista más cuerpos, más luces, más música. Y mientras los observo, me doy cuenta del buen gusto de Deirdre en el vestir. La mayoría de las otras mujeres parecen ir envueltas en papel de aluminio. Llevan vestidos plateados y de color rosa, verde y azul celeste metalizado. Zapatos de plataforma con tacones de quince centímetros y collares enormes de perlas que deben de pesar una tonelada. La mayoría van tan maquilladas que bajo las luces parecen radiactivas. Los dientes les brillan.

Unas pocas tiran de mí para que me una al círculo que forman bailando. Y yo las dejo hacer. Es una buena oportunidad para que las cámaras me filmen. Y es mejor que bailar con sus maridos y acabo pasándomelo de maravilla. La mayoría, como yo, no saben bailar. Sus joyas tintinean y nos movemos cogidas de la mano como si nos estuviéramos muriendo. La música a todo volumen amortigua nuestras risas. Siempre me habían dado miedo las fiestas de Año Nuevo por los Recolectores. Siempre estaba preocupada por quién se iba a colar en mi casa. Pero en ésta me siento segura, puedo disfrutar de la comida, del vestido, de la música, y reírme a mis anchas de mi torpeza bailando. Los camareros llevan bandejas llenas de copas fosforescentes y, sin dejar de mover el esqueleto, agarro una y me la bebo de un trago. El alcohol me produce un agradable calorcillo en las extremidades. Y debo admitir que la fiesta me ayuda a sentirme mejor.

La rutina de estas fiestas me reconforta. Aunque se trate de una fiesta para celebrar un Año Nuevo falso o un bautizo, el tema siempre es el mismo: la vida. Disfrútala mientras dure.

De pronto las luces dejan de parpadear y la música cesa. Una voz anuncia por los altavoces que falta un minuto para las doce de la noche. Las mujeres salen disparadas en busca de sus maridos y yo me quedo sola unos segundos antes de que Linden me agarre por la muñeca y siento su pecho pegado a mi espalda.

—¡Por fin te encuentro! Te he estado buscando toda la noche —exclama.

—¿Dónde está tu novia? —pregunto sin poder evitarlo.

—¿Qué? ¿De qué me estás hablando?

—Nada. Había olvidado que sientes debilidad por las rubias —le suelto mientras él me da la vuelta para que quedemos cara a cara.

—¡Oh, te refieres a esa chica! El padre de su marido es un constructor con el que he trabajado. Pensé que sería bueno estar a bien con él.

—Vale —respondo mirando una pantalla gigante que anuncia los segundos que faltan para la media noche. Veinte… diecinueve…

—No te enfades conmigo —dice Linden apretándome las manos. Como llevo los guantes negros, están sudorosas—. A mí tampoco me ha hecho gracia verte bailar con él. De hecho, quería pedirte perdón por habérselo permitido en cuanto la música dejó de sonar, pero desapareciste.

Diez… nueve…

Me levanta la barbilla, obligándome a mirarle. De todos los Amos y Patrones que hay aquí, es el único al que le permitiría tocarme de este modo. Me he acostumbrado a él, me guste o no. Es lo más cercano a un ser querido que tengo en esta lejana costa.

—Eres la única rubia por la que siento debilidad —me promete. Y la escena es tan patética que no puedo evitar echarme a reír, y él también—. Te quiero —exclama tomando mi cara entre sus manos.

Tres… dos… uno.

Me besa, en medio de un mar de fuegos artificiales y de estrellas falsas. Y recibimos juntos las campanadas de este Año Nuevo falso. Y en este momento de falsedades, encajan a la perfección las palabras que me salen de la boca:

—Yo también te amo.

24

Volvemos de la fiesta de Año Nuevo al filo del amanecer. Por la ventana de mi habitación entra una brumosa luz azul. Al otro lado del pasillo la puerta del dormitorio de Cecilia está abierta y oigo su respiración, el frufrú de su cuerpo moviéndose en las sábanas de satén. La habitación de al lado está vacía, en su interior no se oye ningún ruido. Y de algún modo este silencio es lo que me impide conciliar el sueño. Me revuelvo y giro en la cama durante un rato y después cruzo el pasillo, dirigiéndome a la habitación de Jenna.

La puerta se abre con un chirrido. En la luz del alba puedo ver que han hecho su cama. Una de sus novelas románticas de bolsillo sigue en la mesilla de noche. Es lo único que queda de ella. Desde aquí puedo ver el envoltorio de caramelo marcando la última página que no llegó a leer.

Hasta su olor ha desaparecido. Esa mezcla ligera y etérea de perfumes y lociones que hacían sonrojar a los sirvientes. Aunque en sus últimos días predominaba el fuerte aroma del ungüento que Adair le aplicaba en el pecho para que respirara mejor, pero ese olor a medicina también se ha desvanecido. Han pasado la aspiradora sobre sus pasos, eliminando las marcas de la camilla en la que se llevaron su cuerpo.

Espero. A que se me aparezca, a escuchar su voz. Cuando Rose murió, estuve sintiendo durante meses su presencia en los naranjales. Aunque fuera producto de mi imaginación, sentía algo. Pero si el espíritu de Jenna aún existe en la Tierra, no está aquí. Ni siquiera hay una sombra en su espejo.

Aparto las mantas y me meto en la cama. Las sábanas huelen a nuevas y quizá lo sean, porque no las reconozco, son blancas con florecitas lilas. La colcha tampoco es la suya, ya que tenía una mancha de jugo de cereza en la esquina. Jenna se ha ido. No queda nada de ella, salvo el libro. No sabré nunca lo que le ocurrió aquella tarde que desapareció en el sótano de Vaughn. Nunca se escapará conmigo ni verá el mar. Nunca volverá a bailar ni a respirar.

Sepulto la cara en el colchón, en el lugar donde murió, y me imagino que me acaricia el pelo con los dedos. Me cuesta mucho lograr recordar con claridad su voz.

Te largarás de aquí y será maravilloso.

De acuerdo, le digo.

Al cabo de un rato duermo profundamente sin soñar.

Es mi última noche sin sueños. Después de ésta, Gabriel siempre está en mi mente, solo, en alguna parte de ese horrible lugar que se extiende bajo mis pies. Pienso en su piel adquiriendo un tono cetrino bajo los fluorescentes parpadeando, en la nube blanca que exhala al respirar en los fríos pasillos. Cierro los ojos por la noche y sueño con él tendiéndose en un catre para dormir, con mis hermanas esposas muertas dentro de un congelador a su lado.

Me preocupa que Vaughn descubra nuestro plan y le haga daño. Que le mate. Vaughn afirma que empezó a buscar el antídoto el día que Linden nació, y aunque yo no crea en sus buenos propósitos, pienso que lo está buscando de verdad. También creo que la vida de Linden es la única que le importa. Y si no consigue curar a su hijo a tiempo, sabe que al menos tiene a Bowen.

Una noche tengo un sueño horrible. Bowen, alto y esbelto como su padre, une sus labios a la boca de su vacilante esposa, que ahora ocupa la habitación de la madre de Bowen. Le dice que la quiere, pero la joven sostiene un cuchillo detrás de la espalda, rencorosa y preciosa, esperando el momento oportuno para matarle. No hay nadie para prevenirle. Ni una madre que lo quiera. Lo único que ha conocido ha sido a Vaughn, que está descuartizando el cuerpo de Linden en el sótano, desesperado por encontrar un remedio. ¿Y yo? Hace mucho que he muerto y estoy congelada y perfectamente preservada junto a mis hermanas esposas. Tenemos los ojos abiertos con cara de asombro, nuestras manos no llegan a tocarse. Las cuatro estamos en hilera, de las pestañas nos cuelgan carámbanos de hielo.

Algo me toca y chillo sin poder evitarlo. El corazón me martillea el pecho, e intento alejarme por todos los medios de los cadáveres de mis hermanas esposas, desesperada por huir del sótano de Vaughn.

—¡Eh! —me susurra una voz—. Shhh... eh, eh. No pasa nada. Sólo ha sido una pesadilla —al dar media vuelta, me encuentro con Linden a mi lado en la cama. Apenas distingo su cara bajo la luz de la luna. Me aparta el pelo del rostro—. Ven aquí —dice tirando de mí. No me resisto. Las manos me tiemblan cuando me agarro a su pijama. Siento su cálida mejilla contra la mía, derritiendo la piel congelada de mi sueño.

Al otro lado del pasillo oigo al bebé hipando y de repente se echa a llorar. Me incorporo para levantarme de la cama, pero Linden tira de mí para que me acueste.

—Tengo que ir. Se ha despertado. Ha sido por mi culpa —digo.

—Estás temblando. Incluso puede que tengas un poco de fiebre —afirma tocándome la frente con el dorso de la mano—. ¿Te encuentras mal?

—No, estoy bien —le aseguro.

—Quédate en la cama. Iré yo —dice Linden.

Quiero ir. Quiero asegurarme de que Bowen sigue siendo un bebé, que el esbelto chico de mi sueño no es real. Al menos no aún. Me levanto de la cama y Linden me sigue por el pasillo hasta la habitación de Cecilia. Ella, agotada, está intentando levantarse de la cama, tiene el pelo revuelto, los ojos entrecerrados.

—Ya me ocupo yo de él. Vuelve a dormirte —le susurro.

—No —exclama apartándome cuando casi estoy junto a la cuna—. Yo soy su madre; no tú.

Bowen lloriquea e hipea mientras lo coge en brazos. Cecilia le hace callar, tarareándole dulcemente una melodía, y se sienta en la mecedora. Pero cuando se desabrocha los botones de arriba del camisón, Bowen se aparta enérgicamente de su pecho, llorando.

Linden llega en ese momento y me rodea los hombros con el brazo.

—Quizá deberíamos probar con la nodriza, cariño —le sugiere a Cecilia.

Ella le mira y se le llenan los ojos de lágrimas.

—¡Ni se te ocurra! —le espeta—. Yo soy su madre. Él me necesita —se le quiebra la voz y vuelve a centrarse en su hijo—. Bowen, te lo ruego…

—Mi padre dice que es normal durante las primeras semanas. A los recién nacidos al principio les cuesta mamar —reconoce él intentando tranquilizarla.

—Antes lo hacía. Le pasa algo —afirma Cecilia abrochándose el camisón y levantándose. Se pone a caminar de un lado a otro de la habitación con su hijo contra el pecho. Así consigue que se duerma a los pocos segundos.

—Se ve que no tenía hambre —observo.

Mientras deja a Bowen en la cuna y se agacha para besarle en la frente, Cecilia no dice nada más. No ha visto mi sueño, un mundo en el que su hijo se ha convertido en un joven huérfano casado con unas esposas secuestradas. Pero ¿ha tenido Cecilia también pesadillas? ¿Se le ha ocurrido, aunque sea por una vez, que ella sólo será una pequeña parte de la vida de su hijo y que un día no será para él más que el lejano recuerdo de un pelo pelirrojo y de los elegantes y tristes acordes de un teclado? Si es que la recuerda siquiera.

—Mis padres trabajaban en un laboratorio donde había una guardería —le cuento ignorando mi norma de no dejar que Linden oiga nada de mi vida. De todos modos estas palabras no van dirigidas a él—. Los bebés eran huérfanos y había tantos que a veces no podían ocuparse de todos. Por eso los médicos les ponían grabaciones de nanas para que dejaran de llorar. Pero los bebés a los que cogían en brazos siempre eran los más espabilados. Los que se reían y aprendían a agarrar los juguetes antes que los otros.

Mientras yo hablaba Cecilia estaba mirando la cuna, pero ahora alza la cabeza.

—¿Qué significa?

—Supongo que quiere decir que los bebés notan el contacto humano. Saben cuándo alguien los quiere.

—Yo no recuerdo a nadie haciéndolo —musita Cecilia—. Crecí en un orfanato y no me acuerdo de nadie ocupándose de mí. Sólo quiero que sepa que soy su madre. Que estoy aquí y que le cuidaré.

—Lo sabe —susurro rodeándola con el brazo.

—Mi hijo no necesita escuchar ninguna grabación —exclama agitando la mano ante sus ojos descartando la idea—. Tiene una madre. Me tiene a mí.

—Es verdad —digo.

Se cubre la boca al borde del llanto. Cecilia siempre ha sido muy emotiva, pero traer al mundo a su hijo Bowen y perder a Jenna le ha pasado factura. Cada día está más marchita. Esperaba que Linden lograra consolarla, para que cuando yo me haya ido a ella todo le resulte más fácil. Pero hay veces en las que él no puede conectar con ella, como cuando el dolor de Cecilia se vuelve demasiado irracional o demasiado intenso como para que Linden pueda comprenderla. En esos momentos, cuando ella desliza su mano en la mía y me la agarra con fuerza, nuestro marido no es más que una sombra junto a la puerta.

—Venga, vuelve a dormir —exclamo. Me deja que

la acompañe hasta la cama. La arropo con las mantas. Ya tiene los ojos cerrados. ¡Qué cansada está siempre!

—¿Rhine? Lo siento —dice.

—¿Por qué? —pregunto. Pero ya se ha quedado dormida.

Al girarme para salir me doy cuenta de que Linden ya se ha ido. Probablemente se ha escabullido mientras yo intentaba consolar a Cecilia, temiendo empeorar las cosas. Ella se altera por nada, sobre todo ahora que aún está muy apenada por la muerte de Jenna. A Linden le aterra su intensidad, creo que es porque el dolor de Cecilia le recuerda el suyo al perder a Rose.

Me quedo un rato junto a la puerta, escuchando la respiración cadenciosa de mi hermana esposa y de su hijo, apenas los distingo bajo la luz de la luna. Y de repente me invade una terrible sensación de mortalidad. Muy pronto, Cecilia perderá a su última hermana esposa y en menos de cuatro años, también perderá a su marido. Y un día en esta planta no habrá más que dormitorios vacíos sin tan sólo un fantasma para hacerle compañía a Bowen.

Y después él también se habrá ido.

Por más que su madre le quiera, el amor no basta para mantener a ninguno de nosotros con vida.

25

Cuando falta un mes para mi huida, paso todo el tiempo al aire libre. En el suelo todavía hay nieve y deambulo por los naranjales. Juego sola al golf. Y, poco a poco, el mes transcurre.

El día de mi planeada huida por la mañana me tiendo en la cama elástica y escucho los muelles crujir cuando muevo el cuerpo. Era el sitio preferido de Jenna, su propia isla.

Aquí es donde Cecilia me encuentra. Llega con algunos copos de nieve posados sobre su cabellera pelirroja.

—¡Hola! —dice ella.

—¡Hola!

—¿Puedo subirme? —pregunta. Doy unas palmaditas en el espacio vacío a mi lado y se sube a la cama elástica.

—¿Dónde está tu pequeña sombra?

—Con el Amo Vaughn —contesta con un dejo de tristeza. Es la única explicación necesaria. Se echa a mi lado, me rodea el codo con sus brazos y lanza un suspiro—. ¿Y ahora qué? —pregunta.

—No lo sé —respondo.

—No creí que se fuera a morir —me suelta—. Pensaba que le quedaba otro año de vida y que entonces ya habría un antídoto y... —enmudece. Me echo boca arriba y contemplo su respiración y la mía desvaneciéndose en el aire frío.

—Cecilia, no hay ningún antídoto. Acéptalo de una vez.

—No seas tan pronaturalista —exclama ella—. El Amo Vaughn es un médico excelente. Está trabajando día y noche para encontrarlo. Tiene la teoría de que el problema viene de que las primeras generaciones fueron *concebidas* por métodos artificiales. Por eso, si un bebé nace por medios naturales, se puede curar —hace una pausa en la que intenta recordar las palabras— mediante una intervención externa —añade pronunciándolas cuidadosamente, como si pudieran romperse.

—Claro —le suelto riendo cruelmente.

No le cuento que mis padres consagraron sus vidas a encontrar un antídoto y que me cuesta mucho creer que las intenciones de Vaughn sean las mismas que las de ellos. No le cuento lo del cuerpo de Rose en el sótano y que Jenna seguramente está también ahí abajo, encerrada en un congelador o diseccionada en trozos irreconocibles.

—Encontrará un antídoto, lo hará —repite con convicción.

Comprendo que Cecilia no quiera aceptarlo. La vida de su propio hijo depende del antídoto que supuestamente Vaughn encontrará, pero yo no estoy dispuesta a tragármelo. Sacudo la cabeza, contemplando los copos de nieve cayendo y girando del cielo blanquecino. Qué limpio se ve el mundo cuando alzas la cabeza.

—Lo hará —insiste Cecilia. Se sienta a mi lado, tapándome con su rostro la vista de las nubes—. Tienes que quedarte aquí y dejar que él te cure. Sé que planeas escapar. No creas que no lo sé.

—¿Qué? —grito incorporándome de golpe.

Me coge una mano entre las suyas.

—Lo sé todo sobre ti y el sirviente. Os vi besándoos —me susurra al oído.

Me viene a la cabeza el ruido que oímos en el pasillo.

—¿Eras tú? —Mi voz suena extraña y lejana, como si estuviera escuchando por casualidad una conversación entre dos desconocidos.

—Él te estaba distrayendo de tus deberes conyugales. Creí que en cuanto se hubiera ido te darías cuenta del buen esposo que es Linden. Que verías las cosas con más claridad. Y así ha sido, ¿verdad? ¿Te lo has pasado bien en todas esas fiestas?

De pronto, me duele respirar.

—¡Eres tú la que se lo contó al Amo Vaughn!

—Lo hice para ayudarte —insiste apretándome la mano—. Él y yo sólo queríamos lo mejor para ti. Por eso lo envió a otra parte de la mansión.

Aparto mi mano de las suyas y quiero separarme de ella. Alejarme lo máximo posible de Cecilia, pero por alguna razón no puedo moverme del lugar.

—¿Qué más le dijiste?

—Sé más cosas de las que crees. Tú y Jenna teníais vuestro pequeño club del que me excluisteis. Nunca me contabais nada, pero yo no soy tonta, ¿sa-

354

bes? Sé que te estaba ayudando a ver a ese sirviente. Y eso no es bueno para ti. ¿No te das cuenta? Linden te quiere y yo le quiero a él. Es muy *bueno* con nosotras, el Amo Vaughn encontrará finalmente el antídoto y viviremos en esta casa durante mucho, muchísimo tiempo.

Sus palabras caen a mi alrededor como copos de nieve multiplicados en cantidad e intensidad. El aire sale de mi boca a ráfagas neblinosas y desesperadas. Oigo la voz de Vaughn en mi cabeza. *Es tan fría como un pez, ¿no te parece? Si por mí fuera, volvería a arrojarla al mar.*

—¿Tienes alguna idea de lo que has hecho?

—¡Lo hice para ayudarte! —grita.

—¡La has matado! —chillo llevándome las manos a los ojos. Quiero gritar. Quiero hacer muchas cosas, pero como seguramente lo lamentaría más tarde, me quedo sentada unos instantes intentando recuperar el aliento.

Pero no puedo quedarme así para siempre, porque Cecilia me está preguntando «¿Qué?» y «¿A qué te refieres?» y «¿De qué estás hablando?» Y al final ya no puedo aguantarme más.

—¡A que has matado a Jenna! ¡A eso! Le dijiste al Amo Vaughn que ella andaba curioseando por ahí y él la mató. ¡No sé cómo, pero lo hizo! Estaba buscando una razón para sacársela de en medio, y tú se la diste. Y Gabriel está encerrado solo en ese... horrendo sótano por tu culpa.

Los ojos castaños de Cecilia se llenan de incredulidad y luego de miedo, y puedo ver que intenta negar lo que acabo de decirle.

—No —exclama evitando mirarme, asintiendo con firmeza—. Jenna murió del virus y...

—Jenna sólo tenía diecinueve años. Se murió en una semana. En cambio, Rose estuvo enferma durante meses. Si tu Amo Vaughn es un médico tan excelente, explícame por qué ella se fue tan rápido estando bajo sus cuidados.

—Ca... cada caso es distinto —tartamudea—. ¡Espera! ¿Adónde vas? —grita. Porque ya no puedo seguir mirándola. Salto al suelo y echo a correr. No sé adónde voy, pero ella me sigue. Oigo crujir la nieve bajo sus zapatos. Consigue darme alcance y me agarra del brazo, pero yo la aparto con tanta fuerza que cae sobre un montículo de nieve.

—¡Eres como él! —le espeto—. ¡Eres un monstruo como él y tu bebé también se convertirá en uno cuando sea mayor! Pero tú no lo verás crecer, porque dentro de seis años estarás muerta. Estarás muerta y Linden también, y Bowen se convertirá en el nuevo juguete del Amo Vaughn.

Cecilia, al borde de las lágrimas, sacude la cabeza exclamando «No, no, no» y «¡Estás equivocada!» Pero sabe que tengo razón. Puedo ver el arrepentimiento en su cara. Echo a correr, antes de perder el control y hacerle algo horrible. Mientras me alejo, la oigo gritar mi nombre con una intensidad brutal y desgarradora, como si la estuvieran matando, y quizá sea así. Pero lentamente. Tardará seis años en morir.

Es mi último día en la mansión de Linden. O tal vez sea la mansión de Vaughn. Es él quien la convirtió en lo que es y Linden no es más que un títere, como sus esposas. Me resultaría más fácil si pudiera seguir odiándole como al principio, para escapar de su cruel tiranía sin siquiera mirar atrás. Pero en mi corazón sé que no es una mala persona y lo mínimo que puedo hacer es despedirme de él. Cuando se despierte por la mañana, yo ya me habré ido. Pensará que me he muerto y esparcirá mis cenizas. O tal vez Cecilia las conservará en una urna al lado de las de Jenna.

Cecilia. La última hermana esposa que me queda. Pienso hacer todo lo posible por evitarla durante el resto de la tarde, pero no es necesario, porque no se deja ver. Ni siquiera baja a cenar, y a Linden le está empezando a preocupar que se salte tantas comidas. Me pregunta si últimamente he advertido si le pasa algo y le respondo que es normal que esté afectada dadas las circunstancias. Linden no ha sido capaz de entender el dolor de sus esposas por la muerte de Jenna. Por eso, cuando lo uso como una excusa por el extraño comportamiento de Cecilia, no dice nada más.

Linden apenas conoció a Jenna y yo ya no creo que Vaughn secuestrara a tres novias por el bien de su hijo. Jenna fue la de usar y tirar; Cecilia, la fábrica de bebés, y yo, supuestamente, la niña de sus ojos.

Después de cenar, a eso de las ocho, llamo a Deirdre para que me prepare uno de sus baños de manzanilla. Se la ve apagada. Al morir Jenna, vendieron a Adair en una subasta. Yo no soy la única que ha perdido a un amigo. Deirdre trajina sin embargo como si nada por la habitación, ordenando y volviendo a ordenar el maquillaje del tocador mientras estoy en la bañera. Me pregunto qué será de ella en cuanto me haya ido, si la venderán a otra mansión. Tal vez se convierta en la cuidadora de Bowen. Es un poco más joven que Cecilia y vivirá al menos hasta que él sea un adolescente. Quizá pueda consolarle cuando llore y contarle cosas bonitas del mundo, como la playa que pintó su padre.

—Ven a charlar conmigo un rato —le digo.

Deirdre se sienta en el borde de la bañera e intenta sonreír un poco. Pero el sentimiento de tristeza que flota en la planta de las esposas se ha adueñado incluso de ella.

Intento pensar en algo que pueda decirle. En una forma de despedirme sin decirle adiós, pero para mi sorpresa es ella la que empieza a hablar.

—Tú no eres como las otras, ¿no?

—¿Mmm? —respondo.

Tengo la cabeza apoyada sobre una toalla arrollada en el extremo de la bañera y Deirdre empieza a trenzarme el cabello húmedo.

—Es por tu forma de ser —observa—. Eres... como un pincel.

Abro los ojos sorprendida.

—¿A qué te refieres?

—Lo digo en el buen sentido. Desde que llegaste no han pasado más que cosas buenas —reconoce agitando la mano como si estuviera pintando un cuadro—. Hay un ambiente más alegre.

Debe de estar de guasa. A Gabriel lo han encerrado en el sótano y Jenna está muerta.

—No entiendo por qué lo dices.

—El Patrón ahora es mucho más fuerte. Más feliz. Antes era muy frágil. Y las cosas... han mejorado.

Sigo sin entenderlo, pero por su tono de voz veo que me lo dice de corazón y sonrío.

¿Es verdad? No lo sé. Pienso en lo que le dije a Linden en la limusina de camino a la fiesta, sobre que le enseñaría a nadar cuando hiciera buen tiempo. Quizás este detalle le haya hecho feliz, como Deirdre afirma. Tendré que añadirlo a mi lista de promesas rotas, al lado de la primera de cuidar de él. Pero cuando Rose me lo pidió, no sabía que Cecilia le querría tanto. De todos modos, ella y Linden están hechos el uno para el otro. Cecilia está tan colada por él que sería capaz de vendernos a Jenna y a mí a Vaughn con tal de quitarnos de en medio, y es la que se moría de ganas de tener un hijo suyo. Y además los dos son tan ajenos a lo que ocurre a su alrededor que hacen una pareja perfecta. Dos tortolitos enjaulados. Yo no soy buena para Linden. Estoy llena de atlas y mapas. ¿Y qué más da que me parezca a Rose? Yo no soy ella e incluso Rose tuvo que dejarle.

—¿Estás lista para salir de la bañera?

—Sí —contesto. Mientras me pongo el camisón, me aparta las mantas de la cama, pero me siento en la otomana.

—¿Podrías maquillarme?

—¿Ahora? —pregunta sorprendida.

Asiento con la cabeza.

Y por última vez, hace maravillas.

Pulso el botón para pedir a un sirviente que busque a Linden. A los pocos minutos mi esposo aparece en mi habitación.

—¿Me estabas buscando? —dice con la intención de seguir hablando, pero enmudece de pronto al verme maquillada y con el cabello suelto, sin laca y sin peinar, al natural. Llevo un jersey trenzado de Deirdre tan suave y esponjoso como una nube, y una falda negra hinchada que brilla con diamantes negros.

—Estás guapísima —dice él.

—Estaba pensando en que nunca he visto la terraza —observo.

—Ven, te la mostraré —dice ofreciéndome de inmediato el brazo.

La terraza se encuentra en la planta baja, en el exterior de un salón de baile que apenas se usa. Todas las mesas y sillas están cubiertas con sábanas, como si los fantasmas se hubieran quedado adormecidos después de una fiesta espectacular. Avanzamos en medio de la oscuridad, cogidos del brazo, y nos paramos ante las puertas correderas de cristal. La nieve, resaltando contra un cielo negro como el azabache, cae con vertiginosa furia, como millones de pedacitos de estrellas rotas.

—Quizás hace demasiado frío para salir —sugiere él.

—Pero ¿qué dices? Si hace una noche preciosa.

La terraza es un simple porche con un confidente y sillas de mimbre mirando a los naranjales. Linden sacude la nieve del confidente y nos sentamos en él. La nieve cae a nuestro alrededor y nos quedamos callados durante un buen rato.

—Es lógico que la eches de menos. Era el amor de tu vida —reconozco.

—No es el único —observa él rodeándome con sus brazos. Puedo oler la fría lana de su abrigo. Contemplamos la nieve cayendo durante un rato. Entonces él dice—: No está bien que pienses tanto en Rose.

—No tiene nada de malo. Deberías pensar en ella cada día. No intentes buscarla en ninguna otra parte, porque nunca la encontrarás. La verás caminando en una concurrida calle, y cuando intentes alcanzarla, descubrirás al girarse que es otra persona.

A mí me estuvo pasando durante meses y meses cuando mis padres murieron. Linden se me queda mirando fijamente.

—Consérvala simplemente aquí, ¿vale? —le aconsejo dándole unos golpecitos con el dedo en el corazón—. Es el único lugar donde siempre la encontrarás.

Me sonríe y por un instante veo el destello de sus dientes de oro. Cuando los vi por primera vez, pensé que eran un símbolo de poder y estatus. Pero ahora sé que no son sino cicatrices, el resultado de un niño frágil que perdió varios dientes debido a una infección. Linden no es amenazador en absoluto.

—Por lo que veo, sabes muchas cosas sobre pérdidas —comenta.

—Una o dos —reconozco apoyando la cabeza contra su hombro. Percibo el calor que despide su cuello y un ligero aroma a jabón.

—Todavía no sé de dónde viniste. Algunos días me parece como si hubieras caído del cielo.

—Algunos días me siento como si así fuera.

Entrelaza sus dedos con los míos. Aunque llevemos los dos guantes blancos a juego, creo que siento su pulso. Qué engañosas son nuestras manos, pero al mismo tiempo no lo son. Parecen pertenecer a marido y mujer: el aro de mi alianza se marca bajo la lana. Y el modo en que nuestras manos se entrelazan es como si él deseara fundirse conmigo.

En esas manos no hay nada que indique la irrevocabilidad del momento. Pronto no volveremos a tocarnos nunca más. No volveremos a ir a otra fiesta, ni tendremos un hijo, ni moriremos juntos con la misma agonía.

¿Moriremos al mismo tiempo cada uno en nuestro propio hogar en algún punto junto al mar? Espero que Cecilia esté ahí para que Linden apoye la cabeza en su regazo. Espero que le lea algún libro y que le diga cosas bonitas. Espero que por aquel entonces ya se haya olvidado de mí y pueda encontrar la paz.

Espero que Vaughn no sea tan desalmado como creo y que incinere el cuerpo entero de su hijo sin profanarlo para esparcir sus cenizas por el naranjal.

En cuanto a mí, intento no cavilar demasiado en mi muerte. Sólo sé que quiero pasar los últimos años en mi hogar, en Manhattan, con mi hermano, en la casa que mis padres nos dejaron. Y tal vez con Gabriel. Intentaré enseñarle todo lo que pueda del mundo para que encuentre trabajo, quizás en el puerto, así podrá salir adelante cuando yo me haya muerto.

—¿Te pasa algo, mi vida? —pregunta Linden, y me doy cuenta de que tengo los ojos llenos de lágrimas. Hace tanto frío que no sé cómo no se me han congelado.

—No, nada. Sólo estaba pensando en el poco tiempo que nos queda.

Me mira como cuando me pregunta qué pienso de los diseños de sus edificios. Como si quisiera meterse en mi cabeza. Quiere comprenderme y ser comprendido.

En otros tiempos, en otro lugar, me pregunto lo que habríamos significado el uno para el otro.

Y de pronto veo que este pensamiento es absurdo. En otros tiempos, en otro lugar, no me habrían secuestrado para que fuera su mujer. Y él no estaría atrapado en esta mansión. Sería un arquitecto famoso y quizá viviría en una de sus casas, formando un matrimonio de verdad, tendría hijos con vidas maravillosas y largas.

Me echo a reír, intentando tranquilizarle.

—Estaba pensando en el poco tiempo que la gente pasará en tus preciosas casas —observo apretándole la mano.

Él pega la frente a mi sien, cierra los ojos.

—Cuando haga mejor tiempo, te mostraré algunas —me sugiere—. Es bonito ver los cambios que hace la gente. Las mascotas y los columpios, unas casas llenas de vida. Estas cosas bastan a veces para hacerte olvidar.

—Me encantará, Linden.

Después de esto guardamos silencio. Dejo que me estreche entre sus brazos. Al cabo de un rato la nieve y el frío son demasiado para él y me lleva de vuelta a mi habitación. Nos besamos, su nariz helada toca la mía, por última vez.

—Buenas noches, cariño —dice él.

—Buenas noches, cariño —contesto.

Y es una despedida tan normal, tan inocente, que Linden no sospecha nada. Las puertas del ascensor se cierran entre nosotros y él desaparece de mi mundo para siempre.

La puerta del dormitorio de Cecilia está entreabierta y la veo sentada en la mecedora. Tiene el camisón abierto y le está ofreciendo el pecho a Bowen, pero él se revuelve llorando.

—Tómalo, tómalo, mi vida —le susurra ella sollozando. Pero él no lo quiere. Vaughn mentía sobre lo de la nodriza. Le he visto dándole el biberón a Bowen y en cuanto los bebés prueban el dulce sabor de la leche en polvo, ya no quieren mamar nunca más. Recuerdo que mis padres me lo decían cuando trabajan en el laboratorio. Pero Cecilia lo ignora. Vaughn le está quitando a su hijo poco a poco, lo está empezando a controlar como controla a su propio hijo. Quiere que Cecilia crea que su hijo no la quiere.

Me quedo plantada en el pasillo un buen rato, mirándola. Aquella joven novia tan ilusionada se ha convertido en una mujer demacrada y pálida. Recuerdo el día que se lanzó del trampolín dando volteretas a la piscina y que nadamos por el trópico intentando agarrar estrellas de mar virtuales. Es el mejor recuerdo que conservo de ella y no es más que una ilusión.

No, tal vez no sea el mejor recuerdo. Cuando yo estaba postrada en cama, me trajo lirios a mi habitación.

No se me ocurre un modo de despedirme de ella. Al final me alejo con el mismo sigilo con el que he llegado y la dejo con la vida que anhelaba llevar. Sé que un día dejaré de odiarla. Sé que no es más que una chiquilla, una niña estúpida e ingenua que se ha tragado las mentiras de Vaughn. Pero cuando la miro no veo más que el cuerpo frío de Jenna en el sótano, cubierto con una sábana y esperando el cuchillo. Cecilia tiene la culpa. Y no puedo perdonarla.

La habitación de Jenna es mi última parada. Me quedo plantada junto a la puerta durante mucho, mucho tiempo. Contemplo los objetos. El cepillo sobre el tocador podría pertenecer a cualquiera, su novela de bolsillo ha desaparecido. Lo único que queda de Jenna a la vista es el encendedor que le quitó al sirviente, porque nadie se fijó lo bastante en él como para advertirlo. Lo cojo y me lo meto en el bolsillo. Al menos tendré algo suyo. No queda nada de algún valor sentimental. Han deshecho la cama, han limpiado el colchón, y la han vuelto a hacer, como si esperaran que Jenna volviera y reclinara la cabeza en las almohadas. Ella no lo hará, pero quizás otra chica lo haga pronto.

Aquí ya no queda nada de lo que despedirme. No hay ninguna chica bailando. Ninguna sonrisa traviesa. Ella se ha ido, con sus hermanas, ya es libre, ha huido. Y si estuviera aquí, me diría: «Lárgate».

El reloj de la mesilla de noche me muestra la hora: 9:50. Es como si ella me estuviera empujando para que me fuera.

No me despido. Me voy sin más.

26

Tomo el ascensor para ir a la planta baja y cruzar la cocina, esperando encontrármela vacía. Pero al ir a agarrar el pomo de la puerta, una voz me hace parar en seco.

—Hace un poco de frío para salir a dar un paseo, ¿no te parece?

Al dar media vuelta me encuentro con la jefa de cocina saliendo del pasillo, apartándose su grasiento pelo de la cara.

—Iba a estirar un poco las piernas. No puedo dormir.

—Ándate con ojo, rubia. En esta clase de nieve, puedes perderte y no volver nunca más —me advierte sonriendo maliciosamente—. Y nadie lo querría, ¿verdad?

—¡Claro que no! —respondo cautelosamente. ¿Se lo habrá olido?

—Pues por si acaso, esto te mantendrá caliente —al acercarse veo que lleva un termo. Está tan caliente que cuando me lo entrega me quema un poco las manos aunque lleve guantes.

—Gracias.

Me abre la puerta.

—Ten cuidado, ahí fuera hace mucho frío —exclama dándome una palmadita en el hombro.

Salgo afuera y al girarme para darle las gracias de nuevo, ya ha cerrado la puerta.

Está nevando con más fuerza. Me lleva mucho tiempo avanzar a través de la nieve porque intento borrar mis huellas. Cuando estoy lo bastante lejos de la casa, llamo en susurros a Gabriel, pero el viento se lleva mi voz. Es como el día del huracán, pero lleno de nieve. Tropiezo con un árbol y voy siguiendo a tientas los lindes del bosque, llamándole un poco más alto, y más alto. Al final encuentro el holograma. Intento tocar un árbol y paso a través de él. Ahora estoy lo bastante lejos de la casa para poder llamarle a gritos.

—¡Gabriel, Gabriel!

Pero no viene, no viene. Y sé que pronto tendré que tomar una decisión. Puedo huir hacia el océano sin él o volver a la tormenta de nieve y buscarlo. De cualquier manera, esta noche me largo de esta mansión. Aunque Gabriel nunca haya pilotado un barco, sabe más del tema que ninguna otra persona que conozco, en cambio yo apenas tengo idea. Y lo peor es lo que Vaughn le hará si se queda. El amo sabrá que Gabriel me ayudó a escapar. Esto me acaba de convencer. Cuando me doy cuenta de que no puedo irme sin él, de que tengo que ir a buscarle, alguien me agarra por la muñeca.

—Rhine.

Me giro y voy a parar a sus brazos. Por segunda vez,

en una segunda tormenta, viene a sostenerme con firmeza. Y quiero contarle las cosas que han ocurrido en este horrible mes sin él, pero no tenemos tiempo. El viento ha vuelto y nos impide oír las palabras del otro. Echamos a correr, cogidos de la mano, hacia la oscuridad.

El viento suena como voces. Suena como mi padre y mi madre riendo, como Rowan despertándome para que le reemplace en la vigilancia, como el bebé de Cecilia llorando y como Linden diciendo te quiero. No me paro a escucharlo. No le respondo. Pero a veces tropezamos con ramas y montículos de nieve y nos ayudamos mutuamente a levantarnos. No hay quien nos detenga. Y por fin llegamos a la entrada que está, cómo no, cerrada.

Hay un panel de control, pero la tarjeta electrónica no funciona. ¿De verdad creía que lo haría? «¿Y ahora qué?», me grita Gabriel pese al fuerte viento. Empiezo a andar a lo largo de la valla para buscar dónde acaba; pero al poco tiempo salta a la vista que no tiene fin, debe de rodear la propiedad en un círculo de kilómetros y kilómetros.

¿Y ahora qué?

No lo sé. No lo sé.

¡Qué cerca estamos de la libertad! Si metiera la mano entre los barrotes, tocaría el aire libre. Casi agarraría la rama de un árbol al otro lado. Inspecciono desesperadamente los alrededores. Es imposible trepar a los árboles, las ramas son demasiado altas, la valla está demasiado helada. Intento encaramarme a los barrotes de hierro de la entrada y fracaso cada vez. Pero lo intento una, y otra vez, hasta que Gabriel me agarra para que desista. Se desabrocha el abrigo de lana y, atrayéndome hacia su pecho, nos envuelve a los dos con él. Nos arrodillamos juntos al lado de un montículo de nieve y creo saber lo que intenta decirme. No hay modo de salir. Moriremos congelados.

Pero no siento la aceptación que sentí durante el huracán. Aquella noche estaba segura de que iba a morir y sin embargo algo me decía que siguiera adelante, adelante, y cuando subí a la punta del faro, vi la salida. No creo que mi intento de huir haya sido en vano.

Siento a Gabriel besándome la frente. Pero incluso sus labios de ordinario calientes están ahora fríos. Me aparto un poco y le levanto el cuello del abrigo alrededor de las orejas. Él desliza sus manos por debajo de mi pelo, a uno y otro lado del cuello, y así nos mantenemos calientes.

Me saco el encendedor de Jenna del bolsillo, pero con el viento es casi imposible encenderlo. Tengo que escabullirme del abrigo de Gabriel y él ahueca las manos alrededor de la llama para que el viento no la apague. Me recuerda la historia que leí en la biblioteca de Linden de una chica que encendió cerillas para evitar morir congelada. Cada nueva llamita le traía un distinto recuerdo de su vida. Pero ahora no puedo pensar más que en Jenna, en la llama de su corta vida parpadeando en nuestras manos. Es la única luz en medio de la oscuridad y pienso que lo que más me gustaría es prenderle fuego a este lugar. Verlo arder como esas horribles cortinas. Pegarle fuego a un árbol y ver las llamas propagarse por los otros. Pero el viento sopla con demasiada furia. Es como si Vaughn hubiera convocado la ventisca. Me da miedo que mañana por la mañana encuentren el cuerpo de Gabriel y el mío congelados junto a la entrada, a un palmo de la libertad.

Pero no ocurrirá. No le daré este placer.

Cuando me estoy planteando prenderle fuego a un árbol, oigo una voz en el viento. Al principio creo que son imaginaciones mías, pero Gabriel también mira hacia el lugar de donde viene. Distinguimos vagamente una figura a lo lejos corriendo hacia nuestra lucecita.

Me agacho en el acto, tirando de Gabriel para que se agazape a mi lado. Es Vaughn. Vaughn que viene a matarnos, o peor aún, a llevarnos a rastras al sótano para torturarnos, mutilarnos, atarnos a la mesa de operaciones, en la misma sala en la que yacen los cadáveres de Rose y Jenna. Echo a correr, pero Gabriel me detiene. El hombre está cada vez más cerca y no es Vaughn.

Es el nervioso sirviente que reemplazó a Gabriel. El que me dijo que yo era la chica amable, el que me recordó que buscara dentro de la servilleta el June Bean.

Agita algo sobre su cabeza. Una tarjeta electrónica. Está moviendo la boca, pero con el viento y la nieve, no puedo oír sus palabras. Gabriel y yo vemos que introduce la tarjeta en la ranura. La puerta de la entrada no se mueve, bloqueada por la nieve, pero al final se abre.

Durante largo tiempo me quedo plantada allí, sin saber qué hacer. No estoy segura de si debo confiar en él. Estoy esperando que Vaughn salga en cualquier momento —podría estar escondido detrás de un árbol— y nos mate de un balazo.

Pero el sirviente agita enérgicamente la mano y creo que nos está diciendo: «¡Largaos, largaos!»

—¿Por qué? —pregunto. Me acerco más a él para oírle mejor—. ¿Por qué nos estás ayudando? ¿Cómo sabías que estábamos aquí? —grito en medio del vendaval.

—Tu hermana esposa, la pequeña, la pelirroja, me ha pedido que te ayude —chilla él.

27

Echamos a correr sin detenernos durante lo que nos parece toda la noche. Es como si el mundo hubiera desaparecido y solamente existiera ese sendero, esos árboles, esa nívea oscuridad. Nos detenemos para recuperar el aliento, pero el gélido aire le ofrece muy poco consuelo a nuestros agotados pulmones. Estamos helados y exhaustos, y el viento sigue soplando con furia.

En la biblioteca leí un libro titulado *La divina comedia*, de Dante; una de sus partes se llama *El infierno*. Trata de un lugar en el Más Allá llamado infierno, formado por muchos círculos. En uno hay dos amantes adúlteros atrapados eternamente en una tormenta de nieve, incapaces de hablar, incapaces de oírse el uno al otro o de gozar de un momento de calma.

Podríamos ser nosotros, pienso. Y lo más triste es que ni siquiera tuvimos la ocasión de ser amantes. No somos más que un sirviente y una mujer secuestrada a los que no nos han otorgado ni un momento de auténtica libertad para analizar lo que sentimos el uno hacia el otro. Hasta llevo aún la alianza debajo de los guantes trenzados de Deirdre.

Cuando nos hemos alejado lo bastante de la puerta de hierro, dejamos de correr y seguimos andando. No entiendo por qué este camino es tan largo. En la limusina lo recorrimos en pocos minutos. ¿Habremos girado Gabriel y yo por donde no debíamos? Hay tanta nieve que ni siquiera estoy segura de que sigamos por él. Justo cuando empezaba a creer que el mundo había desaparecido o que estábamos atrapados en nuestro círculo del infierno, vemos luces. Oímos un traqueteo y, de pronto, vemos un enorme tractor amarillo pasando por delante quitando con una pala la nieve de la calle de la ciudad.

Lo hemos logrado. Estamos aquí. Las luces y los edificios aparecen de pronto como si alguien hubiera apartado una cortina. Vemos más quitanieves e incluso algunos pocos transeúntes caminando bajo las farolas. La marquesina del cine anuncia un festival de zombis que dura toda la noche.

Mientras estábamos en aquella tierra yerma, esperando una muerte certera, el mundo discurría plácidamente a sólo varios kilómetros de distancia. Me echo a reír histéricamente.

—¿Lo ves? ¿Ves lo que te estabas perdiendo? —grito sacudiendo a Gabriel y señalando el cine.

—¿Qué es un zombi? —pregunta él.

—No lo sé. Pero lo averiguaremos. Podemos hacer lo que se nos antoje.

Entramos. El cine está calentito y huele a la mantequilla derretida de las palomitas y a limpiador de alfombras. Ninguno de los dos tiene dinero. Aunque se me hubiera ocurrido robar un poco, no habría sabido dónde buscarlo. En la mansión no sirve para nada, ni siquiera Linden lleva encima una sola moneda.

Pero el cine está repleto de gente y logramos colarnos en una de las salas sin que nos vean. Nos sentamos juntitos en la oscuridad, rodeados de desconocidos. Nadie nos conoce y en medio del anonimato estamos seguros. Las películas son horripilantes, los efectos especiales escabrosos y ridículos.

—Así es Manhattan —susurro eufórica.

—¿En Manhattan hay muertos saliendo de las tumbas?

—No. La gente paga para ver películas como éstas.

El festival maratoniano de zombis dura toda la noche. Dan una película grotesca tras otra. Me quedo dormida, despertando de vez en cuando. No sé la hora que es, ni si es de día o de noche. Oigo los gritos y los alaridos en mi subconsciente, pero mi mente sabe que el horror es falso. Que en este lugar estoy a salvo. Gabriel me agarra la mano. En un momento dado me despierto cuando él me resigue la alianza con el dedo. Ahora ya no significa nada para mí, he dejado de ser la esposa de Linden Ashby, si es que llegué a serlo. Siempre he creído que, para que dos personas estén casadas, la mujer también tiene que estar de acuerdo en ello.

—Mi verdadero apellido es Ellery —digo medio dormida.

—Yo no tengo ninguno —admite Gabriel.

—Pues tendrás que inventártelo —le suelto.

Se echa a reír y luego me sonríe con esa sonrisa suya tan tímida, espontánea y maravillosa. En su rostro se reflejan las luces parpadeando de la pantalla en blanco y, al girarme, descubro que el festival de zombis ha terminado y que los asientos a nuestro alrededor están vacíos.

—¿Por qué no me has despertado?

—Estabas tan mona durmiendo —exclama mirándome unos instantes, como si estuviera considerando algo. Y después, inclinándose hacia mí, me besa.

Es un beso fantástico, a ninguno de nosotros le preocupa ya que las puertas estén abiertas de par en par. Me sostiene la barbilla con la mano y yo deslizo mis brazos alrededor de su cuello. Nos sumergimos en este mundo de luces parpadeando en la oscuridad, de un montón de asientos vacíos, sintiéndonos libres a más no poder.

Nos separamos al oír el chirrido de una puerta abriéndose.

—¡Eh, chicos, el festival ha terminado! ¡Marchaos a casa! —exclama el empleado del cine sosteniendo una escoba, un hombre de la primera generación.

—¿Nos vamos? —digo mirando a Gabriel.

—¿Adónde?

—A casa, claro.

Mi hogar está tan lejos que no tengo la menor idea de cómo iremos. En mi casa no hay ningún teléfono, no puedo llamar a Rowan para decirle que estoy bien. Pero en cuanto salgamos de Florida, buscaré una cabina y le llamaré a la fábrica donde trabajaba la última vez que lo vi. Lo más posible es que siga allí. Me aferro desesperadamente a este pensamiento, pero tengo la corazonada de que ya no trabaja en ella, de que se ha ido para buscarme.

Afuera la ciudad se encuentra en ese vago y fugaz

momento de la noche en el que está a punto de despertar. Está tranquila, aunque no totalmente silenciosa. Aún hay coches y algún que otro quitanieves apartando la nieve fangosa medio derretida. Todavía hay transeúntes caminando aquí y allá, pero ahora lo hacen con menos apremio que antes. El cielo está adquiriendo un tono rosado y amarillento y sé que no nos queda demasiado tiempo. Está a punto de amanecer y Vaughn descubrirá que Gabriel y yo nos hemos largado, si es que no lo sabe ya, en el caso de que Cecilia nos haya encubierto de algún modo.

Cecilia. Ella fue la que nos mandó por la noche al sirviente para que nos ayudara. Yo no confiaba en él. ¡Cómo iba a hacerlo! Pero no se ve ningún vehículo de la policía persiguiéndonos con las luces centelleando. Ni agentes desplegados buscándonos. Gabriel y yo contemplamos cogidos de la mano una ciudad que sigue de lo más tranquila.

¿Por qué me ha ayudado Cecilia?

Ayer por la tarde en la cama elástica pronunció la palabra «ayudarte». *Lo hice para ayudarte,* gritó. Pero su rostro de niña se trocó en cara de espanto al ver que había sido lo contrario.

—¿Y ahora qué? —pregunta Gabriel sacándome de mis cavilaciones.

—Vámonos —exclamo tirando de él. Los gruesos granos de sal crujen bajo nuestros zapatos. Nos cruzamos con al menos una docena de transeúntes, uno o dos nos saludan con la cabeza, pero la mayoría nos ignora. No somos más que dos personas con abrigos de lana volviendo a casa.

Llegamos al puerto y de cerca no es como cuando lo

vi desde la limusina. Ahora se ve más rebosante de vida. Podemos oler la sal, oír el murmullo de las olas, los cascos de las barcas golpeando suavemente contra el muelle. Me muero de ganas de irme, de robar una barca que valga la pena para largarnos de aquí antes de que nos descubran, pero veo la cara de maravilla que pone Gabriel y le dejo disfrutar de este momento. De esta increíble alegría.

—¿Te resulta familiar alguna?

—Yo... —exclama alucinado aún sin habla— creía acordarme del mar, pero ahora veo que no es así.

Me acerco a él y Gabriel, rodeándome con el brazo, me estrecha excitado.

—¿Crees que sabrás pilotar una de estas barcas para largarnos de aquí?

—¡Claro que sí!

—¿Estas seguro?

—Eso creo. Y si me equivoco, supongo que moriremos.

—No me importa —afirmo soltando una risita.

No tenemos tiempo para andarnos con remilgos. Dejo que sea Gabriel el que elija la barca, es él el experto. Solamente las ha visto en fotos y estos modelos son mucho más nuevos que los de los libros de la biblioteca de Linden, pero él sabe del tema más que yo. Nos decidimos por una barca pesquera con un timón cubierto —no sé exactamente cuál es el nombre técnico y Gabriel no tiene tiempo para explicaciones—, pero nos protegerá de los gélidos vientos. Es asombroso lo fácil que es soltar amarras, saltar a cubierta. Y aunque Gabriel no conozca estos modelos más nuevos, parece como si los hubiera pilotado toda la vida. Intento echarle una mano, pero como no hago más que estorbar, dice que me mantenga simplemente ojo avizor. Eso sí sé hacerlo.

Y de pronto la barca empieza a moverse.

Gabriel sujeta el timón con cara seria y valiente. No se parece en nada al chico inseguro que empujaba el carrito de la comida en la planta de las esposas. Otea el horizonte con sus ojos azules como el mar y sé que lleva esta vida en la sangre. A lo mejor sus padres eran marineros. O tal vez hace un siglo, cuando los humanos se reproducían por medios naturales y eran libres, sus ancestros tenían este aspecto.

Por fin somos libres y tengo muchas cosas que contarle. Jenna. Cecilia. Y sé que él también querrá contarme un montón. Pero por ahora pueden esperar. Dejo que disfrute de su momento. Dejo que sus manos expertas nos lleven a la eternidad, más allá de los continentes hundidos, hasta que Florida desaparezca. Hasta esfumarse sin más, como tragada por la tierra.

Quizás acabemos en la playa que pintó el padre de Deirdre. Tal vez sostengamos estrellas de mar reales sin que se nos escurran de las manos. De cualquier manera, tenemos que desembarcar en alguna parte. Detenernos en la costa y preguntar las indicaciones para ir a Manhattan, pero será en un lugar donde nadie nos conozca, donde yo no sea la mujer de Linden Ashby ni él un sirviente, y donde nadie haya oído hablar de Vaughn Ashby o de su grandiosa mansión. Navegamos a lo largo de la costa y el viento se ha levantado.

Gabriel me rodea con el brazo y yo apoyo mi cabeza en la suya, sintiendo la fuerte resistencia del timón.

—Mira —me susurra al oído.

Veo un faro a lo lejos. Su luz nos ilumina unos instantes antes de seguir girando en círculos. Esta vez no sé adónde nos conducirá.

síganos en **www.mundopuck.com**
y **facebook**/mundopuck